辞树｜暮花

李木轩
林禹鑫
作品

北京燕山出版社
BEIJING YANSHAN PRESS

图书在版编目（CIP）数据

辞树暮花 / 李木轩, 林禹鑫著. — 北京：北京燕山出版社, 2016.8
ISBN 978-7-5402-4192-6

Ⅰ.①辞… Ⅱ.①李…②林… Ⅲ.①长篇小说—中国—当代 Ⅳ.① I247.5

中国版本图书馆 CIP 数据核字 (2016) 第 183404 号

辞树暮花

CI SHU MU HUA

作　　者	李木轩　林禹鑫
责　　编	郭东梅
责任校对	甄　飞　杜　睿
封面设计	仙　境
社　　址	北京市西城区陶然亭路 53 号（100054）
网　　站	http://www.bjyspress.com/
微　　博	http://weibo.com/u/2526206071
电　　话	01065240430
传　　真	01063587071
印　　刷	成都市天金浩印务有限公司
开　　本	880mm × 1230mm　1/32
字　　数	195 千字
印　　张	9.25
版　　次	2016 年 9 月第 1 版
印　　次	2016 年 9 月第 1 次印刷
定　　价	36.80 元
出版发行	北京燕山出版社

版权所有　翻版必究

献给曾经看重过，

却错过的最熟悉的陌生人

我的世界有一个你

浅妖月

我刚认识木轩的时候,他还是个孩子。

在我们十五六岁的时候,在大多数人都天真烂漫,每天沉浸在诸如今天作业很少或者喜欢的人又多看了自己一眼这样细枝末节的开心里时,他孤独而脆弱,敏感而忧郁,似乎永远都不懂得要怎样跟这个世界握手言和。

他是一个因为敏感而温柔细致的人,我到现在都不太懂得,为什么他分明有着那样温暖舒服的笑容,总还是有人用各种奇怪的理由去攻击他、排挤他。而我能做的不过是把他从那样尴尬的境地里拉走,却没有办法把他从那些天真的伤害里拉出来。

这么多年过去了,我算了一下,我们认识都快八年了。我们从最初懵懵懂懂的少年跌跌撞撞地成长为都市男女。一年一聚的约定里,分明能看到他穿着厚重的盔甲,再也不会因为谁的一句话不知道怎样回答而手足无措。他会笑着跟所有人开玩笑，还会对时事政治侃侃而谈，或者谈论曾经相识的那些人现在的柴米油盐，如同所有的大人。然而在突然落下的纷纷黄叶上，夕阳拉长了影子，他安静地坐在一旁，仿佛我们并未涉过时间的长河，依然停留在江城中学的教室里，他独坐一隅，神情寂寞而温柔，还是当初那个孩子。

所以即使这么多年过去了，他依然还是当初的那个孩子。

我不太记得最初的我们是怎样开始亲密无间的，大概是有些故事会是命中注定的吧。我记得很清晰的是他的字，一如其人，端正秀丽，带着微微不确定的斜体与纤细。

我的名字叫月，我生于黑夜，然而依然向往着光明，并且努力去够着那些光明。他叫夜，就像是小小的野兽躲在角落里舔舐伤口，不敢奢望任何援手，却曾希冀过温暖，那么小心翼翼又愤世嫉俗。

我们日夜写字，我不过是喜欢笔下生出一个个鲜活的人，他们自由地过着自己的生活，由我来讲他们的故事，那些我想要去经历却没有经历过的故事。他却更像是宣泄，或许是因为不善言辞，或许是因为内心的惶恐不安、委屈愤怒和巨大的悲伤。

没有人喜欢那样囿于黑夜的文字，因为所有人在青春岁月里，都曾有过最深最痛的秘密。我们也许还没有足够的勇气去剖开那些鲜血淋漓的过往。但当青春岁月已经过去，过去了很久很久，我们终于敢在深夜的歌声里看着这些朦胧的文字泣不成声。

《辞树暮花》就是这样的文字。

夏子菱哭泣过，欢笑过，绝望过，然后挣扎着在那些厄运里浴血奋战，终于璀璨华丽、光芒万丈地站在自己想要到达的地方。沈晨歌是她灰暗的年岁里温暖的微光，也是她命中注定的荒原野火，在她猝不及防的时候烧掉她所有的希望。祁威是她的救赎，可她却是祁威的魔障。

我不太敢去评论这本书，它带着木轩式的残忍黑暗，又带着林禹鑫式的跌宕起伏。当我以为情节已至温暖处，可高枕无忧时，他们用接下来的剧情嘲笑着我的天真幼稚。夏子菱莫名让我想到"一年三百六十日，风刀霜剑严相逼"。可是它又带着奇异的温暖，在深深黑夜里散发着微弱的光芒，靠近它时能忘记所有的疼痛，一如年岁带给我们的甘甜美妙。

在我们所有人的青春里，唯有自己是主角，所以那么多的温暖疼痛都由我们自己来经受。

看完这本书，我躺在床上对着天花板发了很久的呆，眼里没有泪，心里却泛滥成灾。我希望木轩能不必洞悉这么多的真相，希望他能相信所有的故事都能有完满的结局，所有的青春都会成为我们暮年回首时最温暖的回忆。可是他并非如此，因为他经历了太多毫无缘由的责难，所以更能洞察人心。我希望他走出灰暗的过往，我希望他能与这个世界握手言和。我也希望看过这本书的你，如同我对他的希冀一样，不必沉浸于忧伤，因为，你的身边总有那么一个人，他/她的世界永远都有一个你，不离不弃。

没我的日子，你是怎样的孤独

狐晚

禹鑫是我见过最固执的作者，没有之一。

这么多年来，在这条写作的道路上，看到许多人进来，又离开，但自始至终坚持下来的，却屈指可数。

但是他，却一直都在这条路上写他想写的故事，固执地对别人讲述着自己的所想。

这是他的世界，他的理想，他的未来。

今时今日，听闻他出书了，跟李木轩一起写了一个关于青春的故事。

我不禁浅笑和欢喜，早知道这一日终究会来，固执的人是不会畏惧时间的。就像莱昂纳多用了22年才拿到奥斯卡，所有人都觉得这是一种必然，因为他早已千锤百炼，为得到那个与其自身能力足够匹配的奖项做好了准备。

而禹鑫出版这本书也是如此，他这么多年来的付出和努力也为成功做好了充足的准备。因为有了足够的时间来沉淀，所以注定了，这将是一个精彩绝伦的故事。

坚持就会成功，我觉得他的人生，本身就已经足够"鸡汤"和精彩。

说回《辞树暮花》，这故事有关青春，有关校园，有关记忆，有关那段成长之后埋葬于心底，不舍得与任何人交付的心思。

翻阅这本书，看书中角色的感情起伏，忽然便想起自己的当年，谁的心里还没有过一个青春时期刻骨难忘的人？

曾以为见到你便将心相许，此生便是心花为你开。

因为青春啊，所以便想着，在我最好的年华，要与你在一起。

但是青春里的感情，终究抵不过时光的残酷。

或多或少，大抵是要因为现实里的诸多种种，终是要分开。

也谈不上是多么痛，只是忍不住在后来的日子里，叹息再叹息，可惜身边的人，不再是你。

"我来到你的城市，走过你来时的路。想象着，没我的日子，你是怎样的孤独……"音响里播放着陈奕迅的《好久不见》，看着禹鑫的故事，泪水忍不住灌满了眼圈。

我的世界曾有一个你，是你让我欢天喜地，是你让我泪眼婆娑，是你让我想要召告全天下，说一声"我最爱的人是你"。

我走过那条熟悉的路，望着那些熟悉的人烟，看到前方有个背影好像你,狂奔过去,却发现那并不是你的脸。

顷刻间,发现你并不在我的身边,世界那么大,却不知你在哪里,转眼泪如雨下,明白回忆只是回忆,再也回不去。

但是我却深知,你在这里,一直在这里。我的脑海,我的心底,那段故事与回忆,一直存在着,从不曾被抹去。

谢谢禹鑫,谢谢木轩,让我看到这个故事,想起少不更事时的自己。

青春里的爱与恨总是最刻骨铭心,永远也无法遗忘。

喂,我旧时光里的那个人,若真有一日再相见,能否轻轻走过去,面对着面,轻声说一句:"好久不见。"

我曾仰望星空,许下万千心愿

林禹鑫

就在这个灯光炫丽的夜晚,我坐在看台上,当身旁本来安静的一个女孩,突然以地道的河南口音激动不已地拿着手机表达着自己的亢奋之情时,我才恍然发现,现在的自己已经慢慢被时间标注上陈旧。

特别是在听到她那句"俺整个人儿都为之中毒了",我更加确信了自己的想法。

但我还是心存着些欢喜,或许唯一能够让我感到庆幸的是,我已经平安无事地安全度过了青春期。

只是,那个可以为了一点点小事就会兴奋一整天的时光,在我看来似乎真的已经一去不复返了。

我和她同样都坐在看台上,只是彼此的反应形成了反差。她就好似一团熊熊火焰，可以为了舞台上的偶像嘶声尖叫，拼命摇晃着手中的荧光棒。而相比之下我却显得稍微腼腆，没有了为之狂喜的手舞足蹈，只是默默地跟着旋律唱着偶像演唱的歌曲。

我们都自称为他的粉丝，可能是时间点接入的不同，让我们彼此产生了差别。

我见证了他从新人到天王的成长历程，而她似乎在他羽翼绽放的时刻，对他产生了了解的想法。

但正是因为他的到来，才让我与她相聚在这场演唱会。而由此再次点燃了我心中无数次存在过的梦想。

一个很长很长的梦想。

梦想一词可以这样解释：梦想，是对未来的一种期望，指在现实想未来的事或是可以达到但必须努力才可以达到的境况。

同样我也相信，梦想在每个人的心中有着不同的模样。

而我的梦想是希望自己成为一名出色的作家。

从心中暗自打算成为一名出色的作家，到一路跌跌撞撞怀揣着这颗梦想的种子走到今天，粗略算算也已有十来个年头。

在这条漫长的筑梦道路中，我有过对现实的妥协、放弃、坚持、执着，以至迷茫，但同样我也无时无刻不在期待着梦想成为现实的那一刻。

至今我也不太清楚，让我能够带着这场梦走到今天的动力到底是什么？

也许只是因为一句话？或者因为生命里某段时间内出现过的那

个她？不然就是因为早已将写作当成了一种生活习惯？

总之，我要感谢自己，感谢自己的任性带着这个梦想走到今天，让今天能够成为将来一个崭新的起点。

同样，我还要感谢李木轩，感谢他愿意与我并肩作战，一战到底。

对于与李木轩的合作，我心怀期待。很想知道一名"85后"与一名"90后"的联手，到底会产生怎样的微妙反应。

而从整个创作的前期筹划来看，我的期待是值得的。

当故事的整体构思和人物设置变得越来越清晰的时候，我们竟然发现，故事中的那些人在不经意间披上了与我们相似的影子。

故事中的他们演绎着情感，讲述着关于他们自己的梦想，为了自己想要成为的那个人付出着。

仿佛，我和李木轩早已与故事中的各个角色连为一体，借助着他们的言辞，来讲述我们想要编织的梦。

我们相信怀揣着梦想的人，都将成为最好的织梦人。

敢于为梦奔跑，努力付出终究能有收获的那一天。

目录 CONTENTS

楔 子 // 1

第一章
001 | 光与影的宿命

第二章
031 | 若再等三年,远方的你可还回

第三章
059 | 我心里的城堡只住了一个你

第四章
089 | 听说,遇见你是最温暖的事

第五章
121 | 从前有个人爱你很久

第六章
147 | 总有牵挂猝不及防

第七章
173 | 原来的生不如死,倒不如相忘于江湖

197 | 第八章
　　　沈晨歌，你只是我的路人甲

221 | 第九章
　　　不曾忘记誓言与守候，不曾相信背离成借口

247 | 第十章
　　　你若辞树，我做暮花

253 | 番 外
　　　致夏子菱的一封信

263 | 后 记
　　　在颠沛流离中，做足够优秀的自己

楔 子

她提前到达了约定地点。

风在她的不经意间吹过了耳畔,双眼愣怔的那一瞬间,她被周围彩灯的炫光灼伤了眼。

就只有一秒钟的停留,却让她感觉时光恍如倒转,眼眸中已是旧景重现。

昏暗的街道在她的脑海里闪现,她看见了前面路口蹲坐在水泥杆下的男孩。他伸着手指蘸着地面上的水,用指头在旁边干燥的地面上写着:"爸爸,妈妈,你们去哪儿了?"

她不解地立在原地,歪着脑袋注视着眼前发生的一切。不知为何,年龄相仿的他总是让她感觉到一种莫名的悲伤。

时间安静流逝,不知过了多久。

错愕之中,他察觉到了她的存在。一双明亮的眼睛闯入了她的视野,在那双清澈的眼睛里,却不知道何时多了几丝淡淡的哀伤。

好心的她走到了他的面前,掏出了一条花手绢,递到了他的面前,她说:"妈妈说,哭鼻涕的孩子不是好孩子。来,赶紧拿去擦擦眼睛,别让妈妈发现了。"她凑到他的面前,说得很小声,像是正告诉他一个惊天大秘密。

他面露不解,眼神空灵地看着她的面容,语气失落地说着:"我找不到我的爸爸妈妈了。"

她似懂非懂地向他点了点头,说出的话语像是一阵安慰:"我也找不到我的爸爸妈妈了。"

"你也是吗?你不知道他们去哪里了吗?"他惊讶地看着她,似乎在这一刻他终于找到了同病相怜的战友。

她连连点头。脑袋里闪烁的画面,终究找不到丝毫线索。

她只记得那是个昏暗的下午,父母和其他的大人一样,脸上都挂着愤怒的表情。他们仿佛囤积的乌云,将小区的门口堵得水泄不通,铿锵有力的言语更像是锋利的箭羽,齐刷刷地射向街道的另一边。

那天发生了什么事情,她不清楚,只是所见的阵势让她感到手足无措。

那时候的她仰着脑袋,望着母亲愤怒的面容,用稚嫩的小手紧紧地捏住母亲的手掌,不安地询问着,这样做到底是为了什么?

大人们的世界她不能理解。但她却在那时看到了母亲焦虑而又憔悴的面容。

尽管母亲蹲下了身子,脸上的笑容是一如既往的亲切,但是,她还是从母亲的言谈举止里感觉到了什么。

当时,母亲为她整理了一下衣领,摸着她的额头,轻拍了一下她的胳膊，语气轻松地说着："去跟你哥哥到一边玩儿去。"然后就像什么事情都没发生般加入大人们的行列。

她按着母亲的话去做了，牵起哥哥同样稚嫩的小手，躲进了路边的小树丛。

哥哥说，他要去树丛的另一边寻找一个大宝藏，让她老实待在小树丛这里。

她听话照做，直到暮色降临，她才独自找到了家的方向。可那是种痛苦的经历，直到多年过去，她也始终不愿意回想起哥哥当时的面容。

她向他讲述了自己的故事，他听得认真，表情瞠目结舌。可没过多久，他脸上的表情变得落寞。

他以为她欺骗了他。因为就在她讲述完故事的几分钟后，他看到一个年长的男子走到了她的身旁，一把牵起她的手，叫出了她的名字。那一刻，他恍然明白世间最痛苦的事莫过于凄美谎言了。

"夏子菱，你愣在这里干吗呢？"

她猛然回过神来，发现约会的对象已经按时到场。他就站在她身前不远处的一棵巨大的圣诞树旁，披着璀璨夺目的灯光，伴着温馨欢快的圣诞音乐，朝她展示着干净的笑容。

她兴奋地朝前迈步，迎着飘有雪花的寒风，唇角扬出好看的弧度。

"我在等你呀！沈晨歌。"

第一章 光与影的宿命

如果心中的伤痛想要得到治愈,最好的器具应该是时间,而最好的方法是将心扉紧锁,不做过多的回忆与思考,等待时间的河流将其冲刷填平。

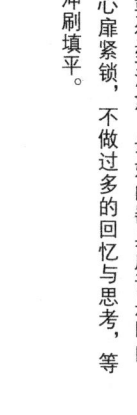
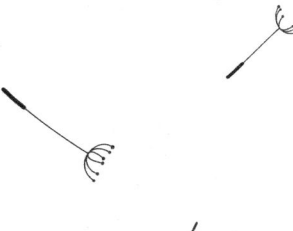
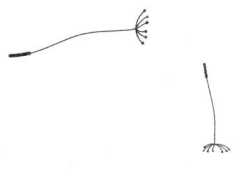

01

这刺骨的寒冷,让人无从记起它的源头从何而来。

夏子菱走在街头。入冬的气息毫无预料地侵袭整座城市。她似乎早已遗忘这是第几个寒冬,漫天的飞雪落满每个小小的角落。

冷风习习,渗进她单薄的衣衫,刺得夏子菱忍不住哆嗦。她从内袋抽出双手来,将脖子上松散的围巾胡乱弄了一把。车水马龙的街道,十字路口60秒红绿灯交替倒计时,夏子菱冻得哈着白气,恨不得把整个脑袋都缩进围巾里。

马路对面的建筑,像是一汪沉浸欲望和奢侈的海洋。对夏子菱来说,那就是挥霍光阴与葬送青春的死海。虽然躯体漂浮于海面,但是灵魂和心灵却随着海水的汹涌,席卷在暗无天日的一隅之地。

绿灯亮时。夏子菱迈出脚步往前走去。走到一半,突然顿住。愣怔地盯着脚下光与影清晰的分界。双脚恰时踩在界线上。身后的路灯像坏了很久,也无人去修理。前方"醉生梦死"酒吧的招牌瑰丽夺目地闪烁着,看起来有些扎眼,令人似醉非醉。

"夏子菱,站着不动干什么,还不快走啊?"祁威站在酒吧门口,大老远就看见了斑马线中傻愣的她。

第一章 光与影的宿命

"来了,来了!"夏子菱猛地回神,小跑过去。单脚刚踏上安全区域,绿灯霎时熄灭。原本一切毫无声音,但在夏子菱心里,如同一次沉重的跳闸,"嚓"的一声,硬是将她的小心脏震得怦怦直跳。

三两步走到祁威身边。纷乱的灯光流转在他的脸庞,显得扑朔迷离。光影下的少年,有着一张清秀面颊,他紧蹙眉头,拇指与食指紧扣,在夏子菱的额上微微一弹。"笨蛋,你不知道那样很危险吗?"他嘴里虽骂着,但实际上却少不了关心。

"知道啦,下次一定会注意的。"夏子菱边说边推着祁威往酒吧走去。

祁威心里知道,夏子菱就像是近在咫尺却又仿佛远在天边的存在,当他看到夏子菱恍惚不定的眼神,就知道迟早会有这么一天,他会如同刚才那样,远远地凝望她。夏子菱,难道那埋藏在你记忆里的三年约定,真有如此重要?

俩人并肩穿梭在人潮。纸醉金迷的世界,让夏子菱止不住地加快前行的速度。震耳欲聋的声音仿佛千军万马奔踏而来,扯得她耳膜生疼。果然,她不适合这种场合,需要宁静的天地来滋润心脏的荒芜。走进内室。夏子菱将背包随手搭在沙发。祁威递来一杯热气萦绕的果汁。"谢谢。"她仰起头,咧嘴冲他微笑。

"谢什么啊,跟我还这么客气。"祁威笑着,满眼的温柔似乎快将她揉进暖意的旋涡。

"咦,唐九安他们人呢?一进门就没看到,奇怪,不是说好今晚一起练习的吗?"夏子菱问着,视线停留在祁威的面庞。

"不知道呢,好像有急事出去了。夏子菱,今天可不许走调咯。"他轻轻刮了刮她的鼻尖,笑颜如花。

"嗯。"她说。

彼时,酒吧专用的演练舞台,灯火通明。离乱的光束疯狂地打在玻璃地板上,繁华,却又令人彷徨。夏子菱愣了愣,走上去,安静地站在中央。舞台下空无一人。她就那么静谧地看着,站着。

"夏子菱,加油,让我们的命运在音乐世界里唱出光芒吧!"祁威面对着夏子菱坐在舞台的一边,怀抱吉他,朝她竖起大拇指。

她凝望着眼前无光的黑暗,仰起头盯着刺目的光束发愣,"夏子菱,为了那个人,你一定要唱出最动听的音乐。"她不停地给自己暗示。内心逐渐抚平。双眼浅浅闭上,用力呼吸一口。

祁威叩响吉他,或忧愁或欢乐的曲调如风拂动。夏子菱仿佛置身于隔世仙境,她轻唱着那首准备三年的歌曲。这首歌,蕴藏着她内心所有的秘密。她边唱边幻想某一天可以当着那个人的面,将这首代表她心声的歌完整地唱出来。只是那个人,会不会和她一样期待呢?三年,他会忘记她吗?想到这儿,眼泪无声息地滚落出来。一滴一滴,砸落在地面。

舞台逆光下的祁威,静默地弹奏着吉他,目光紧随夏子菱。那一滴滴泪珠,像是针一针一针地穿透心脏,刺得他生疼。连呼吸都极度难受。

夏子菱,我是逆光下的少年,你是顺光下的少女,逆光与顺光,是否真的注定无法牵连在一起?"夏子菱,说好的不哭泣呢?"待

第一章 光与影的宿命

一曲完毕，祁威垂下头，声音略显低落。

"没有，是光太刺眼了。"她惊慌失措地寻了个理由。

算是练习成功。夏子菱和祁威走出酒吧。那时，大雪已落满地。他们沿着熟悉的路线，在大街小巷穿梭。深巷里时不时有叫卖热包子的声音，便于那些下了晚班的打工仔当作夜宵。夏子菱摸出身上仅有的钱，买了一小袋。

"喏，祁威，吃点热包子。"她从袋里拿出一个后，将剩余的全部推给祁威。

祁威苦笑不已："我给你拿着就好。"

"不要。"夏子菱不依不饶。

祁威拗不过她："那我吃一个，剩下的你吃。"

夏子菱顿时仰起头，看着比她高一截的祁威。袋里的热气直直地腾起，使得祁威的面颊显得若隐若现。那一刻，夏子菱突然回想起曾经的时光。

那年，她四岁。在一间破旧的瓦房内，和几个陌生小孩拥挤在一张床上睡觉。夜已经深了。黑暗里的她蜷缩身躯，在被子里瑟瑟颤抖，肚子叫个不停。"咕咕""咕咕"。像一连串节奏分明的音乐，时不时地响彻房间。

"夏子菱，你是不是饿了？"祁威稚嫩的声音，从被子里传过来。

"饿。"她记得当时的自己只说了这一个字。

"夏子菱，你等着，我不会让你挨饿。"祁威不过比她大一岁，在夏子菱看来，他的周身仿佛镶满金光，宛如天使。祁威蹑手蹑脚地走出去。不知过了多久,当夏子菱饿得几乎发晕时,他才跌跌撞撞地出现。怀里捧着几个冒着热气的包子。他站在门槛边,背着月光,矮小的身体显得更加邈远。那刻的夏子菱,将永远记得这个为她偷拿包子却惨遭痛打的逆光少年。

"夏子菱,多吃点,里面有肉呢!"祁威将身体缩在被窝里只露出一双眼睛,仍不忘关心地说。

"嗯嗯。"夏子菱咬着包子,眼眶一涩,泪水便止不住地滑满脸颊。

时光一去不复返。如今的夏子菱,对那一年的事耿耿于怀。而现在,他们一路相伴,成为彼此最美好的依靠。

祁威站在深夜的街头,看着前方漫无目的走着的夏子菱,他的心突然很乱。等夏子菱快要消失在黑暗里,他才惊惶地匆匆跑上前去。

走到一间破旧的楼阁。这里便是他们的家。下面开着一家杂货店。刚好可以满足他们生活上的需要。

拧开门链。上楼。夏子菱与祁威相继走回自己的卧室。关上房门前,夏子菱回头望了祁威一眼,那坚定不移的眼神,让她想起祁威曾说的"我会一直陪在你的身边"。

"怎么了?"祁威担心起来。

"啊?没事。"她眨巴着眼睛。

祁威默默地盯着她,久久地,唤她:"夏子菱。"

"嗯。怎么了?"她点点头,不紧不慢地反问。

第一章 光与影的宿命

"晚安。早些休息,好梦。"他冲她笑着,想要伸手去轻轻触摸她,但最终强忍在心。

"好。你也早些休息,好梦。"她迟疑了下,而后乖乖地说完,转身走进卧室。

门一关。仿佛世界一分为二。整个楼阁一片静默。

祁威抱着吉他,靠着屋门缓缓屈膝,孤寂地凝视黑暗。他什么都不愿去想,只想这黑夜再深再长一点,这样便能掩埋他的脆弱与倔强。

过了些时候,祁威突然起身,搁下吉他,小心翼翼拧开门锁出屋。愣愣地看着夏子菱紧闭的门,无助与想念覆满心绪。

夜已深,他回屋穿上大衣,带上吉他,静静地往楼下走去。

02

"扑通。"背包落在了寝室内的沙发上。动作娴熟,没有丝毫偏差,尽管房间内一片黑暗。

夏子菱在门框的旁边找到了电源开关,轻轻一按,暖黄色的光芒占据了整个房间。

熟悉的房间布局,再一次清晰地出现在夏子菱的眼前。一张沙发,一张床,一个床头柜,一个破旧的实木衣柜,一把白色的椅子,一张白色的写字桌,一盏漆黑的台灯放在写字桌的上面。一个笔筒与台灯保持着平行,里面凌乱地摆放着几只笔。而就在写字桌的上方,一张标示有全年日期的日历表被粘贴在了墙上,生硬的数字早已被涂上红色的大叉，而整张日历表上仅仅有十几个数字幸免于难。

一切早已成为了一种习惯。

好比此时，夏子菱神情失落地走到写字桌前面，从笔筒中找出那只红色的记号笔，她扭掉笔盖，将笔尖对准"19"这个数字，尖锐的摩擦声如刻刀般，在她的心中刻上无法磨灭的烙印，刺痛而又血腥。

"又过去了一天。"夏子菱脸上堆出牵强的笑容，像是故作坚强，却难以掩盖心中的失落。这一切早已成为她日日重复的言辞。

时间的长线牢牢地牵系着现在的夏子菱，同样也拉扯住三年以前的那个夏子菱。

过往变迁，今非昔比。血淋淋刺骨的现实一次次地摧残着夏子菱的身心，她无时无刻不告诉自己，时间会揭晓答案。但孤独的挫败感，让她习惯了靠着冰冷的墙壁，在阴冷的角落里蹲身寻求属于她的安全感。

她再次蹲靠墙壁，怀抱从床底摸出的珍贵相框，哽咽表述着她三年来不曾忘却的思念。

那些过去的画面，如梦将夏子菱缠绕，她感觉自己早已吐丝成茧，等待着某天能够破茧成蝶。

这一等，时光已逝近三年。

夏子菱说，故事的开始与中止，仿若动与静，明与暗。强烈的现实感让她经历了一场戏剧性的体验。

第一章 光与影的宿命

谁又能够想到，一个略带痞性的少年竟然会与一个沉默少言的少女走到了一起。

夏子菱曾说，她绝对不相信自己会为痞性少年沦陷。

可痞性少年坚信，他可以做到这一点。

于是，在那个阳光充足的夏季，痞性少年向夏子菱展开了攻势。

他掌握了她足够多的生活习惯。

他觉得要想走进她的世界，就必须先闯进她的视野。

根据调查好的时间，他为自己制造了无数次引起她注意的机会。在早晨七点十九分左右，他会像发现新大陆般，喧哗地跑过她的教室，然后兀地在她的教室门口伸进脑袋，满脸焦急地向她询问"沈晨歌他在吗"。他知道七点十五分她准是第一个出现在早自习教室里的学生。或者，上午第二节课后，在她和同桌从洗手间出来的那一刻，他总能与她上演一幕美丽的邂逅，他对她露出淡淡的微笑，而她的回应更多的是视而不见。抑或，午餐过后，在她一个人坐在操场边傻傻发呆的时候，他像体力充沛的猴子在她的视野内表现着各种体育技能。再或者，下午放学，在她骑着单车奔向校门北边最颠簸的路口时，他总会骑着单车陪同她一小段路途，一路上为她高歌不止。

她似乎从来没有怀疑过他为什么会这样做。而长时间高频次地轰炸，让夏子菱已经习惯了这个突然闯进她视野里的少年。

当某一天，那个痞性少年没能像往常一样再次出现在夏子菱视野里的时候，她变得有些不习惯起来，甚至这种不习惯潜移默化地变成了一种打探。

"你知不知道那个经常来我们班找沈晨歌的男生最近干吗去了吗?"她试着向同桌了解情况。

"哪个男生?"同桌的反问让她的心咯噔一跳。

"对呀,到底是哪个男生?"她掏空了脑袋里所有的思绪,也找不到一个属于他的名字,最后只好直接用言语去描述他。"皮肤小麦色,瘦高瘦高,单眼皮,眼神很自信,小碎发,微笑时样子很甜,手上带着一条红色绳子。我们课间去洗手间的时候,经常见到他。"

"你确定是这个人找沈晨歌么?"同桌满脸的疑惑,但见夏子菱连连点头的模样,她给了夏子菱一个答案:"建议你去二楼咱同年级的二班去问问。"

夏子菱谢过同桌,找了个时机悄悄地跑去了二楼的二班。

很凑巧,她在走廊上看见了他,正当她不知道该怎样上前和他交流的时候,她看见他身后的几个男生向他打起了招呼。

"沈晨歌,今天放学后要不要和哥儿几个去场地练练?"

"不去了,我还有事儿。"他笑着答复那几个男生,当他转过身看向正前方的时候,他在楼道口的位置发现了她的存在。

那一刻,他发现她正注视着自己。

那一刻,她终于明白他就是沈晨歌。

他们眼神的交流更像是一场无声的对白。她微微地皱眉,像是表达自己受到了他的欺骗,或者更多是对自己的反应迟钝感到难堪。而对于他，上扬的眉毛以及眼角绽放出的细小皱纹，无不透露出他心中的喜悦。他知道，他成功走进了她的世界。

她尴尬地站在那里，找不到任何可以逃脱的理由。只看见他朝她走了过来，在她惊慌失措的那一刻她听到了他的声音。

"夏子菱，你是想来告诉我你帮我找到了沈晨歌的下落吗？谢谢你，夏子菱。你好，我是沈晨歌。"

这突如其来的一切，让她颇感震惊，她似乎因为他这段特殊的自我介绍感到头晕目眩，脑袋像短路般，满是空白，只感觉血液在体内奔流。然后，一只小麦色的手伸到了她的面前。

那一刻，她更加犹豫了，到底伸手与否让她困惑不已。

突然响起的上课铃声，让她更像是惊弓之鸟。她仓促地握住他的手，轻轻地晃动两下便转身逃向了三楼。

她不清楚自己当时的样子会不会像是一个落魄的小丑，但浑身奔走的血流告诉她，她的脸蛋早已泛热熏红。

他展露出的笑容带着几丝甘甜，双眼紧紧地跟随着她的身躯移动，直到她的身影完全消失在楼道口……

这段记忆让夏子菱无法忘却。她知道，如果自己的生活中缺少了这样的片段，那她的未来将不会为一个三年之约沦陷。

"沈晨歌，我许诺你三年，就只为属于我们的明天。"夏子菱还是没有克制住自己的情绪，她借着窗口渗进来的微光，在黑暗中抚摸着相框中那张三年前定格的容颜。

曾经熟悉的温暖，在夏子菱撩动的手指中慢慢涌入她的心间。

只是,相框的玻璃护片还是用生硬与冰冷告诉她身处黑暗。

思绪骤然回到了那一天。

在灯火璀璨的街道上,夏子菱与沈晨歌对峙站在街边。

雪花悠然下落,满街的圣诞欢乐氛围却无法淹没夏子菱与沈晨歌当时心中的苦楚。

"你确定,你跟我说的是真的?"夏子菱满目质疑地看着沈晨歌。

"真的。请相信我,子菱。我只是去法国留学三年。三年后,我一定会回到你的身边,不离不弃。"这是沈晨歌送给夏子菱的坚定回答。

那一刻,夏子菱的头脑丧失了思考的能力。她忘记了当时的街灯多么璀璨耀眼,忘记了当时的圣诞氛围多么愉悦人心,同样被她忘记的还有沈晨歌和她自己是怎样离场散去的情景。

唯一的记忆,就只有沈晨歌对夏子菱的那句承诺,"子菱,三年后,我一定会回到你的身边,不离不弃。"

正是这样一句话,赋予了她三年活下去的勇气。

夏子菱曾告诉沈晨歌说,你就是光,照亮了我未来人生的路途。

但正是这道光,让她感受到了什么叫作乌云遮天的昏暗。

说好的不离不弃,就只能用视频与电话来传达彼此的思念。然而,三年间,这种彼此的思念随着时间的渐远,变得越来越像随波逐流的小船。眼见着时间越来越临近终点,可那只远洋的小船,并没有带来航行归来的喜悦感,相反,更像是随波逐流后消失在地平线的圆点。

夏子菱也不清楚，为什么两个人的联系会变得越来越少，特别是最近几个月更是到了杳无音讯的地步。

"沈晨歌，这就是你告诉我的不离不弃吗？你是否早已忘记当初你给我的承诺？"

夏子菱借着光线，再次看向了手中的相框。不经意间，泪水竟然滴散在相框的镜面。碰巧，泪水绽开的瞬间，划花了相片中夏子菱笑得灿烂的容颜。

那一幕，刺痛了夏子菱的神经。她不停地告诉自己，不能沮丧，沈晨歌一定会兑现诺言。

夏子菱慌张地紧抱着相框，怕遗失掉什么东西一般。她骤然起身站在了玻璃窗的旁边，放眼于窗外的景色。

夜幕下那条狭长的街道，记录了太多关于沈晨歌的回忆，嬉笑打闹无不让她感觉意义非凡，甚至这样寒冷的夜里，也有过她和沈晨歌的记忆。

在这个同样的时间点里，沈晨歌曾身着一件黑色大衣，打着电话，站在雪地里邀夏子菱一同外出共进晚餐。

而此时此刻，窗外突然出现在她视线里的那个人，像极了夏子菱内心思念三年的那个人。那同样款式的大衣，站在雪地里掏手机的动作，都像极了她心中的那个沈晨歌。

"难道，他回来了？"刹那间她喜出望外，甚至忘记了外面的寒冷，不顾一切地冲出房间。一阵仓促的下楼声过后，阁楼的大门口出现了她的身影。

在那片银装素裹的天地里，昏暗的阁楼门口内探出了一片狭长的暖黄色，夏子菱僵硬地站着，焦虑而又充满期望地将眼光探向了不远处。

寒风刺骨，白雪纷飞，似乎夏子菱早已忘记自己此时身处寒冷的冬天，仿佛冬日早已走远，季节早已更替到那个充满阳光的夏天。

03

夏子菱所处的街道被唤作"重生"。有个传说，只要闭着眼顺着心从街角的起点走到尽头，那么睁眼看到的那个人便会与自己有一生的牵连，而之前所有的不快与寂寞终将烟消云散。夏子菱信并如此做过。她闭着双眼像个盲人，心"扑通""扑通"地跳着往前走去。

"夏子菱，你不怕撞到人吗？"她还未睁眼，便已猜到跟前的人是谁。"祁威，你干吗在这个时候出现啊！"夏子菱不满地嘟嘴，唇角翘得很高，几近抵达鼻尖，恨不得将祁威塞进某个地洞，待来年春暖花开时再用铁铲挖出来。而恰在此时，祁威身后不远处默默走来一个男生。在她突然觉得失望到底时，在她即将转身决定离去时，在她意想不到的情况下，前来的男生朝她扬手轻轻唤道："夏子菱！"

于是，暗无天日的世界猛地光芒万丈。满脸微笑的沈晨歌像一尊来自天际的高贵天使，沐浴在日光中，屹立不动地注视着她。

第一章 光与影的宿命

夏子菱一直坚信沈晨歌会是她注定的另一半。所以此时此刻的夏子菱见到街道一望无际，昏暗不见一人时，心中的孤独与失落骤然聚成炽烈的河流蹿进眼眶，灼烧着她的灵魂和躯壳。她以为等待三年的沈晨歌会以意料之外的方式突然出现，她以为站在路灯下熟悉的身影会是思念至极的他，她以为自己只要加快速度跑下来就可以将他紧紧拥抱，但是冷寂的街道夹杂混沌的逆光，无一不在告诫她，夏子菱是个大傻瓜，白痴般的傻！

她盯着长长的街道，想从每一段路中找寻到他的影子。无论她怎么渴望抑或期待，回应她的仍然是最冰冷的寂静。"夏子菱，三年的期限还未到，你一定要相信自己，也相信他啊！"她边自我安慰边往后慢慢退去，直到粗壮的电线杆挡下她的退路，她才目光呆滞身体僵硬地靠在电线杆上。大雪纷飞，逆着光飘落在她的头发上，她好想就这样静静地、一动不动地等待沈晨歌出现。

这一幕生冷的画面，被远处房屋墙角下的祁威狠狠烙印在眼眸。他冷不丁地呼气，双手紧紧攥着胸间衣裳的纽扣，倘若夏子菱呼唤他的名字，他绝对会毫无顾忌地冲出来脱下衣裳覆在她的双肩。祁威剜心般地疼痛着，不受控制地一拳打在落雪的墙壁，他不忍心看到夏子菱一个人孤零零置身在空荡荡的街道尽情发泄。可是他没办法帮她走出来，若是可以，要他怎么做，路灯下那个令人心怜的少女才不会有寂寞的影子？

想了想，祁威掏出手机，摁下熟记于心的数字，置于耳边远远地注视她。夏子菱被突然而来的手机铃声吓得手忙脚乱，哆嗦且疯狂地从内袋里掏出，屏幕的来电显示连看也没看就急忙接听："喂喂，是沈晨歌吗？我是夏子菱，夏子菱！"她的声音急促而慌乱，像是将百分百的希望都灌注在手机。

祁威愣了，继而不语。那急切的声音刺入耳膜。尤其是"沈晨歌"这三个刺耳揪心的字眼，直袭他的禁地。"喂喂，你怎么不说话呢？喂喂……"夏子菱突然意识到自己的失态，小心翼翼地询问。

听筒里骤然变得安静。

"奇怪。"夏子菱喃喃嘟哝道。刚想翻开通话记录，来电铃声再次响起。夏子菱吓了一跳，定睛一看是祁威打来的。她纠结着要不要按下接听键，若是沈晨歌打来的，她会毫不犹豫地接听。但屏幕画面的"祁威"明晃晃地击垮她所有的希望。

夏子菱，为什么你不接呢？他突然感觉自己好愚笨，为何偏偏在这时给她打电话啊！

手机持续不断地一直响着，她最终还是按下了接听键。突如其来的连线，使得手机那端的祁威赶紧理了理思绪，轻轻唤她："夏子菱。"

"嗯。"她浅浅回应。

"你睡了吗？"他明知故问，问得莫名其妙。

"快睡着了。"她为了增强谎言的真实性，还刻意捂着嘴打了几个呵欠。手机那端的祁威蓦地不作声，听筒里瞬间保持沉默。夏子菱被冷风吹得直打哆嗦，雪花落在她温热的脸颊上，仿佛能淌出瘆人的寒意。"喂，喂，还在吗？不说话我就挂了。"她表示要挂断的意思。

"等等，夏子菱。"祁威的声音显得着急。

"嗯？"她漫不经心地疑惑。

"圣诞那天你想要什么礼物呢？"他想不出更好的问题，只是想和她多说说话而已。

"没有想要的。"她咬下嘴唇，一阵一阵的绞痛不由得涌上心头。如果可以，她多么希望圣诞那天沈晨歌能出现在她的身边，告诉她再也不会和她分别。

"那天我给你一个惊喜好吗？"他不紧不慢地说着。每一个字像是锈迹可见的钢筋，蜂拥而至地刺透她的耳膜。就是这样的一句话，让她止也止不住地抽搐。也因为这句话，使她抑制不住心房的酸涩，沿着血脉击垮她脆弱的泪腺，眼泪终于慢慢地划过脸庞，滴滴淹没在雪地。

沈晨歌临走前的时日，也是这么说过："夏子菱，等到那天我给你一个惊喜好吗？"她被幸福感冲晕了头脑。划着日历期待那天更快到来。然而沈晨歌的惊喜真的比天高比地大，她像是被抽去灵魂的躯壳，愣怔着双目仰望飞机划空入云。

"哦。"夏子菱回答得很勉强。说完挂断了电话，让听筒恢复了平静。

听筒里的一阵安静使得祁威忍不住皱眉，夏子菱，你要何时才能扬起最美的笑颜呢？他转身低着头往街道另一边走去，路过一角少有人至的地摊时顿住脚步。跟前是个老婆婆在卖东西。他情不自禁暗自嗤笑，这座城市这个社会，真是可悲可怜啊！

他掏钱买了几罐啤酒。怀抱吉他，在一棵大树底下静静地坐着。他用力拧开易拉罐的拉盖，"啪"的一声，罐里的啤酒猛地迸射出来，浇洒在他的面颊。他伸手去摸那冰冷的液体，仿佛在试图擦尽自己的懦弱与不堪。就像夏子菱一样，面对机场别离，丝毫没有一点办法，连反抗的余地也不曾有，但是却那么倔强地戴着面具，对每一个人灿烂地微笑后再躲藏在寂寞的角落独自黯然神伤。

祁威依稀记得，在夏子菱初识沈晨歌的那个盛夏午后，他们站在街心花园的角落里，她拉着他的手，一脸兴奋地告诉他她和沈晨歌在一起的情景。那时候夏子菱眉飞色舞，扬着嘴唇咧出好看的弧度。甜蜜的幸福感遍布面颊，仿佛结识沈晨歌是她青春里最轰轰烈烈的一部影片。殊不知，那一刻夏子菱的笑颜，在祁威看来，是铭记在脑海中最动人最绚丽的刹那。

他回忆至此，才惊觉手中的啤酒已空空如也。他觉得自己整个人快要爆炸。他多么想站在世界的巅峰看整座城市匍匐在脚下。像是数以万计的利刃，沿着漫天的大雪急速刺破他的咽喉，他目不转睛地注视着远方熟悉女子的身影。若不是雪花的遮掩，他能一眼看到她的颤抖与抽搐。

他只能弹奏吉他。音乐的世界让他痴迷疯狂。他的心仿若在无声无息地淌血。冰冷的，炽热的，令他的五脏六腑处在冰火境界。

她远远地看着他。那个站在树下弹着曲曲忧伤音乐的少年，怎能那么令人心疼？她的心骤然间沉落在深不见底的悬崖，疼得难以呼吸，直抵她的泪腺。她恨不得能一脚跨上数米。若不是刚才回屋见他不在卧室，着实把她吓得整个心脏几欲跳出，她也不会这么急着出门寻找。

大树上方的窗户突然打开了。一盆凉水毫无预料地从天而降，半滴不漏地灌注在祁威的身上。"大半夜的弹什么弹！神经病啊！滚回家去吧！"老大爷的怒斥仿佛千军万马碾压过的声响，震耳欲聋不说，还戾气十足！

夏子菱惊恐地加快速度跑上去。眼睁睁地看着祁威打了个激灵，硬生生地往雪地倒去。任大雪纷纷扬扬铺满他的身躯。凌乱的易拉罐被撞击得哐哐直响。夏子菱终于流出了眼泪，她轻轻地唤着他的名字，抚摸他冰冷的脸颊，哭得越来越凶。边哭边唤："祁威，祁威！"

这么多年来，她和他的关系一直不曾变过。他像是她生命里不可缺少的一部分，给她安慰给她满满的快乐。她不知道该怎样表达才能让这个陪伴在身旁的朋友好受一些。只得上前紧紧地拥抱他，宁可全世界的人都不在了，她都要他好好的。因为，在这座小小的城市，祁威是她唯一的亲人。

04

寂寥的黑夜褪尽了身躯，光明再次唤醒大地，时间已来到圣诞。

可是，对于夏子菱来说，自己的生活仿佛还置身在梦境中，最近发生的一切就像突降的台风，让夏子菱的内心一片狼藉。

"夏子菱,你到底怎么了？"望着灰蒙蒙的天空,夏子菱询问着。可是她并没有等到自己的答案。只见她双目失神,漫无目的地行走着,最终她的脚步停在了学校的大门口。

在学校大门口处,祁威站在一排法国梧桐树下,一只手提着一袋小笼包,另一只手放在嘴边,不停地往手上哈气。他翘首以盼地注视着校门口的方向,终于,在夏子菱出现的那一刻,他大声喊了出来:"夏子菱！夏子菱！"

听见呼唤声的夏子菱,慌得打了一个哆嗦,就在她慌张闻声看去的时候,祁威已经站在了她的面前。

"夏子菱,新鲜出炉的热包子,来,你拿着,赶紧趁热吃了。"祁威一脸憨笑地将包子递到了夏子菱的面前。他相信,夏子菱一定会立即将包子接过去,然后露着微笑说出一声"谢谢"。

但令祁威没有料到的是,今日的夏子菱并非往常那般,她用黯然失色的眼神看着眼前的他,目光不停地来回晃动,像是在他身上搜索着什么特别的东西。

一分钟的时间转瞬过去,祁威提着包子的手一直悬于夏子菱的面前,那一刻像时间停止了脚步,让祁威感觉漫长。他不知所措地注视着眼前的这个女生,也不知道时间到底流逝掉多久,但彻底击中祁威内心的,是夏子菱眼眶中潮润般的泪水。

她怎么了？祁威弄不明白。

就连夏子菱也弄不明白自己到底怎么了。她本想对祁威说一声"谢谢"。可是,话到嘴边,却像临阵脱逃的士兵般,丢了士气。

"祁威，你可以对我不这么好吗？"夏子菱说着，眼眶早已泪光闪动。

祁威有些不知所措，他满脸茫然地望着眼前的夏子菱。他不明白，才一晚上的时间，为什么夏子菱会说出这样的话来。就像一把铁锤狠狠击中祁威的心脏，一种呼吸困难的感觉，让祁威的声音显得哽咽。

"为什么？"

"没有为什么！我就是希望你不要对我这么好！"夏子菱说着，然后扭头从祁威的身旁匆匆离去。那一刻，夏子菱根本没有顾及太多的东西，她满脑子的思绪只是想和祁威保持距离，她希望祁威和自己永远都是朋友，不要越过朋友的界限，在夏子菱看来似乎那样对谁都好。可是夏子菱忘记了，在她说出那句话的时候，她的声音大过了周围的一切声音。那种爆炸式的声音，吸引了周围人的目光，同时也狠狠重伤了祁威的心。

"没有为什么？难道就真的不是因为沈晨歌？"祁威默默地站在原地，伴着灰色的天空，看着夏子菱消失在路旁梧桐树的另一边。独享着属于他自己的灰色空间。

夏子菱一路小跑，来到了教学楼。周围的女生，三三两两地聚在一起，个个满脸兴奋的样子，像是在讨论一个十分有趣的话题。

"你们知道吗？咱们学校即将有一个留学生转校过来。"

"真的？"

"怎么，你还不知道？听说那同学是从法国转校过来。"

"男的，女的？"

"不太清楚。"

"法国？那么有情调的一个国家，干吗要转校回国内读大学呢？"

"谁知道！说不定回国是为了完成什么有意义的事情呢？"

……

身旁女生们的谈话，就像一个重磅炸弹，刺激了夏子菱的神经。

法国。留学生。回国。这些字眼在夏子菱看来，就像悬在眼前的针尖般让她异常紧张。而在她的头脑里闪现出的第一个影像，便是沈晨歌的样貌。

"是他吗？会是他回来了吗？"夏子菱一遍又一遍地在内心询问着自己，而那个自己的回答，如同一场酷寒让夏子菱感到绝望。"怎么可能会是他？要是他的话，他还不会打电话提前告诉你？"

"会不会，他只是想给我一个惊喜？"夏子菱心中再次思索，但几秒钟后她又立即否定了自己的想法。"惊喜？沈晨歌现在都什么年龄了，他已经不是当年那个不到二十岁的男孩了，这么久他都没有联系过你，他还会有心情为你制造惊喜吗？他现在可是一个人在国外逍遥自在，而你呢？一个人孤守着那个承诺，三年了，三年的时间你们之间的感情递减不增，你觉得沈晨歌他还会记住三年前的承诺吗？"

"怎么可能？我相信沈晨歌他一定还记得当年的承诺。"夏子菱拼命地摇晃着自己的脑袋，像是这样做就能驱逐掉她头脑内的负面

第一章 光与影的宿命

思想一样。

为了看到希望,为了让自己的想法得到证实,夏子菱竟然冲到了教学楼的长廊上,她四处张望着,像是在找寻着什么。

终于,一个长发披肩的女生背影闯入了夏子菱的视野,那一刻夏子菱二话没说便冲上前去。

"同学,能向你咨询点儿事情吗?"夏子菱站在女生的背后,拍了拍她的肩膀,然后夏子菱难为情地低下头来,在等待女生的答复。

"什么事情?"女生转过身询问着。

夏子菱依旧低着头,她的目光看着地面,声音很轻地向女生询问着:"听说咱们学校即将有个法国留学生转校过来,你知道叫什么名字吗?"

"嗯……据我所知,那同学应该不叫沈晨歌。"女孩温和地回答,却像一把匕首狠狠刺中了夏子菱。夏子菱突然抬起了头,看着眼前这个笑容完美如同水晶的女孩。

那一刻,夏子菱想起了她的名字——张文静。夏子菱高中时候的同桌。

夏子菱愣在了那里,她不知道该怎样结束这场尴尬的对话,或许只要轻轻地说一句"哦",然后一个转身就可以结束这样的场面,可是令夏子菱感到意外的是,就在夏子菱转身的一刹那,张文静竟然主动牵住了她的手。

"子菱,你这是要去哪里呢?去找别人打探沈晨歌的消息吗?"

张文静仍旧保持着她完美的笑容，那种精致得让人防不胜防的笑容，让夏子菱彻底失去了拒绝张文静的能力。

我该怎么回答？是还是否？无论怎样的答案，张文静应该都不会放过我。此时的夏子菱早已不知所措。

或许，就像夏子菱内心想到的那样，张文静并没有打算放过这个天赐良机，相反她还会善加利用，以此来排解自己多年来心头的不爽。

"当年，若不是因为夏子菱，想必自己和沈晨歌还是有机会在一起的。"或许谁也不会知晓，此时满面笑容的张文静，内心里积攒了多年对夏子菱的不满。

"子菱，怎么了？沈晨歌他还没有回来赴约吗？会不会是他把时间记错了，而忘记来找你？还是说，沈晨歌的心中早已没有你的存在了呢？"张文静说着，言语里透露着种种关怀，但从她的眼神中，夏子菱可以看出，面前的关切是多么的虚伪。那双铿亮的眼睛，散发出怨恨与憎恶，似乎眼前的夏子菱如同一块绊脚石。

"你胡说，沈晨歌他一定会履行他的承诺。"夏子菱一口咬定地说着。

"瞧你一脸坚信的模样，沈晨歌他本人可否同意你这样在外胡说呢？前些日子我和沈晨歌还有联系，他说他已经很久都没联系过你了。你确定你刚刚没有说假话？"张文静一脸怜悯地看向夏子菱。

那一刻，夏子菱感觉自己受了重伤，因为在张文静的脸上，夏子菱找不出任何她说谎的破绽。

"难不成，张文静她说的都是真的？沈晨歌真的联系过张文静？"夏子菱的神情有些慌张，张文静看着夏子菱的表情，嘴角上扬的弧线，不经意间又高了几分。

那一刻，张文静体会到了胜利的喜悦。她扁着嘴唇，露着一副同情的模样看着夏子菱，语重心长地对夏子菱说："这么多年了，你还一个人抱着幻想活到现在，确实挺不容易的，换作是我，或许我早就一死心，远走高飞了。子菱，你是不是也该想想换种生活了呢？"张文静握住夏子菱的手，她感觉到了夏子菱身体的颤抖。

夏子菱低着头，紧咬着嘴唇，不言不语。她承认张文静的言辞彻底将她重伤了，但同时她也不停地告诉自己，不能在张文静的面前轻易倒下。

"别哭，夏子菱你别哭，你要是流眼泪了，那岂不是让张文静得逞了？"夏子菱告诫着自己，但她偏偏做不到，眼眶的泪水向上涌的暗潮，慢慢囤积到了警戒线。

该怎么办？这种尴尬局面该如何打破？谁能出现在这危急时刻，来解救夏子菱于尴尬之中？是沈晨歌吗？还是……

"夏子菱，你怎么跑这里来了，我找你老半天了，刚刚沈晨歌发了条短信给我，让我转告你给他回个电话。"

远处，祁威拿着电话出现在了夏子菱的视野里。在夏子菱眼里，那一刻的祁威应该是上天派到凡间解救人类的天使，而在张文静的眼中，祁威的出现就像一颗破坏鲜汤的老鼠屎。

祁威跑到了夏子菱的面前，他将夏子菱的手从张文静的手中挣开,然后拉着夏子菱的手就朝楼道口走,边走边催促着夏子菱:"赶快,赶快,沈晨歌还等你给他回电话呢!"

两人的身影消失在了楼道口的拐角处。

祁威看着眼前一直低头沉默的夏子菱,找不出任何言语。但最终沉默被夏子菱打破。

"谢谢你,祁威。"

谢谢,谢谢……这么多年,从你口中听到的最多的词语就是谢谢。夏子菱,我们之间可不可以不要用这种外人间常用的礼貌用语?

"夏子菱!我……"祁威的话突然中断。"我们放学后可以一起回家吗?"最终从他口中说出的言语,变成了其他的意思。

而原本的那句询问最终被祁威咽入喉中。"夏子菱!我们之间就真的普通到只能用谢谢这种词语来维持吗?"

"不了,我还有事。"夏子菱的回答干净利落,像一把锋利的砍刀,斩断了所有。

尽管一切恢复了平静,可是,夏子菱的心却因为张文静的言语变得慌乱异常。

有太多的街道,曾留下夏子菱与沈晨歌的足迹,又有太多的时间,记载了夏子菱与沈晨歌的曾经。

放学过后的夏子菱独自去了一个地方,那里承载着他们彼此间最为浓烈的记忆。

沈晨歌说过,三年之后的平安夜,他将与夏子菱在三年前道别的地方相会，在同样的时间，同样的地点，再次与夏子菱相聚。

而就是在那家甜品店的街角处，沈晨歌给了夏子菱最为真挚的诺言。

夏子菱以为，只要今天自己能按时出现，就会收获到意外的惊喜。可是，当夏子菱独自站在街角，驻足远眺时，那个熟悉的面孔却迟迟没有现身。

满心的期盼让夏子菱出现在约定的地点提前了几个小时，从天光暗淡到灯火辉煌，从寒风冽冽到雪花飞扬。

夏子菱一直站在那里等待着，直至时间一分一秒地流逝。

"他会出现吗？"这早已成为夏子菱内心抹不掉的疑问。

突然，一件呢子大衣披在了夏子菱的双肩上。那一刻，夏子菱的脸上已是悲喜交加的表情。三年的等待或许在一秒钟即将被兑换，当夏子菱满怀欣喜，忐忑不安地转过身去时，那满目的期许之光，突然暗淡得失去了神采。

"夏子菱，你是笨蛋吗？天冷了，要记得添加衣服。"

一种大失所望的感觉袭上了夏子菱的心头，原来出现在夏子菱身后的那个人，竟然是祁威。

夏子菱垂下了头，掏出手机看了看时间，还有一个小时凌晨就将到来。

"沈晨歌，你一定会来的是吗？"夏子菱心中暗自询问，可是时间的流逝却让答案变得越来越残酷。

接下来的一小时里，祁威一直陪在夏子菱的身旁，他为夏子菱买来了热饮，用手将夏子菱发丝上的雪花拭去，他就像一名忠实的仆人一样，照顾着夏子菱。可是，夏子菱的心里，并没有太在意祁威的举止。此时此刻，沈晨歌三个字，就好像这圣诞夜里会带来惊喜的圣诞老人一样，让夏子菱期盼不已。

终于，手机上显示的时间距离凌晨就只剩下八分钟了，街道上的人潮和车流已经开始攒动起来，望着街上三三两两，喜笑颜开的少男少女们，夏子菱终于还是没能忍住。

夏子菱埋下了头，泪水从脸颊上滑落至地面，唏嘘的抽泣声，惊动了身旁的祁威。

"夏子菱，你这是怎么了？刚才不是好好的吗？"祁威满脸焦虑地看着夏子菱。

但夏子菱倔强地没有向祁威回答一个字，她拼命地摇着头，手指紧握成拳，放在两腿边上，仍有寒风吹袭着她的身躯。或许，这样做就能减轻夏子菱心中的痛苦，就能让那颗躁动的心，随着寒风失去温度。

就在街道的另一边，一辆黑色高级轿车在不远处停了下来。一名身穿黑色呢子大衣的男子，从车内走了出来，他满脸欣喜，手中捧着一大束蓝色妖姬。当他一扬笑脸，望向街道的对面时，他看见祁威的一只手正搭在夏子菱的肩上，满脸关怀地对夏子菱说着什么。

视野里出现的那一幕，让男子手中的花跌落在了地上，他僵硬地站在那里，对司机说："师傅，您把车留下来吧，我想在这里待会儿。"然后,一个人站在寒风中,默默地注视着街对面的一切。他忘记了周围的喧哗,忘记了时间的流淌,直到零点钟声的响起,他才恍然发现自己的身上已经披上了一层雪花。

一种心痛的感觉,占据了他整个胸腔,他深吸了一口气,毅然向天空长叹了一口气。

原来,时间真的可以改变很多东西,就连感情也在所难逃。

街角对面,一名男子用迷离的眼神望着祁威和夏子菱,他迫切地想要将自己心中的疑问告诉街对面的那个人。

夏子菱,这就是你要给我的答案吗?

第二章

若再等三年，远方的你可还回

你要记住，在这个世界，不属于你的永远不会属于你，而属于你的谁也抢不走。

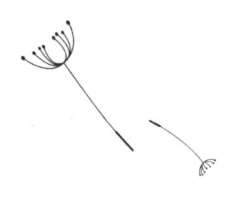

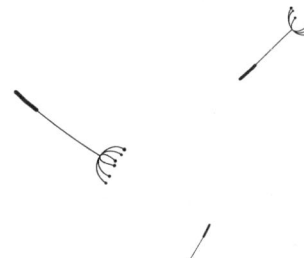

01

那天晚上,沈晨歌失眠了。车窗外是漫无边际的黑暗,好不冷寂。他仰躺在主驾驶的位置,手指夹着燃烧了一半的雪茄,整个人显得极度颓废。思虑过后,还是决定将车内的暖气打开。

他以为只要把自己冻在寒冷里,就可以忘却刻进脑海的那一幕。殊不知,夏子菱未守承诺的画面,犹如一颗锐利的铁钉,狠狠地扎在他的心窝。不管是梦魇,还是现实,他最终也还是认了。与其在这里承受痛苦的煎熬,还不如当作未曾来过。人生即是如此,有很多东西倘若不属于自己,再做过多的强求也无济于事。只是就这么放弃了吗?他摇头叹息。

天放明时,沈晨歌推开车门。也不知是碰巧还是注定,他张开双臂冲着天空用力呼吸时,一眼就看见走在天桥上的夏子菱和祁威。淡淡的暖光下,他们双手搁在铁栅栏上,凝望着远方。沈晨歌依稀能看到他们的嘴唇时张时闭,显然是在谈论某个话题。沈晨歌的心被揪得生疼,明明说好不要刻意去关注,但愣怔的双目仍然麻木地紧盯上方。

"夏子菱,你还会继续等他吗?"祁威偏过头,凝视她的侧脸。

第二章 若再等三年，远方的你可还回

"不会。"夏子菱平静地说，仿佛这件事对她来说已无关紧要。

"那如果他回来了，你会怎样呢？"祁威继续问她，心中恨不得沈晨歌这一辈子都不要回来。

"嗯？"她突然扭头看他，神情一阵疑惑，"祁威，怎么一早就说他啊？"

"我希望看到你的微笑。"他不假思索就说出了心声，像是只要是在夏子菱的跟前，他永远也扯不了谎言。

"哦。"她回应他一个短暂的笑容。"哎呀，快去学校啦，都快迟到了！"夏子菱急欲转身离去，栅栏的积雪被她的胳膊硬碰掉了一大堆。祁威惯性地去看那堆落雪。不经意间发现夏子菱的鞋带松散了。于是，他俯下身，无微不至地替她系好鞋带。

而恰在此时，祁威在栅栏的宽缝间看到了桥下的沈晨歌。恍如三年前，他曾瞒着夏子菱独自站在沈晨歌的面前，信誓旦旦地说："倘若三年你回来后不能给她幸福，那我也绝不会心慈手软再让她受到伤害。我会想尽办法甚至竭尽全力把她从你的世界带走，无论如何，我都有追求她的权利。沈晨歌，你记住，三年的约定如果落汤，那便意味着你的失败！"

三年的时光可以改变一个人。容貌，地位，年龄。但无论如何改变，一个人的双眼是改变不了的。祁威看到他的那一瞬间，就万分确定是沈晨歌。那股像火般灼热的目光，燃烧着祁威的心房。他回来了？他为何偏偏要在这个时候回来呢？！

祁威不明白这命运究竟是怎么注定的，难道沈晨歌又将和夏子

菱纠缠不清吗?他冷冷地看着桥下的沈晨歌,沈晨歌也刚好看见了祁威。俩人的目光仿佛能在冰冷的空气里产生战火,噼里啪啦地响个不停。

"祁威,怎么了呢?"夏子菱狐疑地低下头,欲沿着他的视线看去。

"啊啊,没事没事!夏子菱,不是快迟到了吗?我们快走吧,不然就来不及了!"祁威立即起身,在夏子菱完全没有反应过来时,匆匆拉着她的手往桥头走去。

一路上夏子菱虽说对祁威的神情感到奇怪,她尝试着回头看桥下的画面,却只见一辆锃亮轿车的身影,往城市另一个方向远远驶去。她狐疑地盯着祁威的侧脸,想从中寻得一丝讯息,但最终以祁威扭头扯出的微笑而忽略过去。

沈晨歌戴着耳机,眼睛迷离地看着城市的大街小巷。仿佛每一个角落,都埋藏着他和她旧时的回忆。跟前车水马龙的情形让他内心泛起一片荒芜,他蓦地惊觉自己像是整座城市最可怜孤独的影子。白雪掩盖不了他的落寞,他的心,凝聚着肉眼可见的创伤,那不可抑制的鲜血,一滴一滴无声无息地流淌。

他不敢去找夏子菱,生怕局面令人尴尬抑或无可扭转。这三年来,他虽在一个温馨的家庭度过许多时光,也有一个爱他他却不爱的女生林冬儿,但是这些让他觉得毫无意义。他的心无时无刻不在牵挂想念着夏子菱,可是她的回应却使他沉入低谷。

他想起临走时全家人的心情是怎样沉重。那天,他拖着行李箱,在机场一一向他们告别。父亲林志豪突然紧握住他的手,时而颤抖时而平静,他只递了个犀利的眼神给沈晨歌,仿佛所有想要表达的话语都包含其内。沈晨歌明白,他是想要他不管回国做什么,都要记得好好照顾林冬儿,因为冬儿是他们最疼爱最宝贝的女儿。

他也只是反握林志豪的手,咧嘴浅浅微笑。而当他走到母亲沈玉婷的跟前时,她却一把抱住他,用只能他俩听见的声音小声地说:"晨歌,我跟你父亲不同,我只希望你和冬儿这孩子能够快乐幸福就好。至于其他的……"说到这里,她的语气有些哽咽,差点不受控制地落下眼泪。

他轻轻地拍打沈玉婷的后背,说:"妈,我知道我知道的。"

后来到了林冬儿的面前,沈晨歌干脆伸出右手揉了揉她的头发,眯眼扬起嘴角说:"哥不在的日子里,可要好好听爸妈的话啊,不然的话,等哥哪天回来听到爸妈的告状后,哥可要收拾你咯!"

"嗯,知道啦。"林冬儿朝他吐了吐舌头,俏皮地说:"那我要加把劲地调皮捣蛋了。"

"还调皮?"他拇指与食指弯曲紧扣,不轻不重地在林冬儿额头微微一弹,"我走了。"

"晨歌!"林冬儿突然唤道。

"嗯?"他回头注视着她,"怎么了?"

"你什么时候回来?"她局促着说。

"可能会很久很久。"他侧头看向天空,眼神沉浸着希望缓缓说道。

沈晨歌登机后,林冬儿还傻傻地站在原地,仿佛只要停留,就能稳稳地抓住关于他的所有气息。她怔怔地仰起头,凝视着划空而去的飞机,直至机影变成一个微点、变得无影无踪那刻,林冬儿酸疼的泪腺终于崩塌,温凉的泪水沿着鼻翼流满面颊。而机座上的沈晨歌,却深深地叨念着那个铭记三年的女生。

如今再次站在熟悉的机场,他却再也升不起三年前夏子菱送别时的暖意。只觉得这漫天的飞雪,铺天盖地地侵袭他颤抖的身体。他怀着失望的心情购买机票。掏出手机,按了几下。他只要轻轻地点击,就可以打电话给夏子菱了。但是,他终没有这样做,而是长按电源按钮,一咬牙,关机。

有时人生就是这般有趣。夏子菱莫名不安地坐在教室,整颗心异常地扑通扑通直跳。每次有这种感觉时,她总能在第一时间想起沈晨歌。她在想,为什么他不给她来电说清楚理由呢?

迟疑了许久,她按捺不住地按下一串熟记于心的数字。沈晨歌,只要你接听电话跟我说说话就好了,我就会毫不犹豫地原谅你。几秒钟后,听筒里传来令人生恶的声音:"对不起,您所拨打的电话已关机!"

她难以置信地继续重拨,回复她的依然是同一个声音。

沈晨歌,你现在究竟在做什么呢?你像是突然间从这个世界消失得无影无踪,我连你的一丝踪迹也找寻不到。沈晨歌,你真的忘记了我们的三年约定吗？你是否还记得有这么一个女生，还在这座埋葬记忆与回忆的城市，等待你的归来呢？

那段日子的夏子菱经常卷入梦魇，她总是会梦见沈晨歌的身影却无法触摸。似乎更让她觉得有一天，沈晨歌真的会离开她。

02

如果心中的伤痛想要得到治愈，最好的器具应该是时间，而最好的方法是将心扉紧锁，不去回忆与思考，等待时间的河流将其冲刷填平。

沈晨歌回到了法国，从飞机落地的那一刻起，他整个人就像换了个人一样。他用沉默的面容，站在巨大的落地窗前，望着停机坪上静止不动的一架架飞机，目光注视着远方。几分钟的时间，似乎让沈晨歌做出了一个重大的决定，只见他毅然从外套中掏出电话，轻轻地按下了通话键。

"爸，有件事儿我想和您商量一下……"

机场内的广播播放起温馨提示，甜腻的声音覆盖了整个机场大厅，同样也将沈晨歌的声音淹没在这片甜腻的海洋里。

一架飞机到达了起飞的跑道上，一阵急速的冲刺后，飞机扬头翱翔在了天空中。

沈晨歌望着腾空的飞机，对着电话表达着自己的激动之情。"爸，感谢您对我的理解与支持。"

沈晨歌挂断了电话，沉默的脸上洋溢出一份淡淡的笑容，他迈开步子，快速朝出口走去。在出入口的位置，他招了辆的士，乘车前往都市的中心。

那时候的沈晨歌，一心只想将自己沉浸在繁忙当中。

沈晨歌清楚地知道，只有让自己忙碌起来，他才可以彻底不受外界的干扰，他才可以完成自己想要完成的事情，得到自己想要得到的一切。

尽管，圣诞夜当晚沈晨歌亲眼见到了夏子菱和祁威温馨的场景，但实际上沈晨歌还是不愿意相信自己看到的就是事实。他只是觉得，三年来因为距离的遥远，可能让夏子菱对自己有了一点生疏，对祁威多了一份依赖，但是沈晨歌坚信，不管现在夏子菱依赖的人是别的陌生人还是祁威，只有自己才可以让夏子菱过上真正幸福的生活。

虽然过去了这么多年，可沈晨歌的内心里始终还有未了的心愿。而如今，在父亲林志豪的同意下，沈晨歌终于有了完成心愿的机会。

夏子菱，无论怎样我都会让你过得比别人都幸福。这句话就这样被沈晨歌淹没在了时间的河流中，三年的时光里，沈晨歌无数次地想要将这句话向夏子菱袒露，他想用最简单干净的言辞，让夏子菱感受到他内心深处最炙热的情感。然而，每一次沈晨歌都在即将开口的一刹那，将言语吞没到了肚子里，他始终觉得当时的自己，没有足够的勇气向夏子菱说出那样的话。

不过，现在看来一切似乎都存在着转机。

第二章 若再等三年，远方的你可还回

"夏子菱，我沈晨歌不管你过去的三年里到底过得幸福与否，但是我相信未来的日子里，只有我是能够给你最多幸福的那个人。"

沈晨歌站在一块白板前面，一脸坚定地望着白板上粘贴的文件与用白板笔写的字迹，当他的目光稍微向右偏移十几度的时候，他看到了那张自己特意贴在角落上的照片。

那是夏子菱当年的照片，她嘟着小嘴，满脸埋怨。

沈晨歌清楚地记得，这一张照片是他抓拍到的夏子菱。那时候，沈晨歌和夏子菱刚刚从游乐园里的跳楼机下来。从坐上跳楼机，到从跳楼机下来双脚平稳落地，夏子菱脸上的表情形成了鲜明的对比。

上跳楼机之前，夏子菱一脸的兴奋与好奇。当时，沈晨歌信誓旦旦地对夏子菱说："坐上了跳楼机之后，你不仅可以看到整个游乐园里最美丽的风景，还能获得我送给你的意外惊喜。"

一听到有如此好的福利，夏子菱当然不可能放过那样的好机会。随即意气风发地对沈晨歌说："走，带姐瞧瞧去！"

玩跳楼机之时，夏子菱感觉自己彻底上了沈晨歌的当，什么游乐园里最美的风景，忽上忽下的视野，伴着一阵阵急速上下的冷风，弄得夏子菱一阵头昏眼花。更要命的是，从机器启动的那一刻，夏子菱的尖叫声就没有停止过。"我的妈呀！神呀！恳请您让这个玩意儿早点停下来吧……沈晨歌，你快让他们把我放下去……哎呀妈呀！这玩意儿太让人受罪了……"

下跳楼机之后，夏子菱感觉自己整个人都要完蛋了，凌乱的

发丝足以证明游玩时她有多么的惊心动魄，那嘶喊过度的声音，宛如沉睡复活的古尸，尽显乡土气息。她嘟着小嘴，顶着一脸一头凌乱的发丝，一脸怨恨地看着沈晨歌说："沈公子，您说好的惊喜呢？"

当时，沈晨歌一脸醒悟的样子，他赶紧从随身的包里掏出了拍立得相机，然后一本正经地指着镜头对夏子菱说："看这里！"

不知道当时夏子菱是不是因为玩跳楼机玩得头脑发昏，当她很是配合地将目光看向镜头时，她听到了沈晨歌讲出的"Surprise"！

相机发出了机械的声响，记录下了当时夏子菱的容颜。沈晨歌晃动了几下照片，图像慢慢在白色的相片纸上显现出来。他将照片递到了夏子菱的面前，喜笑颜开地对夏子菱说："当当！惊喜来了。"

见相片中自己一脸怨妇相，夏子菱心中多了几分不爽，正当她挽起袖子，准备好好修理沈晨歌的时候，沈晨歌的一句话成为了制止战争爆发的关键。

当时，沈晨歌站在了夏子菱的面前，他轻轻地挽起了夏子菱凌乱的头发，像抚摸小猫的毛发般，小心翼翼地将那一根根调皮的发丝捋顺。他说："或许这份惊喜过于简单，抵不过鲜花的迷人，但我只想用这种简单的方式将你封存在我的脑海里，无论喜怒哀愁，我都愿意珍藏，因为那是你完整的一切。"

那时候阳光照在夏子菱的头发上，暖化的背景让沈晨歌感觉到自己内心里涌动着丝丝暖流，正是那种暖流一直铭记在沈晨歌的心上，无法忘却。

或许，有时候最简单的东西，往往是人们最难忘却的。

"夏子菱，等我回去，帮你重拾遗失的美好。"沈晨歌看着角落上的照片，目光坚定，嘴角显露出微笑。

白板背后的巨大飘窗投射出夕阳的光辉，凌乱的房间内，沈晨歌继续忙碌起来，他时而书写，时而思考，时而坐在电脑前查询资料，忙碌的身影在这个不大的房间内来回穿梭着。

但这里并不是沈晨歌自己的家，准确地说是沈晨歌短暂休养的地方。沈晨歌开玩笑般地称呼这里为秘密基地。就在这里，他正在密谋一个庞大的计划，他等待着时机，在回国后的某一天上演一场华丽的逆转。他无时无刻不告诫自己："沈晨歌，为了回到你心爱的女人身边，你一定要加油。"所以，他做出了与夏子菱待在一个学校的决定，他希望自己能陪在夏子菱的身边，同时在她的陪伴下，完成自己心中不曾泯灭的心愿。

这一刻，手机铃声突然响起，看着手机屏幕上"Darry助理"的字样，沈晨歌快速接通了电话。

"Darry，国内那所院校的转校手续办得怎样了？"

"少爷，请您放心，院校的手续已经办妥。您现在可以安心筹备国内的市场计划了。"

三个月的时光，像腾空绽放的烟火，又像涓涓细流的河水，看似漫长却又稍纵即逝。

只是沈晨歌已经不太记得，这三个月的时间里，有多少时间可以用不可开交来形容，又有多少闲暇可以用牵肠挂肚去描绘。内心深处，那如同命运牵绊的名字，像拴在树枝上的红绳，让他有了念想。"夏子菱！"他渴望着能够站在她的面前亲口呼唤出的名字。曾经几次尝试，更像是隔空叹息。

逝去的三个月时间，他也收到了许多关心和问候。而这种平常得像是一日三餐的问候，在他的内心里却像是阻碍血液奔流的沙粒。

他不明白，到底是什么时候，自己对这种看似平常的问候，有了几许尴尬。或许是因为他的心里早已住下了一个女人，不然，为何连自己妹妹真挚的关怀，也会徒增少许的碍眼？

"晨歌，国内的生活你还能适应吗？"

"晨歌，最近天气多变，你可要注意身体哦！"

"酱酱！现在是午饭时间，希望我最爱的晨歌能够按时吃饭哟！"

"哎呀！好无聊哦！讨厌的晨歌都不陪冬儿聊天了，现在冬儿十分生气。希望晨歌看到本条信息后，速速前来安慰冬儿。"

……

他隐瞒了自己的去向，像蒸汽一般从林冬儿的生活里消失。

对沈晨歌来讲，或许这是一种有效规避的方法，他可以争取到更多的时间和空间去为了一个自己认为已是变心的女人，专心地密谋一场拯救爱情计划。

第二章 若再等三年，远方的你可还回

可是对于林冬儿，她的心思沈晨歌真的清楚吗？作为妹妹的她，只是希望哥哥能够体会到妹妹无时无刻的关心，而沈晨歌的行为，更像是为林冬儿举办的一场盛大捉迷藏活动。

他掏出了手机，看着纵列成排的联系人姓名，他选择了其中一个。手机界面跳转至短信编辑界面，沈晨歌输入了几个字，又迅速地将其删除掉，接着又输入了几个字，反复几次，短信的输入界面始终空白一片只有光标独自闪动。就在他毅然输入"我会回来看你的"字样时，飞机上的乘务员为他送上了最为真挚的微笑。

"这位先生您好，请您关掉您的手机电源，飞机即将起飞。"

那一刻，他配合地长按下电源键，手机霎时转为黑屏。

发动机的轰鸣，响彻整个机舱，当沈晨歌被飞机发动机唤醒的时候，他已经到达了中国内陆的某座城市。

从机舱里出来的那一刻，外面暖阳一片。

三个月后的这座城市，已经慢慢展露出了春天的痕迹。暖阳早已唤醒了沉睡多时的大地，生机勃勃的一天，寓意着崭新的开始。

再次归来的沈晨歌，面对此情此景心里不免感触。难道这会是上天的暗示吗？预示着自己和夏子菱阔别三年之后，将会有一个崭新的未来？

沈晨歌走出机场大厅的时候，特意掏出手机看了看时间。

四月一日，早晨，七点五十五分。

"看样子，到学校报到的时间，会有些偏差了。"沈晨歌无奈地摇了摇头，头顶黑色帆布鸭舌帽，戴着一副墨镜，提着一个很轻的

行李箱,招了辆的士。

"师傅,请到×××学院。"

03

就连夏子菱自己也不太清楚,教导处的主任为什么会安排给自己这样一个任务。

"四月一日,接一名转校生报到!这会不会是老师给我开的愚人节玩笑?"尽管夏子菱的心中满是疑惑,但她还是照办了。

心想着自己要站在校门口,傻等着目标出现,夏子菱的心情就好不到哪儿去。

一个小时悄然逝去。

每每见到提着大包东西的人向校大门方向走来的时候,夏子菱都会瞬间挤出百分的笑脸上前询问:"同学,你是转校生吗?"

对方总是一脸吃惊地看着夏子菱,像遇到神经病一样,远离她。

一次次地被人歧视,让夏子菱心中满腔怒火,她越想越觉得自己一定是被教导处主任愚弄了。要是主任真的让自己迎接转校生,干吗他老人家不将对方的信息透露给自己,这似乎也太不合常理了。

正当夏子菱准备返程询问主任详情的时候,一个戴着圆框眼镜的蘑菇头男生出现在了她的视野里。他提着一个大大的塑料布口袋,一脸谨慎地看着她的方向。

"同学,你一定是新来的转校生吧!"她像见到了宝藏般,咧着笑脸像打了鸡血般冲了上去。

蘑菇头眼镜男见夏子菱的模样有些猥琐，赶紧扔下塑料布口袋，慌张地朝一边逃命。那脸上惊慌失措的样子，像是害怕自己保存了十几年的贞操突然不保一般。

而就在这时，一辆的士挡住了男生的去路，一阵长鸣，惹来众人的目光。夏子菱和蘑菇头眼镜男顿时愣在原地，他们看见一个戴着黑色蛤蟆镜，头戴黑色帆布鸭舌帽的男生，提着一个咖啡色旅行箱从的士的后座下了车，一套黑色西服，将他的身材修饰得无可挑剔。

夏子菱的目光，早已被吸引过去。当她注意到那名鸭舌帽男生将头偏向她时，夏子菱的脸上不自然地红了一小块。

"同学，请问教导处该怎么走？"这是男子下车后对夏子菱说的第一句话。同时，也是三年又三个月后，沈晨歌第一次这么近距离与夏子菱对话。尽管圣诞夜所见的情景让他有些顾虑，但眼前面带羞容的夏子菱不禁让他想起了当年在楼道里两人第一次见面的情景。

"你是法国归来的转校生吗？"听见男子不太地道的普通话，她当即询问了出来。

戴着墨镜的沈晨歌朝夏子菱点了点头，他看着她突然绽开的笑脸，内心里暗自涌现出一丝波涛。难道，自己的全副武装被夏子菱认出来了？看着向自己走过来的夏子菱，沈晨歌心里阵阵慌张。他本想好好逗逗夏子菱，但如果自己真的行迹败露，那不是破坏了他的良苦用心？

"您好，我叫夏子菱。我受教导处主任的委托，专程来迎接您的到来。"她走到了他的面前，递出了自己的右手。

"叫我本沙明就好。"全副武装的他并没有理会夏子菱递过来的右手，径直地朝校内走去。

看着本沙明的背影，夏子菱的脑海里竟然闪现出了沈晨歌的容貌。本沙明那宽厚的肩膀，不自然地让夏子菱产生了联想。明知道沈晨歌早已不知去向，但为何此时自己却将一个归国留学生与沈晨歌产生了联系呢？就仅仅是因为那人有着和沈晨歌形似的肩膀？还是自己的内心依旧无法对沈晨歌释怀呢？

"你是从法国哪所学院转校回国的呀？"夏子菱小跑着追上前去，好奇地向本沙明打听到。

"ESSEC Business School。"

"那你认识一名叫沈晨歌的留学生吗？"在本沙明说出ESSEC的时候，夏子菱就已经克制不住自己的情感了，因为沈晨歌向夏子菱说过，他在法国就读于ESSEC Business School。夏子菱满怀期望地看着本沙明，她迫切地希望本沙明的回答是肯定的。

沈晨歌故意摇了摇头，他想看看夏子菱的反应到底会是怎样的。

果不其然，夏子菱的反应是巨大的，先前那如同泛着星光的眼神，在一秒钟便失去了色彩。就像被笼罩上一层雾霾，让夏子菱如同丢魂一般。她失望地低下头，沮丧地自言自语。

第二章 若再等三年，远方的你可还回

"对不起，我以为你认识他。可能这种想法有点天真，但对于我来讲，或许那就是一场盛大的希望。"她说着，朝前默默地走了几步，眼眶的泪水再次不争气地涌了上来。

"怎么，他是你的亲人？"本沙明注视着夏子菱的背影，光线雕琢出她黑色的剪影，带着几许神秘。

"是挚爱，更似亲人。我们三年前走到了一起，因为他家里的原因，一家人去了法国。临走前，他向我约定，说三年后他将回来与我团聚，不离不弃。可是，三年之约已过，他没有出现，也杳无音讯。朋友劝我别再执迷不悟地等待，可是我相信，他一定会回来。他说过……"她将头轻轻仰起，撩动的发丝随着风轻轻飘舞。

"他说过，夏子菱，三年后，我一定会回到你的身边，不离不弃。夏子菱，我许诺你三年，就只为属于我们的明天。"这一刻，沈晨歌已经丢掉了他身上所有的伪装，他从那个空空的旅行箱里掏出了一束玫瑰，当下跪地捧着红玫瑰，看向了夏子菱。

她惊愕地回过头，发现身后的男子正一脸微笑地捧着红玫瑰，一字一句地对她说着："夏子菱，我回来了，不离不弃。"

泪水决堤般地涌出了眼眶，弄花了她精美的妆容，但她对此并不介意，任由泪水在她脸颊上奔涌。她向他不住地点着头，就像当初他向她告白的时候那样，笑容单纯，满脸欣喜的模样。

感情的事，从来都是无法强求的，但为何一个人在追逐的同时，却义无反顾地扛下比悲伤更疼的累赘呢？

她不明白，以为自己的心海早已被时间摧残成干涸的河床，只

要把持不放弃的希望,就可以换来最为幸福的结局。可是祁威曾无意中对她说过一句话:"夏子菱,你要记住,在这个世界,不属于你的永远不会属于你,而属于你的谁也抢不走。"

沈晨歌的沉默和突然的回来,是以自认为对的方式来给她惊喜吗?夏子菱的思绪骤然间乱如麻。

紧握手机,按下最后一个字符的时候,正是凉夜入侵。她并不知道自己想要做什么,耳垂边悬挂着的耳麦,轰轰烈烈地播放着摇滚音乐。她并不喜欢刺激脑细胞的曲调,好比此刻的她彷徨在不归路中迷乱自己,却异常伤怀。重新阅读手机短信中输入的文字,确定无误后咬紧牙关才摁下发送。

她像是刚从战场上击杀过一样,缩在暖和的被子里呈现虚脱状态。短短的几个字,就让她花了大半个夜晚,按照三年前他有过的习惯,这时应该收到短信了吧。

沈晨歌围着浴巾从浴室走出,湿润的头发散乱贴在额上,倒是给他增添了几分魅惑。

手机的短信铃声划破偌大的客厅,沈晨歌立即扔下手中的毛巾,疾步走过去,静静地盯着手机屏幕上跃动的"夏子菱"三个字。换作以前,这三个字仿佛是生命中最为灿烂绚丽的存在,可是现在,却像是一只青筋腾起的大手,用力地扼着他的咽喉。

他最终按捺不住地绘制解锁图案。点开短信:你是我此生最意外的遇见。

他太了解她了,也明白她文字潜藏的意思。三年前的他们,也

第二章　若再等三年，远方的你可还回

是那般意外地相遇相识相恋。他佯装成寻找"沈晨歌"的陌生学生，刻意地走入她的世界。三年后的他们，却又以同样的方式、不同的剧情相遇。他再次佯装新生前去找她帮忙，重新走入她的世界。

如果过去的三年是离开她自寻发展的任性妄为，那现如今又算得了什么？他们都在时光的洪流中肆意地成长，生活与现实却给了他们最大的打击。像是有无数个冷眼旁观的行人无时无刻不在嘲笑着他：沈晨歌，你是个彻底的笨蛋，三年了，你究竟想要换得什么？

他颤抖地握着手机，想要以曾经最快的速度摁下文字回复给她，但也只是徒劳。他顿时无力地靠着沙发，缓缓地滑下，瘫坐在木质地板上。头顶刺目的桔灯，像是来自很远很远的午夜精灵，天翻地覆地绕着他的双眸不可抑制地旋转。

快要睡着的夏子菱，终于等到了短信回复。三两下蹭地起身，迫不及待地摁下解锁按钮。短信字数不多，比她的还少。或许少得可怜。

彼此。

这是沈晨歌给她的回复。

她呆若木鸡地一直盯着那两个字，待屏幕由明转暗再到熄灭，她依然一动不动。仿佛过了很长时间，她蓦地咧嘴只淡淡地笑，仿佛仅仅十四画的"彼此"两字就能轻易地让她感到满足。也对，夏子菱就是这种没心没肺无头无脑的笨女生，就算上当受骗了也能装作无所谓。

夜已深。她将手机搁在枕边，用力一拉棉被，把自己毫无保留地藏在被中。那样，谁也不会看见，她曾在漫漫无尽的黑夜中，悄无声息地流下温凉的泪水。

第二天下午的时候，夏子菱早早就催着祁威去了醉生梦死。沈晨歌临时有事，会晚点到。说要为沈晨歌庆祝，是夏子菱的提议。祁威心底明白，不管沈晨歌是否如期赴约，只要他能回到她的身边，她都会佯装没事一笑而过。

"夏子菱，祁威，准备好了吗？我们都弄得差不多了。"唐九安身上系着围裙，像个大妈似的推开门往外边喊道。

这是夏子菱第一次看到华丽服装下套着围裙呈邋遢模样的唐九安，忍不住笑了。祁威走来叹息一声，牵拉过围裙，对满额渗出汗液的唐九安说："那些粗活就让我来做吧。"说完，自顾自地爬高上梯悬挂气球。

"有洁癖的人，伤不起呢！"李晟十分嫌弃地走过，喃喃说道。

唐九安本想就他这些话反驳几句，想想还是算了，李晟这种吊儿郎当的性子他们早已见怪不怪。一来李晟是辞树暮花的乐队成员，二来他也是大伙儿的朋友，免得伤了和气。

忙碌中的夏子菱耳尖，仿佛大老远就听到正门被推开的声音，激动万分地跑了出来，看见沈晨歌抱着一大束鲜艳欲滴的红玫瑰，立马就红了眼睛。疾步上前几步一把抱住沈晨歌，凑在他耳边小声地哽咽："晨歌，谢谢你，终于来了。"

沈晨歌腾出手温柔地拍打她的肩笑笑："夏子菱，没事，我这不是来了吗?"说罢,轻轻推开她,双手捧着红玫瑰递在她跟前,迎着春季的暖阳浅浅微笑:"夏子菱,送给你的。"

这样熟悉而美好的感觉,三年前就多次有过,现如今的这段日子不是她一直期望着的吗?她凝望着微弱日光下的沈晨歌,像是触摸不到的存在,只要一伸手就会消散般。她在害怕,也在犹豫。明明他就那么清晰无比地站在眼前,可是她的心房却蓦地感觉空空如也。

"夏子菱,你在干吗?马上就开始了啊!"祁威的出现使得僵硬的气氛瞬间消失。"啊?"夏子菱抬头惊醒过来,匆匆说:"沈晨歌,你在这里等一下,我稍后就来。"于是,转身往内室跑去。

沈晨歌看着手中停留许久的红玫瑰,不禁抿嘴苦笑,难道她真的忙得没有时间接过他的心意吗?正当他懊恼着的时候,眼前的光明刹那间消失,黑暗迅速覆盖他的视线。

待他重新睁开眼睛,酒吧舞台上方"沈晨歌"三个荧光大字,明晃晃的像一把钢刀狠狠地扎在他的心口,疼得呼吸都带痛感。随后,噼里啪啦的声音起伏不定地响着,缤纷的彩带从天而降,落满他的双肩和头发。

"沈晨歌,欢迎你回来!"夏子菱激动不已地握着麦克风,音箱里传出的声音都带有颤音。她看着霓虹灯下的沈晨歌,无助的思念轰的击溃泪腺,她抬起手,拭去眼角的泪滴。

台下一侧的祁威看到夏子菱的反应,双手不由自主地紧紧握着,他明白沈晨歌的回来全然让她变了一个人似的,心中千疮百孔的疼痛只有他自己知道。有那么一刻，他恨不得沈晨歌从未曾出现，否则这几年来，他们都不会为了心中的那个人兀自流泪。

一曲忧伤温暖的音乐自琴键里缓缓流淌。辞树暮花乐队的键盘手顾泞，丝毫不受影响沉稳地坐着。十指跃动的节奏，仿佛是唤醒沉睡音符的能量，舒缓悠长的琴音渐行渐远，弥漫在整个酒吧。这如流水洗涤过的琴音，干净得让夏子菱仿佛回到了三年前。她回身静静地看着埋头中的顾泞，她能触及他的伤怀，也理解他早已将世俗置之度外，活在自己的世界里，依然扮演最孤独最寂寞最安静的键盘手。

她回眸冲着台下的大伙儿明媚地笑着，目光所及之处，留下淡淡的暖意。沈晨歌倒抽了口气，缓缓走上舞台，众目睽睽之下单膝着地高举红玫瑰，递到夏子菱的眼前。

夏子菱愣怔地看着沈晨歌意外的举止。面颊腾地晕红。好在纷乱的霓虹掩盖了她的惊慌失措。"夏子菱，接啊，接啊……"台下唐九安一行人的声音盖过了琴音，他们是真的为夏子菱感到高兴，因为这三年来，他们终于再见她的笑容。仿佛看到辞树暮花刹那间充满温暖和希望的力量。

夏子菱只好在这喧闹中，双手接过红玫瑰。而当她接过的那一刻，一直凝视着她的祁威蓦地转身，将失落的背影留给了炫目的光芒。

04

红艳的玫瑰衬出她幸福的容颜,那种发自内心的笑容,像春风唤醒的花朵,娇嫩迷人。

"夏子菱,别愣在那里傻笑呀,你倒是向我们大伙儿发表下你此时此刻的感言呀!"苏沐倚着吧台对她说着。

"到底该说些什么好呢?"满脸红晕的她内心里暗自思考,朝苏沐看了看,又看了看周围其他的人,最后又将目光锁定在了沈晨歌的脸上。那时的沈晨歌,正满脸微笑地注视着她的眼睛。他们目光对视,让她感觉他正期许着她的回应。一种烟火腾空绽放的喜悦占据了她的心房。或许是因为他的目光过于炙热,那一刻的她竟低下了头,伴着羞涩的容颜,轻轻地对他说了一句:"谢谢!"

就在夏子菱说出谢谢之前,在场的所有人都屏住呼吸,保持安静等待今夜最为期待的时刻。然而她的一句谢谢,像一盆冰水泼向了众人,引得唏嘘一片。蓦地,她独自一人捧着花束逃到了后台。

"夏姑娘,你可真不懂风情!"苏沐喝了一口红酒,起哄似的对夏子菱说着。可哪知道她把话说完,夏子菱竟消失得无影无踪了。"夏子菱,有本事你今晚躲到后台就别出来了。"苏沐摆出她大姐大的气势,朝后台大喊,显然她对夏子菱的表现十分不满。

唐九安站在吧台一旁,端起红酒瓶倒进手上的高脚杯里,笑着对苏沐说:"哎!毕竟夏子菱性格内向,和你这女汉子比她可差远了。你就在这儿安心喝酒,等着看她一会儿带来的节目。"

"可是，夏子菱她也……"苏沐心有不甘，话刚到一半就被身旁的声音打断。

"真矫情。"李晟恰时冷冷补上一句。彻彻底底打断了苏沐的思路。她朝他白了一眼，悬空的酒杯里红酒泛起轻微的波浪。唐九安见此情形，立马握住她的手，他向她摇了摇头，示意就此算了。

苏沐倒吸了口气，硬生生地将要说的话咽了回去。可李晟倒好，并没就此作罢，反倒是步步紧逼。他冷眼朝唐九安打量了几眼，"哼"一声从他身旁走了过去。

舞台那个将失落背影留给炫光的祁威，终于不再是一脸的沉默。他背着一把吉他，站在舞台左侧，强硬地咧嘴，颤抖的肌肉让唇角保持上扬的弧线。

尽管他觉得夏子菱说得很对。收了礼物，就应该说声谢谢。同样是谢谢两字，却让他感受到了她对待自己和沈晨歌的差距。那种落差感就像是她曾对自己说的千万句谢谢，都抵不过刚才对沈晨歌说出的一句。

夏子菱，如果某一天我对你说出的谢谢抵过了曾经你对我说过的所有，你会视若生命般将它接受吗？

他将目光投向舞台中央，此时的夏子菱身着粉红色的休闲服，站在舞台最亮的中央，手握麦克风，神采奕奕地注视看台的最中央。

"接下来，请允许我把这首原创歌曲送给我阔别三年的挚友，一首《就算等待过于永久》希望你能喜欢。"

话音刚落，整个醉生梦死置身在一片黑暗当中。随着音乐前奏响起，舞台最中央的灯光缓缓炫亮，与之呼应的一缕暖光投向了看台中央的沈晨歌处。

这一刻，辞树暮花乐队成员都站上了舞台，弹吉他的祁威，玩贝斯的唐九安，把弄键盘的顾泞，还有鼓手李晟。他们站在主唱夏子菱的身后，像是赋予她勇气的源泉。

或许，只有一个观众的看台会显得过于空旷，但对于她来说，今晚所营造出来的氛围，都是她特意为沈晨歌准备的。她鼓足勇气，才想出用这种方式向他宣告"你就是我的唯一"。

你走了，我哭了
听不见的呼吸，停留心口
不知多久多久，兴许多年以后
时光沉浮，心蒙伤愁
承诺经传区别白昼
花开花落相伴厮守
就算等待过于永久
仍然记得当时离愁

风停了，泪干了
看不见的身影，伤感眼眸
飞鸟停留停留，白云游走游走
……

光影互动中的她,就像吟唱诗歌的精灵,让沈晨歌陶醉。若不是因为身边的椅子发出声响,或许他都没察觉到苏沐已经在他身旁坐下。

"怎么样?有没有感受到她对你的心意?"苏沐用拿着红酒杯的手碰了碰沈晨歌的肩膀。

他回过神来,尴尬地朝苏沐点了点头。面对此情此景,他的心早已像解封的河水,颤动不已。他突然发觉,自己的想法是多么愚昧,仅仅一眼,他便轻信了自己的所见。曾经那个单纯美好让人着迷的夏子菱明明就在那里,她依旧保持着当年离别时的单纯与美好,苦苦等待三年,只为自己能够按时赴约出现在她的眼前。可是,一想到自己当时的想法,他就懊悔不已。

他垂下头,在音乐氛围的烘托中,不禁黯然神伤。夏子菱,不管未来会变得怎样,请你相信我,我会一直陪伴在你的身旁。

舞台上,夏子菱满心投入地唱着,当她偶然发现沈晨歌那黯然神伤的容颜时,她的心被他牵引向了一边。他到底怎么了?身体不舒服?有心事?还是这首代表自己心声的歌曲并没将他打动?

她死死注视着他的举动,突然发现他的手中,有样东西在散发着光芒。光芒持久地闪烁,短暂熄灭之后,又骤然亮起。她认真地数了下,发现那道光芒来来回回闪烁了有七次之多。

那是沈晨歌的手机,是他手机发出来的光芒,可为什么他却不在此立即接起电话?沈晨歌,会不会有什么重要的人要和你谈论什

第二章 若再等三年，远方的你可还回

么重要的事情呢？

夏子菱的目光没有偏离沈晨歌，当她注意到他手机发出第八次光芒时，她看到他起了身，示意地朝酒吧出口指了指。她愣愣地看了一眼，就发现他早已朝酒吧门口走去。

"晨歌，那通电话对你来说就真的那么重要？"她望着刚刚闭合上的大门暗自忖度。

酒吧的外面，一片灯红酒绿的情景。

沈晨歌找了一个僻静地方，他掏出手机看了一眼，敞亮的手机屏幕上显示着"冬儿"的字样。

电话刚接通，愤怒的女声就从听筒里传了出来。

"沈晨歌，你这个大坏蛋，大骗子，竟然一个人跑回国内，把冬儿一个人丢在法国。说，你是不是打算不回法国了？准备留在国内，扔下冬儿不管了？"

"冬儿，你这话怎么说的。哥哥和你这么多年了，有抛下你不管过吗？哥哥这次回国是有正事要办。"

"正事儿？什么正事儿？抛下你的妹妹不管，回国私会那个叫夏子菱的女生？你的助理Darry可全跟我说了，此行你可是醉翁之意不在酒。"

"那是他在和你开玩笑呢！我这次可是回到咱家集团旗下的传媒公司实习的。"

"我才不管你那些，总之你要好好补偿冬儿。"

"行，哥答应你，好好补偿补偿我亲爱的妹妹。说吧，咱冬儿

想要什么呀？"

"这个嘛……容我先想想，要不先欠着，等下次我想好了告诉你？"

"行，等你哪天想起了，跟哥说一声就成。"

"这还差不多，好了，冬儿不打扰你了，一个人住记得照顾好自己哟。"

"还是妹妹关心我，那哥可先挂电话了。"

"恩准。"

听筒内恢复了平静，沈晨歌看了看屏幕上显示的通话时间，没想到这么简短的几句话竟然浪费三分多钟。

三分多钟，对别人来说也许就是一首歌的时间吧。可是对沈晨歌，对夏子菱来说，这短暂的三分多钟却意味着太多的东西。

三分多钟可以让她坦诚地表露出自己心扉，将那份最纯正最炙热的感情带到他的面前。

三分多钟可以让他在世故与现实中作出最为沉重的挣扎与决定。

她能够体会到这三分多钟对他的意义是何等重大吗？

他能够体会到这三分多钟对她来讲是种最为纯粹的渴望吗？

当一份心甘情愿的等待，经受了一场时间的洗礼，当初看重的一切真的会得到想要的答案吗？

第三章 我心里的城堡只住了一个你

生命中,最真实的存在感往往离不开最刺激心扉的感触。它们在光照,在情感,在行为,在人物的聚集下,成为了铭刻身心的记忆。在时间的糅合中成为了烙印心底的痕迹。

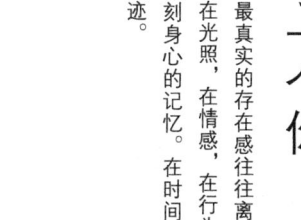
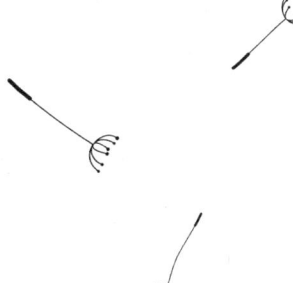
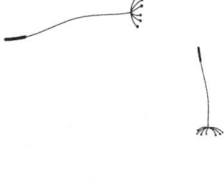
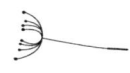

01

等待很久的夏子菱，终于再见酒吧的正门有推开的趋势。沈晨歌从酒吧门外走了进来，此时的舞台，早已失去了先前的庄重。抒情的音乐被劲爆的DJ取代，"辞树暮花"的成员像败下阵来的士兵，"丢盔弃甲"地游走在酒吧当中，他们沉默不语，静观其变。

但只有一个人在坚持。

夏子菱把持着麦克风的支架，用迷离的眼光望着酒吧的大门。就在她看到他出现的那一刻，她以为自己的血液会因为他的出现再次沸腾。可实际上，她的想法错了。在他们彼此四目相接的那一刻，他歉意的微笑，成为了她情绪决堤最大的导火索。山洪奔涌的痛楚，再也无力支撑她的理智。她随即跳下舞台，想将自己的脆弱不堪掩藏在音乐中，让音乐将欲望埋葬。

"夏子菱！"他突然用力地唤她。

她停止摆动。怔怔地抬眼凝望。他们就这样面对面站着，迷离的极光肆无忌惮地打在他们身上。他内心百般纠结着该如何出口，此刻他的脑海一阵凌乱，终于胡乱想了一番确定无误后才轻轻地说："夏子菱，那个……"他突然顿住，一时说不下去。

夏子菱只是浅浅地嗯了一声，继续等待他的下文。他的心口堵得慌，看着如此沉默的她突然变得极其不自在，仿佛他在编一个巨大的谎言，一旦戳破便无地自容。

她最怕气氛尴尬了，扯出微笑："晨歌，你是不是有事呢？"

"嗯，我即将实习的公司来电，要我立即处理点事情。"他接着她的话语，顺畅地应答下去。说罢，扬着手机冲她笑着。

夏子菱也不再多问，说不出为什么，总觉得心里怪怪的。可能真的是她想多了吧，沈晨歌怎么可能会是那种人呢！

街道的风渐渐大了，犯傻的夏子菱站在路边，使劲招手替他唤来的士。沈晨歌突然上前紧紧拥抱她，用下颚抵着她的脑袋。她像触电般伸手轻推开他，但是他的怀抱仿佛紧密吸附的磁铁，使得她动弹不得，只好将双手搭在他坚硬的胸膛。

"夏子菱。"他想要说点什么，却终究只是唤着她的名字。他从心底里泛出惧怕，唯一能做的就是紧紧地抱着她，用无形的温暖来弥补自身犯下的错误。

她发现倘若沈晨歌再不离开的话，她就会更加难过和失落，她最受不了这种送别的氛围，此时的场景，让她想起三年前偌大的机场，也是这么紧紧一抱，他们之间的距离隔得越来越远。她能感觉到自己的心房在翻腾，像有一块通红的烙铁，毫无预料地投进水中，"刺刺"的声音，响彻她的耳膜。不由得，她用力一推："沈晨歌，司机都快等不及了呢！"她佯装着笑，笑得干涩。

"快了快了。"他回头冲司机说着莫名的话，再伸出手指刮了刮她的鼻翼，粲然一笑："就这么希望我快走啊，都不挽留一下吗？"

"难道我要跪着哭着拉着你的双手说'沈晨歌，你不要走，不要再离开我好吗'这些话？"她眨巴着大大的眼睛，颇有演戏的天分。

他扑哧一声笑出来，扬手说："还是算了吧，有你夏子菱大小姐亲自送别是在下最大的幸福了。"

阵阵凉风拂来，她才蓦地想起他们站在这里有多么突兀，司机已有好几次投来异样的目光，仿佛每一道目光都在不停歇地表达"你究竟要不要走啊"之类的感慨。

沈晨歌最终还是上车走了。这下连头也没有回过一次。看来他是真的有急事要做，否则也不会这么慌张地离去。她不断地自我暗示。可是看着他远去的身影，心中纵使佯装得再快乐，也不能让悲伤销声匿迹。直到的士完完全全从她的视野消失。

好不容易等到他回来，又这么急匆匆地走了，沈晨歌，你是个大笨蛋！她怕自己会忍不住流泪，却发现身体已不可抑制缓缓屈膝，她把头埋在膝盖上，双肩时不时地颤动无不表示她的难过。

早在酒吧不见夏子菱身影的祁威，急得推门走出。眼前那蜷缩着的渺小的夏子菱，恍如万箭刺穿他的心脏。那个多年来倔强得总是隐忍伤痛的她，却再次流露出令人心疼的脆弱。他疾步走上前，也蹲下身子，在路人诧异嘲讽的目光下，脱下衣服披在她的后背。"他走了。"她哽咽着说，身体也越发颤抖。"我知道，我知道。"他看穿了她的心思，轻轻地把手搭在她的肩上，递给她一个倾心的微笑："可是夏子菱，他还会回来的。"

他的"回来"二字，仿佛灼热的暖阳，使得她找寻到不可触摸的温暖。这些年，她一直记得。她每一次受伤难过，他都会第一时间出现，总是像哥哥一般无微不至地照顾她。即便她会任性，会无理取闹，会哭得稀里哗啦，他也会对着她浅浅微笑说一切都会好的，要相信自己。那时候的她会兀自幻想，如果祁威是自己的亲哥哥该有多好，因为她早已习惯自己的身边有祁威的日子。

"真的？"她问得毫无头绪。

"他会回来。"他坚定地看着她。

在祁威的搀扶下，她僵硬地站直身体，却低着头，不想让来往抑或停留的路人看见她的失态。"看什么看，自个儿回家看去！"他突然无所顾忌地冲他们吼去，徒增了满身的白眼。

后来她和祁威如往常一样在酒吧练习。手机突然来电，是沈晨歌打来的。她握着手机，有一刻的犹豫，祁威在边上看着她，她不知道该不该接。

"怎么不接呢？"他忍不住地问她。

"晨歌打来的。突然不想接。"她耸耸肩，将手机扔在一边的红色沙发上。

最后屏幕一黑，手机不再震动。她如释重负苦涩地笑了笑。以为事情就这么过去了，却不曾料到沈晨歌会打电话给祁威。

"接不接？"他问。

"我不知道。"她不知所措。

"接吧,他要是问起你的话,我就说你在练习中,没带手机。"他替她解围。

果真,祁威一接通来电,沈晨歌着急的声音立马传来:"喂喂,夏子菱呢?她怎么了,我打她的电话怎么没人接?她在哪里啊,我有事找她……"他噼里啪啦地说了一大堆,使得祁威厌恶地皱着眉。

"你要我回答哪一句?"在她的面前,他强忍住怒火。

"啊?抱歉,她还好吗?"沈晨歌意识到自己无礼的行为,小心翼翼地询问。

"我们在练习唱歌。"他这么回答,像是已成功将他所有的疑问都一一解开。听筒那边的沈晨歌只"哦"了一声,说临时有事便挂了电话。

夏子菱愣愣地站着。心想这样也好,至少可以避免再见沈晨歌时自己会莫名其妙地伤怀。她需要一点点时间来抚平内心的不安,她明白,有些时候一个人一旦流下眼泪,需要用很长的时间来埋葬那段不堪回首的回忆。

夏子菱不得不说,在沈晨歌消失的这三年里,她已对祁威产生了好感,甚至慢慢转成了依赖。她有时会厚着脸皮想,要是沈晨歌没有回来,说不定哪一天会选择跟祁威走在一起。

有一次她无比认真地对祁威说:"祁威,我喜欢上了你,如果我爱上了你,你会跟我在一起吗?"

祁威只是呆呆地看着她,知道她的话半真半假,也就这么顺着她的意思一字一句地说:"夏子菱,就像你说的那样,如果你真的爱上了我,我会同你一样用心去爱你守护你直至垂垂老去。"

他的回答让她一时失神,抬起头怔怔地看着他坚定的目光。她突然大笑说:"哎呀,祁威,我开玩笑的,怎么可能呢,我的心里只住了一个人。"

"哈哈,我知道啊,夏子菱。"他不会让她看到他的难过。

"祁威,你知道吗,我深爱着沈晨歌,一直在等他回来。"她说。

"好,我陪你一起等他。"他给了她最温暖最坚守的支持。

只是在他们沉默之际,彼此真正想要说的话却盘旋在心底深处。她看出了他的失落,却无法真正给予他的爱,只在心里默默地说:"祁威,倘若有天我真爱上了你,该怎么办呢?"

他回以浅浅微笑,凝视着她明亮的双眸,其实他很想说:"夏子菱,我比任何一个人都要爱你。"

此时此刻的夏子菱才清醒地知道,她已习惯了三年中的沉默与无言,所以沈晨歌的突然回来,会让她感到那么措手不及。她无法做到心安理得地接受他的到来,也无法心平气和地远望他的离去。仿佛他在顷刻间变成来去无踪的过客,走走停停,除了来过的味道外再没留下其他痕迹。

她曾一度以为自己会同三年前一样黏着沈晨歌,会按着熟悉的感觉时不时地互通电话,会约出对方前去充满回忆的大街小巷,但是她蓦地明白,有时的"以为"会变成烂俗的"自作多情"。在一个被时间冲垮的温情中,谁还会像长不大的孩子用纯粹的心灵面对一切。可能这个孩子,永远由她来扮演吧。

她联想到了不久前做过的一个梦，梦中的自己，面临着一个难以取舍的选择。她必须从沈晨歌与祁威两个人之间做出选择。她发现自己只是茫然地看了沈晨歌一眼，然后埋着头毫不犹豫地走向了祁威。梦醒后，她却突然笑了。都说现实与梦境是相反相成的。也难怪这么多年来，若不是因为自己对沈晨歌的依恋，不然自己也不会轻视掉祁威对她的好。

可谁能想到，祁威和沈晨歌对她付诸的行动，究竟是出自真心还是别有一番心机呢？

02

夏子菱晃着脑袋，一副沉浸在酒吧音乐的模样，她抬眼看向祁威，突然露出一副阴险的笑容，说："祁威，你能拿几瓶酒过来吗？难得这么高兴，我俩是不是也好好一起喝几杯呢？"

她一屁股坐在了地上，看了看头顶上早已熄灭的"沈晨歌"几个荧光大字，又满脸期待地看着祁威。

也不知为何，祁威在面对夏子菱笑容的时候，总能感觉到一种无法抗拒的力量。无论何时何地在什么样的情况下，只要夏子菱对他一笑，他总会心甘情愿地为她付出一切。

曾经，酒吧老板娘苏沐见到过祁威这种情况，出于好心她当时就提醒祁威："根据我的经验来看，你生病了，得治。"

一听到苏沐这话，祁威当时就着急了，瞪圆了眼睛一脸愁苦地询问："严不严重，能治好不？"

第三章 我心里的城堡只住了一个你

当时，祁威一脸认真的模样，倒是逗得苏沐捂着肚子开怀大笑。她有气无力地拍了拍他的肩膀，用手指戳了戳他的左胸膛，像是宽心地说："问题不大，就是这里面出了点问题。"

"这里面，出问题了？"本是一脸惊愕的祁威，在经苏沐手指那么一戳后，表情变得比先前还要慌张。"那不是心脏的位置吗？"

"没错呀，就是你的心出问题了呀！"苏沐瘪着嘴，眉头紧锁，表情认真地点着头。只见祁威依然一脸着急地询问："苏沐姐，这可怎么办，您得帮帮我呀。"

祁威那模样让苏沐也不再忍心继续逗这小子，把嘴巴凑到祁威身边耳语了几句。之后没多久，祁威的小脸便红得胜过了西红柿。

自那之后，祁威才清楚地认识到自己的心到底出了多大的问题。可是，细细想来，就算自己的心真的出了很大问题，问题大到急需用药来根治，可现实真的能让自己在对的时间，接受到最正确的治疗吗？

或许，这样的疑问将伴随着祁威走向更远的时间长河。

祁威拿着酒瓶与酒杯，出现在夏子菱的面前。

"来，给我们的大美女把酒满上，祝咱大美女天天开心美丽。"他在一个小酒杯里倒满了酒水，递到她的面前。

见是调味酒，夏子菱立马不乐意了，小手一挥嚷着祁威把酒换掉。"我才不喝这东西，一点儿酒味都没有。就咱酒吧现在这氛围，再怎么着也要弄瓶红酒来吧！"

"这氛围？满满的 DJ 舞曲声，你拿来配着喝红酒，夏子菱你脑袋没病吧？"祁威吃惊地看着她，不可置信地询问。

"我脑袋清醒得很呢！不就是换首歌嘛，你等着。顾泞哥，来首你拿手的。"说着，她朝顾泞打了个手势。

几秒钟后，整个酒吧沉浸在了舒缓的音乐当中，旋律简单平稳却散发出几许淡淡的哀愁。这就是顾泞最拿手的曲子，最能击彻心房的旋律。

"怎么样，不赖吧。你还是乖乖地将红酒和高脚杯带到我的面前来吧。"她朝祁威使了一个调皮的眼神，示意他赶紧行动。

祁威本想反抗，可是一回头却发现夏子菱正满脸期盼地对自己微笑着。那嘴角上扬的精美弧度，以及那娇嫩润红的嘴唇无不是让祁威彻底服从的指令。

待到祁威拿酒归来，夏子菱早已按捺不住，还没等他在地上坐稳，她便一把将红酒和高脚杯抢了过去。

"祁威同志，您可是让我等得有点久呀。"她一边说着，一边往高脚杯里倒红酒。

那一刻，彩色的投光打在酒杯的边沿，折射出了璀璨的光芒，它模糊了夏子菱的眼睛，导致杯中的红酒像上涨的潮水般，步步紧逼地漫向酒杯的边沿。

"夏子菱，你这酒倒得是不是有点过分了？"

若不是祁威的一句提醒，夏子菱把整个酒杯倒满红酒甚至让它溢出都有可能。她下意识地看了眼已满是红酒的杯口，表情略显抱歉地发出一声细小的惊讶声，手微微一晃动，几近杯口的红酒晃得漫出杯口。淌过了指尖的缝隙，最后绽裂在地板上。夏子菱出神地看着地板上的红酒，先前上扬的嘴角，此时被抹掉了些许韵味。

这些红色液体似乎让夏子菱找到了自己心脏的所属之地。那个盛满红酒的高脚杯像极了她那个炽烈的心脏，而杯中的红酒就仿佛是她体内红色的血液。它们成了沈晨歌的专属。

三年又三个月的时光，终于在这一刻让夏子菱等来个时代划界的圆点。

曾经的她，可以为简单的"沈晨歌"三字开怀大笑，或者黯然落泪，再不然用期许的眼神，展露出自信的笑容来；她可以理直气壮地告诉别人，沈晨歌会回到她的身边，她可以肆无忌惮地向别人宣扬，沈晨歌会为她兑现承诺。无论别人是否把她当作疯子抑或是傻瓜，她就那样执着地坚信着，哪怕寒风冰雪的天地中，她也乐意直着单薄的身子，站在微弱的暖光中等待着他身影的出现，哪怕黑夜将她完全包裹，寂寞让她曲身靠在角落，她也毅然觉得照片中那张保持微笑的面庞，是陪伴她走过漫长岁月的坚强力量。她默默地坚信着，期待这场童话可以有个幸福的结局，无论时间跨度是否还会被岁月延长。

如今，他的归来像是印证了她的坚持是正确的。她似乎可以就此让自己的心在时间的囚禁中获得自由，她似乎可以相信他会让她的生命获得新生。

这所有的一切无不在告诉她，她日月期盼的那道光重新回到了她的生活中，他理应就是她生命中的那道光，指引着她的人生，成为她隐埋心底的神话。

三年又三个月的等待，在今天终于就此作别。它宣告着沈晨歌的归来，宣告着沈晨歌回到了夏子菱的身边，就算停留的时间显得有些仓促，那也不能否定夏子菱在沈晨歌心中的地位，不是吗？

"来，祁威。为庆祝沈晨歌回来，干杯。"夏子菱扬起了头，看着一脸紧张在意的祁威，她眯着眼睛，一脸兴奋地举起了手中的高脚杯。只见她头一仰，一口豪饮便把近乎满杯的红酒灌进了肚中。

"来，祁威。为我今后的幸福，干杯。"

"来，祁威。就冲着今天我高兴，来把这杯干了！"

"来，祁威。为……"

"来……"

夏子菱兴奋得逐杯高涨，不仅凑到苏沐身边和她一拼酒力，冲到吧台中央的麦克风前伴着酒力一显歌喉，甚至一个人端着红酒杯和酒瓶在舞台中央晃晃悠悠地跳着劲舞。仿佛一只洒脱的野猴子。

"来，为了世界和平，干杯！"此时的祁威已经扶着酒醉的夏子菱站在了醉生梦死酒吧的门外。望着面前这个烂醉如泥的夏子菱，祁威的表情多了几分平静，少了曾经的几分担忧。

苏沐端着酒杯，靠着唐九安的肩膀，一副似醉非醉的模样。她始终都是那个大姐大的形象，而身旁的唐九安永远都像尽忠职守的士兵站在她的身旁。或许，这就是传说中老板与职员的相处之道吧。

"祁威，你小子路上可要照顾好夏子菱，要是子菱出了点啥事，

第三章 我心里的城堡只住了一个你

小心我削了你小子。"苏沐伸出端着酒杯的手,对着空气胡乱指着。

望着眼前喝大了的苏沐,祁威差点儿笑了出来,可偏偏就在这时候,苏沐却不偏不倚地将嘴凑到了祁威的耳边,说:"小子,你得加油咯!我还是挺看好你的。"

苏沐的一句话,惹得祁威的脸像火烧一样,他双眼瞪大地望着唐九安,一时间不知道该说些什么才好。

"你小子愣在那里干吗,还不赶紧送夏子菱回家,晚上风大,别让她着凉了。"唐九安的救场,打破了尴尬的气氛。

"哦"了一声,祁威便把夏子菱送到了招来的出租车上,然后直奔家的方向。

看着出租车远去的身影,似醉非醉的苏沐像突然清醒了一般,她站在唐九安的身旁,无奈地摇着头,叹息着:"这俩人,什么时候才能有个结果呢?看着真让人着急。"

"可不是呢。记得当初他俩刚加入辞树暮花乐队的时候,俩人就这种情形了,这都过去三年多了,还是这种进度,真不知道他俩咋想的。"唐九安一口惋惜地说着。

"可不是呢!不过细细想来,这情况看着倒挺眼熟的,好像哪部电视剧里看见过。"苏沐端着酒杯,走到了唐九安的身后,她回过头,莞尔一笑地看着唐九安的背影。

碰巧的是,这一幕被暗地里的李晟看见了。他站在黑暗当中,望着门口光亮处唐九安和苏沐的身影,双腿旁的手掌不经意间收紧成拳,他晃了晃脖子,关节发出声响,就在那时他侧着脖子,在黑暗中发出了"呕"的声响。

在这个黑幕笼罩的世界里,所有悄然发生的事情,似乎都无法逃避夜空中星辰的眼睛,它们注视着角落里发生的一切,等待着真相轰然揭开的一幕。

祁威将夏子菱送回了阁楼里的房间,他打理好了夏子菱的一切,关灯去了楼下。他想静静地站在楼下,守望着那个熟睡中的女孩。但是,祁威没有想到的是,就在他站在楼下,仰望窗户的那一刻,他看到了夏子菱灯亮的窗户,听到了夏子菱愉快中夹杂着悲伤的歌声。

那一刻,祁威感觉自己筋疲力竭,他努力地抬起眼皮,想让自己变得精神一点,但令他没有想到的是,能够努力抬起他眼皮的,竟然是眼眶中涌动而出的泪滴。

这样的情况似乎无不在揭示今夜是一切都属于沈晨歌的夜晚。

兴许,趁着这个良辰时机,对沈晨歌嘱托或者坦露点什么心声也是不错的选择。

于是,祁威拨通了沈晨歌的电话,就在电话接通的那一刻,祁威听到了电话里传出的女声。

"沈晨歌,你干吗不和人家说话?"

03

那天祁威和沈晨歌就这么聊了一晚。两个大男生,聊这么久的电话实在别扭,但却各怀心思。听筒里的气氛时而僵硬时而激烈,

第三章　我心里的城堡只住了一个你

仿佛都在为了争夺自己的权益，编造着千奇百怪的理由，使得谎言越来越真。

祁威猜不透听筒里传出的女声是谁的，他那时问了沈晨歌，却得到意料之中的回复："一个朋友。"话语间，带着仓皇。祁威想，倘若他有双千里眼的话，说不定还可以看见沈晨歌在神色慌张下的狼狈。

待俩人都挂断电话。沈晨歌那边早已忙得焦头烂额。一时忘记关掉和林冬儿的视频聊天框，竟让祁威隐隐约约听到了些许。"晨歌，夏子菱是谁呢？"林冬儿眨着水灵灵的眼睛，一脸迫切的模样。

"一个朋友。"他垂着头，明显就是敷衍的回答。

"是一个女生吗？"她感到莫名的心慌。

"男生。"他突然抬起头，刹那间睁大的瞳孔，显得狰狞可怕，倒是吓了林冬儿一跳。"干吗这么大的反应啊？"她轻拍着心口，喃喃道，"夏子菱。明明就是一个女生的名字。"

"你说什么？"他没听清。

"我说我知道夏子菱是个男生。"她说。

"你再说一遍，这边的信号不强。"他确实没有听清楚。

"我说我知道夏子菱，是，个，男，生。"她一字一顿地说给他听，不怕他这下听不见了。

沈晨歌只觉得恍惚，脑中一直出现着林冬儿的那句话："夏子菱是个男生。"思虑万千，饶是自己也被陷进了这邋遢的深沟里，无论是谁，他都不允许对方说夏子菱的坏话。即便转换性别也是不行的。夏子菱就是夏子菱,世间独一无二的女生。他在跟林冬儿说什么胡话啊?

"抱歉,她是一个女生,我曾经的同学。"他低沉着语气,话语里多了解释,好像只有这么做,才能弥补刚才犯下的错误。包括自己,也不能玷污了夏子菱的美好。

"哦。"林冬儿的反应出奇的平静,她注视着他复杂多变的表情,似是明白了什么,也不拆穿,淡淡地说了一句,"沈晨歌,等我回国找你。"

"你回国做什么?!"他兀地立即问她。但视频早已关闭。她,下线了。抑或隐身。

入睡中的夏子菱,鼻翼突然泛痒,噌的一下起身半坐在床,张嘴便是一记响亮的喷嚏。她一时想起听来的传言,说一旦打了喷嚏,是因为有个人在想念他或者是在骂他。她将这等情况与眼下的自己相联系,会不会也有一个人在想念她,而不是在骂她呢?

时间循规蹈矩地在漆黑中一点一点地流逝,她清晰地听到自己的呼吸声,富有规律地作响。夏子菱顷刻间觉得心里闷得慌,太阳穴还有些疼,许是酒精还停留在胸腔,并未散去。蓦地想到沈晨歌的再次离开,虽说不会同三年前的那场离别一样,但重新上演的"送别版"仿佛是肆虐的黑洞,将她内心仅存的温暖一点一点地吸收,直至冷却。

倒头拉拢被子,随意搭在两肩,决定还是用梦境抚慰不安的心绪。也不知过了多长时间,夏子菱卧室的门被轻轻地推开了。她并未睡着，拉开一丝眼缝，借着窗外渗进来的微弱光芒看到倚在门边的祁威。他站在原地，久久未见半分移动。

良久，她才看到他动了身，朝她慢慢走来。整个过程异常小心翼翼。她的心暗流涌动，待他快要抵达身侧时，闭上了眼睛。他轻轻坐在床边，呼吸紧促，目光扑朔迷离。他凝视着黑暗中她那若隐若现的脸部轮廓，蓦地莞尔一笑。伸出手，帮她拉拢了露出两肩的被子。

她的一颗心快提到嗓子眼儿了，她不知道他接下来会做什么，既在等待，也在期许着某种事情的发生。但是很久，却只听见祁威浅浅的叹息声。似是对她又似是问着眼前偌大的黑暗："我究竟该如何做才好呢？"

夏子菱正琢磨着他这句话时，突然闻到扑鼻的酒味，气息越来越浓，她知道他的面颊越靠越近。骤然间她想侧头，却又忍不住内心的波动，刻意平稳呼吸的力度，不想让他察觉到蛛丝马迹。

然而事情并未如她想的那么糟糕，祁威温热的双唇轻拂过她的额头，蜻蜓点水般余留下淡淡的温存。他起身离开，像来时一样悄无声息地开门走出。夏子菱倏地睁开眼，眼神里多了几分疑惑和不解。

第二天醒来后，夏子菱推开窗看见早在楼下等待的祁威。平日的这个时候，他俩都是同时起来再一起下楼的。兀自想起昨晚祁威的行为，两颊不禁微微红晕，她觉得祁威一定是在酒精的麻痹下亲吻她额头的。一定是这样。想来也就释然了。

"待会儿放学要不要去木堂街玩？"夏子菱下楼后问他。

"啊？不了。"祁威反应过来拒绝了。

"唔，怎么不去玩呢？"她边走边垂头问道。

"我待会儿还有事情，放学后你先回家吧。"祁威说完，觉得气氛有些尴尬，随即笑笑，"要不明天再去，到时候我一定陪你。"

"今天真不行啊？什么事情哦？"

"嗯，不行的。"

"什么事情？"

"秘密。"

放学后的夏子菱在校门口与祁威道别后，一个人乘公车去了木堂街。这是条古老悠长的巷子，沿途上空挂满了褪色的红色灯笼。她漫无目的地朝前走着，巷边时不时传来贩子的吆喝声，被洗尽历史演变成商业化的门店播放的摇滚音乐声，此起彼伏。

她走进一家叫"初相遇"的卖手链的门店。被各色各样的珠子迷乱了双眼。选来选去，最终挑了串小叶紫檀佛珠。

"美女，送男朋友的吧！"老板是个年轻小伙子，一眼便看中她的心思。

"不是，送给一个朋友的。"她立即解释道，却在心里暗自想，祁威又不是她男朋友，理所当然就是送朋友呗。

"现在的女生啊，买了礼物明明要送给男朋友的，出于羞涩，常常找个理由说是送朋友的。"小伙子边说边笑，看到夏子菱的脸颊微微泛红时，打趣地继续说，"你看你的脸都红了，还说不是男朋友。来，给你包装好了。"

夏子菱匆匆付完钱，像临阵脱逃的士兵逃离这家门店。手中的小盒子仿佛刹那间千斤重，她的心也跟着沉甸甸的。送就送呗，哪来的这么多想法啊，奇怪的人。

回去的路上，她有些口干舌燥。不知不觉走向了曾经和沈晨歌恋爱时常去的那家咖啡店。招牌名字挺好听的，叫"昔恋"。突然在咖啡店落地窗外顿住脚步，愣怔地注视着里面两个熟悉的身影。她呆愣地看着，无从知道他们在谈论着什么。

祁威和沈晨歌相视对坐，在咖啡店最内角的位置，与落地窗还有些距离。倘若他们不仔细看窗外的话，定是看不到夏子菱的。然而人生就是这般富有戏剧性，面对落地窗的沈晨歌不经意地抬眼，便看到了怔住的夏子菱。一时浅浅地扬起嘴角，佯装不曾看到她。

"沈晨歌，我不知道昨晚电话里出现的那个女生是谁，但是我很肯定地告诉你，倘若你再次辜负夏子菱，我祁威绝对第一个站出来，不会放过你！"祁威腾地站起来，伸手指着他，就像三年前他们初次见面时，祁威给他警告。三年后，他依然重新给了沈晨歌警告，但两次警告却又有着不同的含义。

沈晨歌明白，三年前的祁威是站在夏子菱真正的朋友角度向他示威，而三年后的今天，却是为了保护夏子菱不再受到情感伤害，站在情敌的角度向他挑战。他想笑，因为祁威是抵不过他的。

"真的吗？那我可得拭目以待啊！"沈晨歌的表情显得敷衍，

继而说,"祁威,你不要忘记夏子菱自始至终都是爱我一个人的!"

"沈晨歌,那你又是否知道圣诞节的那天晚上,夏子菱为了遵守你那个虚伪的三年承诺,一个人傻傻地站在街角等待你的到来,然而你呢,准时赴约了吗?我看那晚的你,根本就没打算出现吧!"祁威激动地说。

"你还敢说那晚?!"沈晨歌回忆起圣诞那晚祁威和夏子菱的温馨场面,心口腾出熊熊烈火,也跟着站起。

她只能像个傻瓜一样立在原地,所有的人和声音都在顷刻间消失,不管是身后川流不息的车辆声音还是街角持续不断叫卖的吆喝声,抑或咖啡店光影交错的扑朔迷离,她的耳里眼里就只有那个被祁威一记拳头砸过去,发出"啊"的一声并流出鲜红鼻血的男生。她的心,似乎被时间冻结,冷得毫无温度。

但在同时,她也看到祁威被沈晨歌无情推倒在地,沈晨歌俯下身,单膝搁在他胸间,让他无法动弹。沈晨歌挑着右嘴角,痞子性地说:"祁威,你给我一记拳头,我双倍还你!"

夏子菱只觉身体一阵发麻,握紧双拳,紧咬牙关。在看到沈晨歌毫无顾忌地将拳头落在祁威两颊后,她终是晕红眼睛,快步远离这个令她无法忘记伤痛的地方。

所幸扭打的时间不长,沈晨歌看到夏子菱离开后,也不再有下步行动。任由店员耳边聒噪劝说,才各自回到座位,闷闷不乐。

打架之后,祁威游荡地走回了家。夏子菱早已在卧室外等候。祁威愣地顿住,低头,避免她看到他右嘴角肿胀的瘀青。

"打架？"她避重就轻地问。

"没，路上摔了一跤。"他回避她的目光。

"让我看看。"她说。

"还是不了，不好看，看了会做噩梦。"他朝后倒退。

"祁威。"她唤他。

"嗯？"他感到心绪不宁。

"和沈晨歌打的架吧？"她突然说。

"你——"他突然看她，"怎么知道"这尚未说出的话语如鲠在喉。

"你想问我怎么知道的对吧？"相处这么久，他们之间早已有了默契。她回避这个话题继续说："祁威，你不要问我是怎么知道的，但是我要你明白，我爱沈晨歌，爱他到无法自拔的地步。"她的眼神冰凉，目光透出一股寒冷，仿佛这一刻他们的关系变得异常陌生，"当你打在他身上的时候，当我看到他受伤流血的时候，你可曾知道，我的心也会跟着流血疼痛，像针扎过一样，千疮百孔地难受！"

"夏子菱，我明白了，对不起。那我呢？我受伤你会难受吗？"

"会。但你只是我的朋友。"

"我——"她不等他说完，转身朝里走去。反手关门，身子轻轻地靠在门上，仰起头，泪水倾覆双眸。两手紧紧地攥着礼物盒，很长一段时间无焦距地凝望窗外。

祁威失落地走回卧室，浑浊的目光停留在床头放着的和夏子菱的合照，心里骤然很是矛盾。一直以为沈晨歌会淡出她的世界，也一直以来认为就算沈晨歌回来后夏子菱的注意力仍会放在自己的身上，但这仅是自以为是的猜测，没想到三年之后自己还是抵不过沈晨歌在她心目中的地位。

他用心架构的爱情城堡，彻底崩塌。祁威想笑，原来这么多年的努力，却只是他自己的独角戏，他是这场表演令人嗤笑的小丑，演绎完后被人随意丢弃。他觉得自己被瞬间掏空，丝毫不剩。上前拿起相框，看见平面镜里反射出自己的身影后，干涩地笑了。那笑声，没有半分欢乐，听着让人怜悯。他似乎无法停止这宣泄般的笑，尽管他嘴角上的伤口被拉扯得再次流血，覆盖之前已凝固的血斑。

"你只是我的朋友。"他抚摸着镜面的夏子菱，重复着她刚才的话。"朋友"两字像是锈迹斑斑的钝刀，在他的心房一刀一刀地切割。他无比难受，闭上眼睛，用力将手中的相框狠狠砸向地板，"哐啷"一声，玻璃四分五裂。

"夏子菱，我祁威就什么都不是对吧，多年来，就仅仅是朋友对吧。呵，你知道我这些年都在做些什么吗？你又是否知道你爱的那个人，又是用怎样的心去爱你吗？我这么努力，这么用心，全是为了什么啊！"

"你不知道，倘若没有了你，我连存在的意义都没有了。"

他起身推倒眼前的事物，将夹在厚书中放在角落里沈晨歌的照片翻了出来。"你聪明，你了不起是吧！"他摇摇晃晃地指着相片中的沈晨歌，目光如火焚烧。

他将相片揉捏成一团,再平展开来,贴在拳击沙袋上。褶皱不堪的相片让他得到丝丝慰藉,出手,便是拼命的搏击。整间屋子,唯有听到"咚""咚"的激烈撞击声。

"沈晨歌,即便如此,我也不会让你再伤害到她!"一记拳头过去,他精疲力竭地朝后倒去,满身的热汗,无一不表露他的悲痛。

04

生命中,最真实的存在感往往离不开最刺激心扉的感触。它们在光照,在情感,在行为,在人物的聚集下,成为了刻骨铭心的记忆。在时间的作用下成为了烙印心底的痕迹。

那些好的、坏的、快乐的、悲伤的、苦涩的、酸楚的存在,在时间的排列中成为了生活的组成。没有人会忽略生活本身,就像没有人会忽略那些微小的细节一样。

时间过去了整整十天,在旁人的眼里一切就只是一场时间的自然交替,日出而作,日落而息。但对于祁威、夏子菱、沈晨歌他们来讲,时间似乎成了一道无形的界限,让他们彼此的关系产生差距。

十天的时间,让夏子菱习惯了她和祁威保持的距离感。微笑,交谈,这些普通朋友间的例行之事已经被夏子菱演绎到了炉火纯青的地步。她可以做到在食堂与祁威碰面时,只是淡淡地微笑后,就与他擦肩而过;或者,在与他一同去醉生梦死酒吧练习的路上,她可以戴着一副耳机,尽情享受音乐带来的畅快感,而不去在意身旁祁威的眼神到底怎样;甚至在沈晨歌出现的时候,她会展露出满脸兴奋的模样，像兔子般屁颠屁颠地跑到沈晨歌的身旁，用一种甜腻到让人窒息的兴奋，向周围的人表述着："沈晨歌，我好想你。"

同样是十天的时间，让沈晨歌觉得自己的生活似乎一夜之间恢复到了几年前的日子。似乎，三年又三个月的间隔只是短暂的停留，他只是在黑夜里对夏子菱说了一句："夏子菱，三年后，我一定会回到你的身边，不离不弃。"然后，玩笑般在一个白天出现在了夏子菱的身边，好像他们之间的时差就只是一场黑夜与白昼的等待。他们忽略了时间的偏差，就像一直陪伴在彼此的身边那样，做着曾经一起做过的事情。牵手相伴在公园的碎石小道上，欣赏着花草丛中的虫飞鸟鸣；携手相伴看着同一场电影，吃着同一桶爆米花，喝着同一杯可乐，啃着同一个冰淇淋。他们一起完成了很多同样的事情，仅仅只是想向别人证明，他们拥有着彼此的爱。

而就是这样的十天时间，对于祁威来讲宛如一场十年的煎熬。时间像是被无限拉长，尽头在无限延伸，而祁威的内心是一场无限的折磨。他恍如十年的错觉，若能像《十年》的歌词"十年之前，我不认识你，你不属于我，我们还是一样，陪在一个陌生人左右，走过渐渐熟悉的街头。十年之后，我们是朋友，还可以问候，只是那种温柔，再也找不到拥抱的理由，情人最后难免沦为朋友"那样似乎也可以心甘情愿，至少这样也能证明自己和夏子菱曾经相爱过，可是，现在所揭示的结局，无不证明自己在夏子菱的心中已到了最熟悉的陌生人的地步。十天的时间，祁威感觉自己像一只过街的老鼠，碍眼却又无处藏身，他迫切地想要找个地方藏起来，或许只有这样才会有自我疗伤的机会。所以，他选择了醉生梦死酒吧，只有在那里才能够躲避白日里那些刺眼的阳光。

在那间阴暗的店面里，苏沐站在吧台前拿着计算器算着账，唐九安在一旁拿着抹布擦拭着酒架上的酒瓶，顾泞坐在酒吧舞台的一角，调试着键盘。

只有祁威一个人坐在吧台的前面，目光无神地注视面前的一杯白开水。"那杯子里的水，会不会和自己一样呢？孤独得就只剩下用一个透明的杯具来填衬？"祁威想着，不由得伸出手将水杯转了个方向，他试图在水杯的表面寻找到一个突破点，以辩解自己认定的结果，可是折腾下来发现是徒劳。

这几天来，一有空祁威准会出现在醉生梦死酒吧里，一杯白开水他就可以呆呆地坐在那里待上很长一段时间。

面对这样高的出勤率是个人都会看出来祁威和夏子菱之间发生了什么事情，更何况是年长祁威几岁的苏沐和唐九安。

好些天下来，苏沐和唐九安轮番上阵，动之以情晓之以理地开导祁威，而那家伙始终就跟一块石头一样，油盐不进。

"这年头怨女倒是越来越多，痴男可是越来越少了。如今看到块活化石，我真不知该不该开瓶香槟好好庆祝一番。"类似这样的冷嘲热讽苏沐可是对祁威念叨了好几天，但功效甚微，见来硬的不行，苏沐只好退居二线，让唐九安打出温情牌。

"没有人会介意，阳光下的鲜活存在是否就是真实。只要是符合自己心意的,为何不去尝试呢?"唐九安走到祁威的对面,将祁威面前的白开水换成了一杯鲜橙汁。"别多想,多向这杯橙汁学习学习,阳光自己,甜美他人。这难道不是件很快乐的事情吗?"

"可是……"祁威开口想为自己辩解。

"没什么可是的。现在我啥也不干了,就陪你小子出去见见这外面世界的美好。"唐九安说完便拉着祁威朝酒吧门口走。

苏沐看着宁死不屈的祁威被唐九安勾肩搭背地强拧着拉出酒吧的背影,不经意地笑了起来。那消失在光口下的身影,宛如一条时光隧道,让她想起了似曾相识的场景。

只是,这样的感觉存在得过于短暂。当李晟的身影在逆光中变得清晰的时候,苏沐脸上的笑容也顷刻间荡然无存。

苏沐继续按着计算器算着账,当李晟故作声响地坐在了苏沐吧台的面前时,苏沐并没有向他投去丝毫目光。

"苏沐姐,能弄几瓶酒来喝喝吗?"李晟依旧保持着他对苏沐的尊敬,温和地询问着苏沐。

但那毕竟是单方面的表达,在苏沐的眼里或许李晟就是一颗沙粒,只要自己有心,随时都可以让这颗沙粒随风消逝。只是,苏沐并没有这样做,兴许是念旧情,或许是出于可怜,再不然因为乐队的位置里需要有他来占位,所以苏沐给了他一个看似可以存在下去的理由。至于如何对待他,或许让他感觉到冰川的存在是一个不错的选择。

苏沐二话不说,立马从吧台的下面拧开了几瓶啤酒放在了李晟的面前，然后又独自投入到账单的计算当中。

这种习以为常的对待方式，反而让李晟突兀地笑了起来。尽管笑声狂妄带着些许伤愁，却并没有因此而获得苏沐对他的正眼相看。

"苏沐姐，你不觉得我们可以试着说点什么，摆脱下这种无聊的情况吗？"李晟干了一瓶啤酒后，两眼直视着苏沐的脸庞。

在苏沐冷漠的容颜下，舞台上的键盘发出的熟悉旋律充斥着房间的每个角落，就像是一个故事的过渡段，将所有人的情绪引向了另一个方向。

每喝干一瓶啤酒，李晟的口中总是会提一次苏沐的名字，尽管名字的后面跟着的都是些可有可无的话题，但李晟并不在乎这些话题到底多么没有营养，他只是想以此作为引子，成为苏沐正眼看他的一个理由。

可是，无论桌面上有多少空瓶摆在苏沐的面前，苏沐对李晟都冷若冰霜。

"苏沐姐，为什么你就不能好好地正视我一眼呢？就一眼都不行吗？"伴着酒气，李晟用央求的口吻哀求着苏沐。

而在这个时候，舞台上键盘发出的副歌旋律，却轻而易举地夺得了苏沐的注视。

苏沐抬起头，一眼看向舞台角落里的键盘手——顾泞。在音乐相伴下，苏沐感觉到自己的眼角在晃动。伴着舞台上几丝微弱的光线，她感觉自己似乎在一个音乐城堡里看到了一位王子，他趾高气扬地站在他的城堡之上，俯瞰大地，用扰动人心的旋律，让人为之臣服。这一切，只有他——顾泞，可以做到。

副歌很快结束，同时，苏沐也很快恢复到了先前的状况。

"为什么你要看他？他成天不言不语，就知道弹那首破歌，同活死人有什么区别？难道我活生生的一个人，连一个活死人都比不上吗？苏沐，我对你的心意你难道还不清楚吗？"李晟声嘶力竭地朝苏沐吼叫着，试图用这种方式来让苏沐理会他。

苏沐纹丝不动地保持着原样。

令苏沐没有想到的是，李晟竟然那么快就触碰到了她的警戒线。

当苏沐看到李晟气势汹汹地走向舞台的一角时，苏沐知道此时她必须做点什么。

键盘发出的仓促旋律，就像是吹响的激战号角声。住在音乐城堡里的王子注意到了危险的侵入，他看到一个皮肤锈红的怪兽正披着燃烧的毛发，疾步向他走来。

那一刻，王子沉着冷静地站在城堡之上，他任由怪兽对他的城墙进行攻击，就算城门被攻陷，就算城墙倒塌，就算怪兽与他对峙摧残他身体，他都不在乎。他知道乐不能停，哪怕要祭出自己的生命，他都不在乎，因为他知道音乐对他来讲就是一场生命的礼歌。

不过，音乐还是停了下来，李晟掀翻了顾泞的乐谱，顾泞看着散落在地的音乐曲谱，看着李晟愤怒的面庞，满脸不知所措，他愣怔着双眼不做反抗地注视着眼前的一切……

第三章 我心里的城堡只住了一个你

"啪"的一声脆响,房间里恢复了平静。

"李晟,你现在给我滚出去!"苏沐用愤怒的双眼瞪向李晟。

四目交接的那一刻,李晟恍然清醒了,他看到了一双愤怒的眼,告诉他立马滚出这房间。心底里的酸楚轰然爆发的那一刻,也是李晟的愤怒被彻底点燃的时机。他凶恶地注视着苏沐,用手捂着火辣辣的脸庞,走出了酒吧。

片刻过后,房间里剩下了两个人。

一个女人正双目怜惜地蹲在一个满目惊愕的男人身旁。

第四章
听说，遇见你是最温暖的事

他闭上双眼，仿佛自己走在一条永无止境的路上，遇到的每一个人，都转瞬即逝，他抓不住他们，总是与他们擦肩而过。

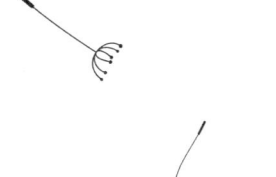
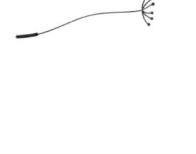

01

或许，只是或许，夏子菱一度认为只要祁威站出来低头认错，抑或当面对沈晨歌道歉的话，那么她完全可以不计前嫌，将彼此的关系恢复如初。

其实，从一开始，她就没有打算伤害祁威。倘若不是被情感冲昏了头，她一定不会再像那天那样，给他重重打击。或许夜晚真的适合让人冷静细想事情，夏子菱想刻意忘掉是什么时候和他闹翻变得疏远的，每每当她望着斑白墙壁时，会极其茫然地自言自语："我究竟做了什么，为什么会那么做呢？"

换作以前，一旦他们闹了别扭后，祁威也总是会第一个站出来，连声说着对不起之类的话。尽管错的人是夏子菱。许是习惯了这些年来他用那样的方式弥补了她划下的伤口，她就一直期待着内心期待的事发生。只是祁威的一言不发和唯唯诺诺，仿佛在无形中带着致命的毒刺，沿着她的脉搏一点一点地戳个不停。

祁威从公用浴室走出来，头发还滴着水珠，刘海贴在额角，显得很是迷人。夏子菱刚好开门，遇到迎面而来的他。四目相对。她努力压住情绪，勉强地冲他笑了下："洗完了？"

"嗯。"他一只手用浴巾搓着头发。

"哦。"片刻她才开口。

似乎找不到话题可说。俩人僵持了一会儿,转身朝各自的目的地走去。

"夏子菱。"他突然顿住。

她蓦地转身,有些震惊地抬头看他。"早点休息。"他落下这句话,转身走进了卧室。她的眼里刹那间有了流光,身旁浴室的水汽飘浮而来,氤氲她的双眼。这些雾气里还存留着淡淡的清香味,她跨步走进浴室,似仙人般若隐若现,却衬得她越发寂寥和孤独。

祁威调整了呼吸,背靠门,对着黑暗莫名地嗤笑。到头来,他还是没有勇气回到曾经的自己,此刻的他早已变得颓丧。

没有开灯。借着窗外透进来的微弱细光,他点燃了蜡烛。烛光照亮了整个屋子,却也燃烧着他心房的孤寂。他垂着头,右手的指头紧握钢笔,寂静的夜里,只听得笔尖与白纸发出沙沙的声响。

浴后的夏子菱睡得并不安稳,时而听到凳子摩擦地板的声音,时而听到祁威掩嘴后的咳嗽声,听在耳里,难受无比。她下床,脚心与地板亲密接触,弯腰提起拖鞋,蹑手蹑脚极为小心翼翼地下了楼。

夏子菱绕过街道,站在祁威窗户的下面。摇曳不停的烛光随风扬动,她突然恨不得自己有个数米的身高,这样就能看清他究竟在做什么。她只能像傻瓜一样地杵在原地,久久无言。

周末时,按照以往的习惯,祁威总是会先叩响夏子菱的屋门,再陪她一同去酒吧排练。但此刻的他,背着吉他,指尖弯曲着伸在半空，作势即将叩响屋门。

"咯咯"一阵欢笑声突然从屋里传出。祁威习惯性地将身体朝屋门再靠近了些。而这一听，刚好听到让他世界瓦解的声音。"你问我这些年一直喜欢着谁啊？笨蛋，当然是你啊！"夏子菱笑着说。

他的手心捏出了汗。仿佛在这一刻，他与她的距离，不间断地拉长。他苦笑起来。要么，就这样吧，一个人，也挺好的。于是转身朝楼下走去。而他转身的那一刻，夏子菱打开了房门，却看到他默默离开的身影，心里竟泛起丝丝失魂落魄。

去酒吧的路上，祁威一直处于恍恍惚惚的状态。仿佛身边缺了个人，便漫无目的。过马路的时候，他总是会习惯性地站在斑马线的中间，这是夏子菱最常做的行为，他在学她，在感受她的存在。

"嘀嘀嘀——"他回头看去，那辆黑色轿车如火焰般燃烧着他的双眼。他清晰地看到副驾驶的夏子菱，正一脸惊讶地看着自己。而她身旁的沈晨歌，嘴角慢慢上扬，似笑非笑。一阵"嘀嘀嘀"的声音再次响起。祁威蹙眉，漫不经心地往酒吧走去。

排练室里，唐九安一行人早已准备就绪。"怎么回事，今天比往常迟到了半个小时呢？"唐九安问他。

"忘记设置闹铃了。抱歉。"他尴尬地笑着，坐回自己的专属位置。

聚光灯在黑暗中蓦地投射到他的身上，祁威下意识地垂头，拉开吉他袋的拉链。他就坐在那里，修长的手指轻轻拨动吉他的琴弦，他闭上双眼，仿佛走在一条永无止境的路，遇到的每一个人，都转瞬即逝，他抓不住他们，他们总是与自己擦肩而过。但总有一个信念在支撑着他的追求,他轻轻张开了嘴,嗓音缓缓流淌。

If I walk would you run?

If I stop would you come?

If I say you're the one would you believe me?

If I ask you to stay would you show me the way?

Tell me what to say so you don't leave me?

The world is catching up to you, while your running away to chase your dream.

It's time for us to make a move, cause we are asking one another to change.

And maybe I'm not ready

……

谁也不知夏子菱是什么时候进来的。他们都沉浸在祁威的音乐里。夏子菱不由自主地朝他迈步走去,他的声音如蛊虫般刺激着她全身的细胞,她只觉得心房莫名地难受,双腿不可抑制地颤抖。

她在他所有的声音中感受到了浓浓的悲伤,这个舞台上的少年,究竟是什么时候凝聚了她无从知道的孤寂呢?

她朝他伸出了手,只要再靠近一点,她就可以抚摸到他的肌肤。但手指突然被沈晨歌一把握住,将它收了回来,像捧住心肝宝贝儿似的紧紧地贴在心口处。

But I'll try for your love,

I can hide up above,

I will try for your love,

We've been hiding enough.

If I sing you a song, would you sing along ?

Or wait till I'm gone, oh how we push and pull?

If I give you my heart, would you just play the part?

Or tell me it's the start of something beautiful?

Am I catching up to you, while your running away to chase your dreams.

It's time for us to face the truth, cause we are coming to each other to change

And maybe I'm not ready

……

祁威睁开了眼睛。一曲完毕。他的心结也散了许多。他怔怔地看着站在跟前的夏子菱和沈晨歌,目光瞥过他心口处握着的手指,突地莞尔一笑,说:"排练吧。"

夏子菱把手缩回,向后微微退了退。她知道,自己早已像是一个残忍的刽子手,多停留半分,受伤害的人将不只是自己,还有祁威。

沈晨歌刮了下她的鼻梁,挑眉:"怎么了,子菱?"

第四章　听说，遇见你是最温暖的事

她不语。

排练室死一般地寂静。

沈晨歌上前一步扣住她的后脑勺，在她意料之外，他轻轻吻了她的额头。她呼吸急促，脸腾地晕红，却也局促不安。

"铮——"祁威食指处的琴弦突然断了。就在大家觉得尴尬的时候，苏沐带着一个女生走进排练室。苏沐说："沈晨歌，有位美女找你——"

"她是谁啊？"唐九安小声地问苏沐。

"不知道，她一来就说是找沈晨歌的，而且还说今晚包场要和他一起庆祝。"苏沐看了看满脸笑颜的女生，又看了看目瞪口呆的沈晨歌。

"林冬儿，你来做什么？"沈晨歌的话语带着异常的愠怒。

原本计划好的排练，就在林冬儿出现后停止。现在排练室里只剩下祁威一个人，他仍站在原地，静静地看着手中薄薄的一张纸，上面是他花了很多个夜晚为夏子菱特意创作的乐谱。只是他始终没有机会单独弹奏给她。

林冬儿将醉生梦死包场后，偌大的酒吧，她和沈晨歌并肩坐在沙发上。为了助兴，她要求苏沐请个乐队来舞台演奏，并提名要夏子菱的乐队。

沈晨歌一脸无奈地看着兴奋中的林冬儿，再正襟危坐地看着舞台上演唱的夏子菱。他冲夏子菱笑着，像是暖暖阳光，令她洪波涌动。林冬儿把这一切看在眼里，心里很不是滋味，倏地将手搭在沈晨歌的双肩，指尖轻柔地扫过他脸颊坚硬的轮廓，唤他："晨歌——"

"冬儿，你喝醉了。"他想掰开她的手，但终是没有成功。他只得叹息一声，伸手揽住林冬儿的肩膀，轻声说："冬儿，想睡就靠在哥哥的肩上吧！"

夏子菱以为沈晨歌会顾忌到自己的感受，会抵挡住林冬儿的诱惑。却没料到沈晨歌不仅没拒绝，反倒非常配合地做着一场恩爱秀。

夏子菱眼睁睁地望着台下的一切，演唱的声音也渐渐带有哭腔，最后，当林冬儿当着台上所有人的面，轻吻了沈晨歌时，她终于崩溃地走下舞台撤离现场。那一刻，她感觉自己的心脏很痛，她似乎看到自己和林冬儿的差距，她捂着胸口，匆匆离场。

"啪——"祁威见夏子菱伤心离场后，毫无顾忌地扔下吉他，满脸愤怒地看向了沈晨歌。

与此同时，沈晨歌感觉事情突然变得严重，立即拉开圈在脖子上的双手，欲冲出去追夏子菱。但他的速度再快，也没有祁威的反应快，他还未起身，祁威早已先一步朝正门跑去。

02

酒吧外面是荧光闪烁的灯火，视野里是一辆辆飞驰的汽车，它们快速地出现在夏子菱的眼前，然后短暂的几秒钟后，又迅速从她的视野里消失。它们带来了各种装束新潮的男女，让他们用欢笑声将这里点燃，让这里的温度达到沸点，他们就像童话里的王子与公主，在这里寻求着故事里的幸福与快乐。

别人总会以为在酒吧出现的人一定会得到快乐，可是，当站在酒吧门前的街道，感受着汽车从面前经过扇动而起的冷风时，夏子菱却像枯木一般站在那里。

她的脸上没有任何表情，迷离的眼神眺望着街道深处的纸醉金迷。

那边有欢快的乐曲，那边有愉悦的笑声，那里光彩闪耀，洋溢着喜气……

"他们不是总说，在这里就可以变得快乐吗？可是为什么……为什么此时此刻的我却一点儿也高兴不起来呢？"风撩动着夏子菱的发丝，就像挚友温柔的手掌。

夏子菱一个人站在路旁自言自语，像是对好友的一番倾诉，只是口中的说辞让她下意识地注意到自己的表情。

她试图抿嘴，希望这样能让自己的表情看起来像是笑了一样，但每一次尝试都不能抵消掉她印刻在脑海里的影像。那被灯光雕琢得温馨至极的画面，就像一张魔鬼的面庞。

她甚至不敢想象，为什么那样的画面会占据自己头脑里太多的空间，为什么那样的画面会让自己感受到揪心的疼痛，为什么画面里的那个女生会不分场合地亲吻她旁边的男生，而为什么那个男生可以轻易地接受女生的轻吻，又为什么偏偏那个男生却是沈晨歌。

越来越多的为什么就像是不断执行程序的请求般，让夏子菱的思绪越来越混乱。

她企图拼命摇晃脑袋，让自己可以变得更加清醒，但这样做的效果却适得其反。她变得越来越在意画面的内容，思绪也越来越混乱。她拼命地挠着头发，似乎这样可以否定一切，可实际上这只是在徒增她的心烦。

祁威是最先从酒吧里追出来的那个人。当他看到夏子菱站在街边时，胸口再一次疼痛起来。

如果是以往，他或许可以毫无顾忌地冲上前去，一把牵住夏子菱的双手，告诉她："没事儿，一切都会好起来的。"但自从夏子菱上次表态之后，祁威就变得犹豫了起来。似乎在他与夏子菱之间，无形中突然产生了一道隔膜。而正是这道隔膜成为了夏子菱判断祁威是否越界的标准。

尽管心里难受，但祁威也只能静静地站在一旁，默默地注视着夏子菱。从她拼命挠头，到后来像是认命般垂头蹲坐在街边。祁威可以感觉到那时候的夏子菱内心的落寞一定就像是一道不可见底的深渊。

"夏子菱，请你一定要振作起来。"这句话或许代表了祁威此时此刻的心声，但却并不能代表祁威的举止。他变得不再敢用自己的行动向夏子菱证明自己对她的关心，他怕那样会是对她的一种伤害。

所以，他甘愿躲在角落，像配角一样默默地注视着，注视着夏子菱身边的风吹草动。

沈晨歌从酒吧里跑了出来，尽管到场的时间比祁威晚了几分钟，但从语气中还是可以断定出他对夏子菱的在意。

"子菱，干吗跑出来了？"沈晨歌说话的声音很轻，像是在安

第四章 听说，遇见你是最温暖的事

抚惊弓之鸟。

听见沈晨歌的声音，夏子菱就像迷雾中找寻到了归途的灯塔，她迅速偏头看了过去，双眼瞪亮的那一瞬间，却又变得黯然失色。

"没什么，只是觉得身子有些不舒服。"夏子菱故意压低了语气，以显示出一副很轻松的模样。她想克制住自己心中的情绪，不让沈晨歌察觉出异样。

"真的？不会是因为别的一些原因吧？"沈晨歌再三确认地询问着。其实沈晨歌很清楚，先前酒吧里的那一幕，换作是谁都不可能没有一点儿想法。或许，整个醉生梦死酒吧里的人都想弄清楚，这突如其来的林冬儿和他到底是什么关系。更何况现在已是他女友的夏子菱呢？

"真没什么。沈晨歌，你现在是打算回去了吗？"夏子菱有意避开了话题，这可能是她选择逃避的一种方式，抑或她只是想给沈晨歌一个台阶下，希望沈晨歌能在一个恰当的时间里给自己一个好的解释。

可事实上，并不是所有人都会愿意给对方一个机会。特别是在对待感情方面，人的自私面有时候往往会表现得让人刻骨铭心。

就在沈晨歌打算开口安慰夏子菱的时候，一通电话像算准了时机般打给了沈晨歌。

"晨歌，你到底去哪里了？你把人家一个人丢在里面不闻不问的，人家感觉好孤单哦。"尽管沈晨歌拿着手机听筒，很是小心地接听着林冬儿的电话，可实际上夏子菱还是依稀听到了听筒里传出的声音，虽然声音并不是很清楚，但可以让夏子菱判定对方是个女生。

"林冬儿，你乖乖地在里面待着，等哥我回来。哥这边事儿处理完了就过去找你。"沈晨歌淡定地说着，但他的双眼依旧仔细地注视着夏子菱的反应。

"不嘛，我现在就要过去找你。……晨歌，人家现在好想你。"林冬儿娇滴滴地回答着沈晨歌，特别是那句"晨歌，人家好想你"更是让沈晨歌产生了错觉，仿佛此时此刻林冬儿就站在他的身旁，说着同样的话。

只是让沈晨歌感到意外的是，林冬儿话语刚刚结束的那一刻，夏子菱的眼眶竟然涌出了泪滴。

难道是沈晨歌不小心打开了外放，让夏子菱听到了林冬儿的声音？

沈晨歌疑惑地望着夏子菱，看着对面蹲在地上的那个女生慢慢站了起来，她瘪着嘴，眉头紧锁，泪珠如断线的珠子掉个不停，风吹乱了她的发丝，顿时让她添了几分颓废。

夏子菱不言不语地站在那里，此时的她并不清楚该用怎样的方式去发泄心中的不快。

只是当夏子菱看见林冬儿慢慢靠近沈晨歌的后背，只是当沈晨歌清楚地感觉到有人贴住了自己的后背，搂住了自己的腰，只是当林冬儿再次用她娇滴滴的声音，向在场的所有人说出"晨歌，人家现在好想你"时，所有人像被电击一般刺激到了神经。

"沈晨歌，我恨你，永远都不会原谅你。"夏子菱愤怒了，她用近乎撕心裂肺的声音向沈晨歌表述了自己的决心。

第四章 听说，遇见你是最温暖的事

同时沈晨歌变得木然，他感觉自己的思绪变得越发混乱，似乎并不清楚该如何处理眼前的状况。

但林冬儿是清醒的，因为她最清楚自己想要得到的东西，所以那一刻她更加死死地贴在沈晨歌的后背，手臂牢牢地系在沈晨歌的腰间，她奋力地品味着沈晨歌身上香水的味道，只想让自己记住这一刻的味道，并让自己笑得更加甜蜜。

然而，这样的场面并不能维持太长的时间，往往失控就在下一秒。

夏子菱的愤怒彻底吸引住了祁威的目光。昔日里自己悉心照料的女生，这一刻因为沈晨歌的伤害，变得就像是一只体无完肤的雏鸟。想要保护夏子菱的激情再次在祁威的心中点燃。

当所有人都看到夏子菱像软弱的棉布般倒在地上的时候，祁威再也控制不住自己了。

"夏子菱，你怎么了？夏子菱！"祁威奋力冲向了夏子菱的方向，他的叫唤声就像一道闪电般刺激到了沈晨歌的神经。

若不是因为祁威，或许沈晨歌也不会注意到先前愤怒的夏子菱竟然会突然倒地不起。

是什么原因让沈晨歌变得反应迟钝？祁威不清楚，林冬儿也不清楚。

但沈晨歌他自己清楚，因为在他脑海中占据了大量空间的并不是只有夏子菱和林冬儿。

沈晨歌意识到了事情的严重性，他正准备跑向夏子菱的方向，却被林冬儿突然拽住了手臂。

"晨歌，你要去哪儿？"林冬儿一脸无知地询问着沈晨歌。

"我过去看看夏子菱她是不是出什么事儿了。"沈晨歌的脸上露着几分着急。

"怎么会，她一个人在那里不是好好的吗？"林冬儿噘着小嘴有些不高兴地说着。

"怎么可能？先前还情绪激动的样子，现在一点儿动静都没有，不是很奇怪吗？"沈晨歌越说越着急，甚至整个人拽着林冬儿的手就准备朝夏子菱的方向奔去。

林冬儿被沈晨歌带着走了两步，然后毅然止步不前。她用询问的眼神看着沈晨歌，说："晨歌，你是不是喜欢上了那个村姑？"

林冬儿的一句话让沈晨歌像切掉电源的机械般僵在了那里，不言不语。

时间像是将林冬儿与沈晨歌俩人定格一般，两个人沉默对峙，并没有太在意周围的情况，沈晨歌刻意逃避着林冬儿的提问，而林冬儿似乎有着得不到答案就不罢休的决心。

唯一在乎夏子菱的人，却只有祁威一个人。他慌张地跑到夏子菱的身旁，摇晃了几下夏子菱的身躯，见夏子菱没有反应，便奋力将夏子菱抱起，他神情紧张地注视着来往的车辆，试图找到一个空车将夏子菱送往医院。

但几经等待，却没有一辆空车从这里经过。

沈晨歌与林冬儿的僵持还在继续着，倘若不是林冬儿先开口，或许沈晨歌会选择一直沉默下去。

"好吧,晨歌,既然你不想回答这个问题,那我们就换一个。你还记得我妈对你说过的话吗?"林冬儿保持着她的无知,再次询问沈晨歌。

得到的答复,同样是沈晨歌的一阵沉默。

望着如此闲情雅致的沈晨歌,祁威咬牙切齿地想要使劲儿揍上沈晨歌一顿。如果那个叫沈晨歌的男人真的在乎夏子菱,他就不可能这么闲情雅致地待在那里和叫林冬儿的女人探讨些不痛不痒的问题。很显然,在沈晨歌的世界里那个叫林冬儿的女人要比夏子菱重要得多。

"沈晨歌,要是夏子菱有个三长两短我绝对不会饶了你。"见迟迟没有出租车出现,祁威只好抱着夏子菱奔向医院。

尽管沈晨歌没有回答林冬儿的问题,但祁威抱着夏子菱远去求医的背影还是让林冬儿开心地笑了出来:"活该只能用腿跑向医院。"

正是因为林冬儿的这句话,让沈晨歌对她满眼仇恨,也让一切都陷入了沉寂,只留下喧嚣的街道和林冬儿孤寂的身影。

03

有些东西,不是想要就能得到的。人的一生,如同一部部被人编写好的书籍,我们按部就班地踩着字符的道路,过着黑与白交替的生活。零点的轮回,仿佛是书中的某个页码,翻篇后,又继续着另一个陌生抑或熟悉的故事。

此时此刻的祁威,希望自己是夏子菱命运的编写者。怀中一脸苍白的她,像是千疮百孔的痛刺进他的心脏。他的眼中早已除她再无其他存在,冗杂的黑夜,蓦地显得诡异苍凉。他紧紧抱着她疯狂地向前跑着,满额的汗液如关不掉的水闸,沿着下巴滴答滴答落在颈间。

昏迷中的夏子菱,在虚幻与真实的画面中彷徨。她睁不开眼睛,竭尽全力后却只能拉出一丝小小的缝隙。她不知道抱着自己的人是谁,是沈晨歌吗?呵,她自嘲着怎么可能呢!兴许是一个好心肠的陌生人吧!

医院门口的大街堵满了人,熙熙攘攘的,甚是让人感到厌烦。祁威好不容易来到医院,却被这人山人海的场景惊呆了。怪不得一路没有空车,也难怪拨打120急救中心号码时总是占线。当祁威百般纠结该如何是好时,一辆前来的救护车如同救星般瞬间给了他巨大的希望。他不顾熙攘的人群,小心翼翼抱着夏子菱跟在车后,往医院大门奔去。

许是运气太好,祁威钻了个空子心急火燎地冲进了医院。当医生跑过来接下他怀里的夏子菱后,当亲眼看着病床上的她被推进了急救室后,他才往后踉跄着一屁股跌坐在走廊的椅子上。

突来的白光如同川流不息的水流,汹涌地渗透进她的眼皮。她努力地睁开双眼,却发现终究是徒劳一场。她虚弱地拉开一丝缝隙,迷迷糊糊看到了穿白大褂的医生。突然眼中的影子交错相叠,她分不清哪个影子才是真实的存在。

在那一刻，她似乎听到有人在呼唤自己的名字，声音歇斯底里，带着极度的恐惧。究竟是谁在呼唤自己呢？她却突然忘记了声音的来源。

时间一分一秒地过去。她像是行走在一片迷茫的白雾里，伸手不见五指，没有方向，没有物体存在，也没有任何声音。安静得几乎让她惊慌失色。

她漫无目的地朝前走，越往前走，白雾的浓度变得越来越淡。于是，她发疯似的换为奔跑，内心总有一种错觉，在前方，一定会有什么东西在等待着她。

但是她错了。她忘了这是在自己的梦里。梦是一场虚空的存在。越是想要得到的东西，反而越不存在。她无助地看着周遭茫茫的白雾，像是突然间遗失了人生的指南针，除了心伤外，再无其他。

就当作是世界抛弃了自己吧，反正自己之前美好的幻想都是竹篮打水。倘若这是一场梦，那么就让自己永远沉陷在梦里吧，不醒来，不和人说话，过着名副其实的个人生活。然后，她在混沌的潜意识下，渐渐地沉睡过去。

夏子菱终究还是在一阵刺痛下醒了过来，身子轻微地移动却不曾料到碰到了手背上的输液针，疼得她"嘶"的一声。她睁眼看着头顶苍白的天花板，满屋子的一片白色让她不由自主地紧紧蹙眉。她注视着周围的一切，不经意地扭头发现了已经卧倒熟睡在床边的祁威。

她没有想到会是他，她想过很多人包括陌生人，也从没想过会是他。后来她每每想起这件事时,都会情不自禁地傻笑,并暗暗骂着自己。有时,我们都习惯了对方,却也习惯将对方深埋在心中,因为根扎得太深,所以在念念不忘的同时默默地遗忘了许多。

"醒了?"他察觉到她的醒来,腾地起身,颈间的酸痛让他龇牙咧嘴。

她不知如何回应。只得轻轻点头。"我这是在哪里?"她明知故问,莫名地问他。

"医院里。"他从柜台的口袋中拿出一个苹果,慢慢地削皮。

"哦。"她的回应像是一盆冷水,一滴不漏地浇灌进他的身体。他看着面露失望的夏子菱,心中某一个空了很久的地方仿佛瞬间刮满了凉风,孤寂寒冷。他心疼地看着她,也知道她在期待着什么。只是这样的夏子菱,让他泛起了一肚子的怒火。他说过不会让她受到伤害的,他说过只要她受到伤害他愿意用自己的一生去替换她的痛苦,可是一想到无法改变的现实,他无论如何也佯装不了快乐。

医生告诉祁威诊断的结果,说夏子菱患有先天性心脏病,不能经受过重的刺激,否则一旦失控,性命难保。当祁威听到这个消息,浑身急剧地颤抖,明明好端端的女生,怎么会这么不幸地患这种疾病呢?

为了不让夏子菱知道,祁威央求医生保守这个秘密,并信誓旦旦地说一切后果他自己会处理好的。谁也不知道当祁威说这话的时候,他的心像是顷刻间破碎了般,疼得难以呼吸。

"我怎么了?得了什么病吗?"夏子菱忐忑不安地看着祁威,

他的沉默触及她内心深处的悲伤。

"没事,贫血而已,以后多吃水果多补充营养就行。"他冲她笑着。这样的他,她以前见过很多次,再熟悉不过了,可是每一次他的笑颜都隐藏了猜不透的秘密。

"祁威,那个……"她的话如鲠在喉。

"你想问沈晨歌在哪里对吗?"相处那么久,他怎么会不明白她的心思呢。"我听唐九安说沈晨歌昨晚喝了很多酒,他本想来医院找你的,但是却被林冬儿拦住了,脱不了身,只得陪着林冬儿喝了一夜的酒。夏子菱,我不知道这突然出现的女子是沈晨歌的什么人,但是我很清楚倘若沈晨歌做出伤害你的事情,我一定会第一个站出来保护你,不让你受到半分伤害。即便你受伤了,我也愿意陪你一起受伤。"

他不知不觉顺着内心的想法说了那么多,夏子菱只是愣愣地看着他。说不感动是假的,但是祁威真的误解了她的意思。她只是想问那个一路抱着她前来医院的人,是他吗?

不过祁威的这一段话,让夏子菱找到了曾有的难忘的美好的感觉。一抹浅浅的慌张袭上夏子菱的脸颊,头脑里的记忆蓦地回到了三年前的那个夜晚。

那天的夜晚,天空是一如既往的黑暗,没有月亮,没有星辰,就连云朵的模样都无法辨清。

可是,这种平常得不能再平常的夜晚,却让夏子菱心有余悸。因为在夏子菱的记忆里,家只是恐惧的代名词。

也不知道从什么时候开始，有关家的记忆，夏子菱就只记得夏楚生这一个名字。那个一脸颓废、体型臃肿的中年男子，成为了夏子菱关于家庭的所有记忆。

夏子菱记忆中的夏楚生就像一块挥之不去的乌云，无论夏子菱想怎样规避这个名字，那片乌云都始终遮盖在夏子菱的头顶。

从童年到青少年阶段，夏楚生对待夏子菱的方式也越来越刻薄。童年时期那个偶带笑容的男子，随着时间的流逝慢慢变得颓废无情，他冷漠的表情成为了夏子菱生活中的所有。嗜酒，烂醉，喜怒无常，这些秉性已从偶然变为习以为常。

当年孩童时期可以听到的表扬，"夏子菱，你真是个懂事儿的孩子"，随着时间的流逝，早已成为了一场场无情的漫骂："我花这么多钱养你到这么大，让你做点儿事情，怎么你还不乐意了是吧？""你要是有本事就别在家里吃闲饭，没那本事就老实待在家里，做你该做的事情！""钱！钱！钱！你一天到晚就跟着我要钱，赔钱的玩意儿！你怎么不死在外面？"

好几次，夏子菱因为夏楚生的漫骂想离家出走，可好几次夏子菱最终还是放弃了。那时候年少体幼的她，如果真的离家出走了，如何生存就成了她所要面对的难题。

接受现实，是当时夏子菱唯一的选择。

那些弥漫黑暗的岁月里，祁威是夏子菱唯一的依靠。当年那个发誓要保护夏子菱的祁威，果真履行了他的誓言。

在沈晨歌没有出现之前，祁威一直都是夏子菱生活中的灯火。

他是夏子菱生活中的唯一依靠。从小到大，一路走来，祁威的陪伴让夏子菱感觉到了生活中的阳光。每一次，夏子菱遭受到委屈之后，她都会找到祁威，因为她知道，只有在祁威那里她才能体会到真正的关怀。

这样的情况成为了夏子菱成长中的习惯，也让夏子菱的心中慢慢涌上了一个想法。"如果有一天，我真的无法忍受现在的生活了，祁威他愿意继续陪在我的身旁，一起面对生活吗？"

夏子菱原本以为，自己心里的想法会慢慢被掩埋在时间的长河里。可是，意外往往让人措手不及。

那天晚上，晚自习放学回家。祁威送夏子菱到她家楼下，上楼前夏子菱特意看了看楼上房间的窗户，阴暗的房间里有闪烁的白色亮光。

夏子菱当时想也不用想就可以猜到，夏楚生他一定在家喝得烂醉地看电视。

上楼前，祁威担心地询问夏子菱："要不要晚点回去，我陪你。"

当时夏子菱摇了摇头，便果断上去了。

回到家中，夏子菱看了眼客厅。夏楚生正坐在沙发上跷着二郎腿，喝着白酒看着电视。当时的电视里正播放一场足球比赛直播，情绪激动的夏楚生骂骂咧咧地评价着比赛的情况。

夏子菱本不想打扰夏楚生，决心回房间好好休息。可哪知道，刚关上房间门，客厅的夏楚生就叫了起来。

"夏子菱，你这死丫头赶紧给我滚出来，大爷我没酒喝了，赶紧给我下楼去买几瓶回来。"

按照以往，夏子菱只要不搭理夏楚生，他自然就会安静下来。

可哪料到今晚的夏楚生不但没有安静，反倒敲起夏子菱的房门来。

"叫你半天了，让你买酒去，你没听到吗？"夏楚生在门外大声地叫嚷着，见没反应他便开始撞门。

"嘭！嘭！……"房门发出剧烈的声响，夏楚生的语气也越来越愤怒："活见鬼的，踢球的那几个惹得爷不高兴，你个赔钱儿的玩意儿也想让大爷不高兴是不？赶紧给我开门买酒去，不然没你好日子。"

夏子菱还没来得及反应，门就被夏楚生给撞开了。当夏楚生看见夏子菱安然自若地坐在床边时，顿时火更大了。

"让你买酒，你装没听见是吧，我叫你装聋。"夏楚生一把拽着夏子菱的胳膊，用力将夏子菱拽到了客厅的电视机前，从茶几上拿起一个空酒瓶一边指着夏子菱的脸，一边用力捏着夏子菱的胳膊说："去，下楼给爷买几瓶这种酒回来。"

只感觉手臂一阵难受，夏子菱便想挣脱夏楚生的束缚。可哪知道这一挣不要紧，夏楚生没有站稳，顿时失去重心摔倒在沙发上，茶几上摆放的空酒瓶顺势都倾倒在地。

一阵酒瓶倒地破碎的声音打破了夜的宁静。

见大半瓶没喝完的酒瓶破碎在地，夏楚生顿时火了。"你个死丫头，诚心今晚让我不舒服是吧？看我不收拾你！"

第四章 听说，遇见你是最温暖的事

只看见一只大手在夏子菱的面前升起，然后像雨点般啪啪落在夏子菱的手臂上。

顿时夏子菱一阵惨叫。

没过多久，夏子菱家的大门被敲得啪啪作响。

"夏子菱，发生什么事情了，快开门呀。"门外传来了祁威的声音。

就像突然遇到了救星般，夏子菱不顾一切地从夏楚生的手中挣开，她慌张地将大门打开，一脸哭泣地看着门外的祁威，那一刻她不知道如何是好。

"你傻愣在那里干吗？跟我走。"祁威说着，便立马拽着夏子菱朝楼下跑。

见英雄突然救美，夏楚生更是怒气大发。拖着烂醉的身子准备朝楼下追去。"小兔崽子们，跟爷我玩英雄救美是吧？看我逮着你们俩不好好收拾你们。"

夏楚生疾步冲向大门，他一脚踢开脚下的酒瓶，顿时酒瓶哗哗作响。

冲到大门，见祁威带着夏子菱已快速地朝楼下赶去。心急火燎的夏楚生，赶紧加大步子。可哪料到，步子刚迈出没几步，夏楚生因为踩滑没有站稳，便顺着楼梯重重摔了下去。

沉闷的声响在楼道间回响，只留下夏楚生痛楚的叫唤声。

祁威拽着夏子菱的手拼命地朝前奔跑着。他望着一脸惊慌失措的夏子菱，酸楚的心中找不到任何一句足以安慰夏子菱的句子。

夏子菱只记得,那是一场没有目标的奔跑,不知道终点到底在哪儿,也不知道什么时候他们才可以安然停步。他们只是拼命地奔跑着,用一场奔跑来告别一场黑夜,等待着光明带来一场新生。

04

沈晨歌将自己关在了黑暗中,像被慢慢吞噬掉生命力,整个人显得疲惫不堪。

一道微光打在他的面颊,刘海遮住了他的双眼,分辨不清此时此刻他到底是怎样一副表情。

这静寂的黑暗就像一座牢笼,沈晨歌是这里唯一的囚犯。尽管门外的世界充斥着各种喧哗,但一切都无法成为他获得赦免的证据。

"晨歌,你能把门打开吗?有什么事情,我们可以当面谈。干吗把自己锁在房间里面?晨歌,你开门好吗?你这个样子我很担心……"

林冬儿用她娇嫩的声音一直央求着,她拼命地敲打着房门,似乎这样可以唤醒迷失在黑暗中的沈晨歌。可实际上,十几分钟的僵持,并没能让沈晨歌把房间门打开。

他沉浸在了黑暗中,准确地说他应该是在黑暗中找寻着内心深处关于夏子菱的记忆碎片。他无法想象善良的夏子菱会因为林冬儿的出现变得伤心欲绝,更无法预料林冬儿的言行竟然能将夏子菱刺激得晕厥在地。

沈晨歌迟迟不敢发出声响，仅仅用低头的姿态，面对着黑暗对他的审判，沉默更像是他对自己罪行的供认不讳。

时间过去了三年多，却更像是在沈晨歌的生命里掩埋下了一颗定时炸弹。他简单地以为，只要自己能够找回夏子菱，只要自己能够回到夏子菱的身边，一切都可以回到当初最美好的时光。

可不知道为何，命运之神却偏偏对他的人生捉弄不停。沈晨歌感觉自己真的就是一只猴子，而现实更像是一道道锁链，他愈是反抗便愈能感受到现实禁锢的折磨，而夏子菱就是系在沈晨歌喉节上的锁镣，她的一举一动都事关沈晨歌的命节。

曾几何时，沈晨歌质问黑幕苍穹，近乎撕裂的啸声回荡在楼宇林立的空气之中。只是那句"老天这是你对我的处罚吗"却迟迟没有得到上天的回复，它们化作四散而去的虚无，覆盖在未来时间的节点中。或许上天真的只是希望通过时间，来让沈晨歌了解得更多更清楚。

三年的时间跨度，三年的距离阻碍，或许能够让人觉得时间与距离的共同作用，就能轻而易举地改变人和人之间的关系。

但沈晨歌并不这么认为。在他看来，夏子菱与自己的关系，早已胜似亲情。从夏子菱第一次出现在沈晨歌眼睛里的那一刻起，沈晨歌就早已把夏子菱认定为自己的妹妹。

昔日里眼中长存的那个妹妹——夏子菱，就像活在鲜亮的世界里，突然留下了一扇门的缝隙，在时间岁月里被慢慢淹没在黑暗之中，仅留下一张清纯的笑脸在沈晨歌的记忆深处。

但先前林冬儿与夏子菱上演的那一幕,让沈晨歌的头脑里发出一阵巨响,就感觉像是天地坍塌,沈晨歌内心塑造的完美世界荡然无存,刺痛感就像经久不散的轰鸣,让沈晨歌无法安宁。

终于,房门外的世界安静了下来。留下一句"晨歌,你早点休息",林冬儿便不甘地离开了沈晨歌的房门。

来到了客厅,夺目的灯光刺得林冬儿的眼睛痛得要命,她还是不能释怀沈晨歌与夏子菱的一切,准确地说她根本不能接受有夏子菱这个人存在。仿佛那个乖巧、懂事、善良的夏子菱就像眼下这夺目的灯光一样,刺眼,让林冬儿无法忍受。

"她就是晨歌心目中光亮的存在,所以她理所当然应该在我的面前熄灭。"这样的想法在林冬儿的心中黯然升起,同时也让她发疯般走到开关处,用力地朝开关一拍,灯光顿时暗淡下去,仅留下一盏橘色的台灯,散发着暖色的光彩。就像是林冬儿心底深处的沈晨歌一样,温暖地在那里,用最干净的笑容,最坦诚的目光等待着林冬儿出现。

"沈晨歌,你是否还能记起儿时的我们?"林冬儿倒在了沙发上,死死地将抱枕搂在了怀中,她深埋着头,躯体向怀中的抱枕蜷缩。或许,通过这样的方式她可以找寻到沈晨歌当年的味道。

那是雨水泥泞的土地气息,那是雨后阳光的清新空气,那是林冬儿记忆深处无法剔除的味道。

记忆中,那天的天光正慢慢地散尽,夜幕即将登场。空旷的街道上,零星的行人缩紧身子,穿梭在凛冽的寒风中。

第四章 听说，遇见你是最温暖的事

林冬儿一个人走在街道上，整个人像是丢了魂。先前的她刚刚和家里人大吵了一架。

"爸爸、妈妈都是大坏蛋，偏心的大坏蛋。就知道欺负我！使唤我！……"林冬儿满嘴埋怨，边走边说。说到愤慨时，她干脆一跺脚，用脚尖使劲儿朝地面一碾，像是要踩死几百只蚂蚁来泄愤。只是寒风突然袭来，灌进她的胸口，不然她也不会打了一个激灵后就此作罢。

按父母的要求，林冬儿只需要在东街街口的烘焙店里买上几块面包便可以回家。那本该是姐姐做的事情，却因为测试成绩不理想，成为了处罚林冬儿的一种手段。

"明明这周该姐姐买的，干吗这样偏袒她，不就是因为这次考试成绩比我好吗？成绩好就应该受到偏袒吗？他们到底有没有把我当作亲生的呀？"到达烘焙店的门口时，林冬儿还没有发泄完自己的不满。

走进装修温馨的烘焙店里，林冬儿随意选了几个刚出炉的面包。在收银台结账的时候，林冬儿才注意到，透明橱窗外一个和她差不多年龄的小男孩正死死地注视着她。

林冬儿并没有往心里去，直到她从店里走出，林冬儿才知道自己已经被小男孩盯上。

准备原路返回的林冬儿，没走几步，就感觉自己的衣服被别人拉扯住了。当她回过头的时候，她发现拉扯住自己衣服的正是当时橱窗外的小男孩。满脸泥渍的他，正用一双期待的眼神，注视着林冬儿。

那一刻，林冬儿懂了。

就像是一根矗立在黑暗中的火柴，被突然点燃，暖色的光芒溢出黑暗，暖暖地照耀在小男孩的心间。

尽管满脸都是泥渍，但依旧遮掩不住小男孩脸上的表情。他正用最干净的笑容，最坦诚的目光注视着林冬儿。而在他满是污渍的手中，正提着一个透明的塑料袋，里面装着一个刚刚烘培出炉的面包。

望着眼前这个像是从沼泽里走出来的小男孩，林冬儿的心里像被剖开了一道口子，她很好奇会是什么原因把这个小男孩变成这样的。同时，她也很心痛到底是什么原因会让这个小男孩流露出这种执着的神情。

但满心疑惑的林冬儿并没有向他询问什么，她只是朝他留下了一道浅浅的微笑，挥手道别消失在了浓稠的夜幕里。

然而，令林冬儿没有想到的是，接下来的几天里，那个小男孩一直都出现在那个烘培店的店门旁。他没有再主动找到林冬儿，只是用一双明亮的眼睛四处张望着周围的一切。

"你是在找什么东西吗？"几天的观察下来，林冬儿终于没能忍住自己心中的困惑，她主动上前向小男孩询问。

男孩告诉了林冬儿答案，只是那直白的答案让林冬儿感觉自己无从应答。

"我把我的妹妹弄丢了，我要找到她。"

若只是出于好心，想要帮这个男孩，林冬儿大可讲一些暖心的话来安慰这个年龄相仿的男孩，可实质上，林冬儿的回答让男孩颇感震惊。

"要不，就让我当你的妹妹吧！"这是林冬儿给出的回答。

而就是这样的一句回答，让未来许多年的黑夜都有了异样的色彩。

在所有的人都应该熟睡进入梦乡的时候，夏子菱却睁大双眼，注视着这房间里白皑皑的一切。

太多的人都曾称赞过白色，干净、纯洁、素朴。而此时夏子菱眼中的白色，更像是一场空寂和死亡。

一路走来，得到、失去一次次在夏子菱的生活中盛开，凋零。那些别人口中时常提到的美好，在夏子菱的世界里永远都是一无所知。她宛如一个懵懂的孩子，用警觉的目光注视着周围的一切事物。

夏子菱一直以为，沈晨歌的出现是带她走出荆棘之路的曙光。他用他无微不至的关爱，点燃夏子菱心中熄灭多时的长烛。她可以肆无忌惮地躲在沈晨歌的怀抱中，贪婪地感受着他身上的气味，因为只有那样她似乎才可以找寻到她渴望恒久的安全感。

但经常事与愿违，他们就像不被老天看好的小孩，任意被世俗摆布。家庭的差距，跨国的距离，连来之不易的重逢，都会因为一个林冬儿让感情的修复变得困难重重。

多少次义无反顾地坚持，多少次天真地以为回来了就能够和好如初，但在这一刻都显得如此虚幻。

时间，真的会让一个人变得面目全非，连自己内心当初最真实的感受也变得销声匿迹吗?

此时的夏子菱已是满眼的疑惑,回想着脑中存在多时的沈晨歌,再看看眼前已是为自己操劳至疲惫而熟睡的祁威,夏子菱的心在这间白色的房间内有了微小的悸动。

倘若,三年的时光里自己能允许祁威在内心里的位置再重要一点,那今天的一切会不会不再显得那么重要了呢?

夏子菱借着房间里的微光,悄悄地注视着祁威那张熟睡的面容。一脸的疲惫牵动着她的心脏,就像有一团热气夹在她胸口一样,想要从她的胸口挣脱却始终摆脱不掉。

"夏子菱!别怕,我祁威就在你的身边。不会有人能伤害得了你!"

身旁的祁威突然开口说话,倒是让夏子菱心里一惊,莫非是因为祁威察觉到了自己的神情?

夏子菱紧张地看向祁威,发现那小子还熟睡在梦中。不禁扑哧一声笑出声来。

"笨蛋祁威,连做梦都把我想象得这么弱不禁风!"夏子菱嘴上一阵小声埋怨,然后轻轻地为伏在床边的祁威盖上了一件衣裳,说:"大笨蛋,别感冒了。"

那一刻,夏子菱的目光久久地停留在祁威的身上,如同发现了惊喜一般,不知不觉间在夏子菱的嘴角处留下一抹浅浅的笑容。

原来,在时光的雕琢下,只有祁威没有做出太大的改变。而住在祁威心中的夏子菱似乎也依旧没有什么改变。

关于夏子菱,究竟在祁威的心里装着多少故事?或许只要祁威不讲，这将成为一个永恒的秘密。

兴许连夏子菱自己都不太清楚，自己是什么时候走进了祁威的世界里。

若不是脑中不断重现的某个画面，祁威也不会如此刻骨铭心地记着夏子菱走进他的世界，走近他生命的时间点。

就是他们彼此相遇的第一天，命运之轮就已经将他们彼此牢牢牵绊。

祁威有时候在想，要是那天下午自己没有蘸着地上的水渍写东西，没有与父母走散，没有遇见稚幼的夏子菱……自己的生活会是怎样的？

或许，祁威就会像所有普通的孩子一样，按照长辈们的意愿去做着大人们认为对的事情。上课认真听讲，老老实实地上学放学回家，做着无止境的作业，然后一言不发地宅在家里，参加着永无休止的补习班？

这些平常得不能再平常的事情，或许会造就出一个受到社会一致认可的祁威。

可实际上，现实为祁威带去的注定是一场不平凡的经历。就在祁威第一次与夏子菱见面，然后看见夏子菱稚嫩的小手像提兔子般被夏楚生拽起的时候，看到夏子菱因为拽起的手臂疼痛而哭红了眼睛的样子，祁威的命运就已经有了轨迹。他不忍看到这个楚楚动人的女孩受到别人的欺负，更不允许这个善良的小女孩受到别人的伤害。从那一刻开始，祁威就下定了决心，他要一直保护这个女孩，一直到很久很久。

于是，命运因此而开始疯转，尽管现实充满刻薄，生活被颠沛流离取代，但陪在夏子菱身边并保护她的决心，并没有在祁威的心中有一丝动摇。

无论是谁，哪怕是夏子菱最心爱的人，祁威都不允许他们对夏子菱有所伤害。

就像先前祁威的梦境一样，无论四周的环境如何险峻，眼前的敌人多么凶恶，祁威都不允许他们对夏子菱有一点伤害。哪怕前是凶敌，后是悬崖，只要有祁威在，他就会像守护女神一样，用自己的身躯挡在最前面，只要他还有一口气，就坚决不会轻易放弃。

或许这就是祁威最真实的想法，如同无数个夜晚中的那些想法一样。

只要告诉自己坚持下去，自己的心中所想就会成为现实。

而在这个暮色浓稠的深夜里，所有人的想法都能够变成现实？或许每一个人的心中都有一份属于自己的答案。

而对于夏子菱，对于沈晨歌，对于林冬儿，对于祁威来讲，这三年又三个月的时间洗礼，会不会为他们心目中的答案带去异样的变数呢？

夜已至深，房门发出的细小声响，像捅破的气泡般，惊动了整个房间的寂静。

沈晨歌打开了房门，走了出来，看着怀抱抱枕侧卧在沙发上的林冬儿，沈晨歌驻足沉默。

第五章
从前有个人爱你很久

倘若，辞别如树，那么，朝暮似花。

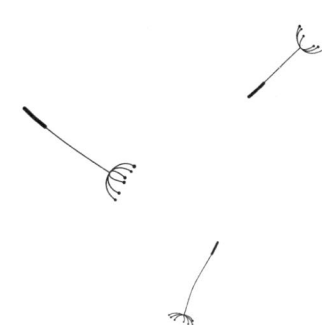
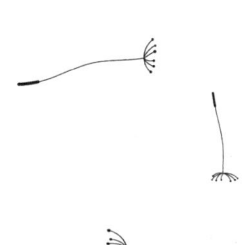

01

  最终那些原本的守候,像是只用了一秒的时间,顷刻间化为乌有。沈晨歌与林冬儿面对面坐在沙发上。

  林冬儿双手紧紧地攥着裙角,她明白沈晨歌一旦以安静的姿态待人的话,后面的事情绝对不会是美好的。她在心里打着腹稿,想着他接下来会说什么,而自己又该如何回答。

  沈晨歌不急不缓,视林冬儿如空气般,林冬儿蓦地局促不安,想要开口说几句话,却又突然想到自己并不确定沈晨歌会说什么,微微张开的嘴唇再次无声地紧闭。

  "为什么?"沈晨歌低沉而平静地问着。

  "为什么?"她小声地重复呢喃他的话,仿佛每一个字都足有千金重,砸得她的心房喘不过气来。"晨歌,我……"她在他的面前,撒不了谎,也圆不了谎。

  "为什么要那么做?"沈晨歌继续如此问她。

  "我不知道。"林冬儿越发地不自在,她抬头看着面前的沈晨歌,眼神里掺杂最多的依然是懊悔,显得冷淡与无助。林冬儿突然觉得,曾经那个温暖如风的沈晨歌从来都没有像此时此刻这样对待过她,以前的他,总是像个大哥哥般,宠溺着她,让她倍感快乐。而现在,她感觉好冷,心儿近变得麻木。

"不知道?"他噌的一声起身,朝她的面颊逼近。"冬儿,哥哥什么都不说也不问,你回家好吗?"原本满眼厉色的沈晨歌,语气忽然低沉,说出的话也带着妥协和央求的韵味。

林冬儿最受不了沈晨歌忧伤的一面。她不想就这么因他一句话,就违背自己的心放弃一切,否则之前所做的事情就功亏一篑了。

"不要。就算要回去,我也要和你一起。"她狠下心来,在决定豁出去的那刻,她已做好了心理准备。

"林冬儿!"沈晨歌无法隐忍,最终还是爆发了出来,低吼一声。

她佯装镇定地睁着眼睛,身体在颤抖,幸亏有裙摆遮掩着。她甚至不敢想象沈晨歌接下来会如何待她,是像妹妹一样继续宠溺,还是将如陌生路人一样,再无半分亲近。

"我等候了三年的时间,就为了能和她过一如既往温馨的生活。当我和她产生的矛盾都被化解之时,当我以为谁也不能击垮我们的世界之时,而你知不知道你的出现,却像是一颗定时炸弹,毫无预料地炸毁了我和她建构的城堡。"

"林冬儿,我不明白你这次回来有什么目的,倘若你还把我当作哥哥的话,就成全和祝福哥哥吧,不要三番两次惹是生非了好吗?"

"真的,冬儿,其实哥哥什么都不求,只求能无怨无悔地弥补她那段空缺的三年时光。"沈晨歌陷进了思念与回忆中,在他的脑海里,夏子菱的身影早已铺天盖地地席卷思绪。

这是林冬儿有史以来第一次见沈晨歌失控。她忍不住地心疼。在她双眼微微泛起流光之时,蓦地想起了夏子菱,也就是这么一个人的出现和存在,将沈晨歌的心扉紧紧牵引了过去。她没来由地选择憎恨夏子菱,也对沈晨歌刚才的那番话无动于衷。

沈晨歌和林冬儿开始冷战,自从那天沈晨歌见她一言未发,就明白了她的决定。沈晨歌知道,自己心里最放不下的人,依然还是夏子菱。无论时光消逝多久,已深刻在心里的情,终究很难再次拂去。

他开始无休止地去追寻夏子菱,但夏子菱仿佛在逃避一样,自始至终逐渐与他保持距离。他给她发短信,在输入框里写了很长很长一段话,都是一长串解释抑或嘘寒问暖的话语。而夏子菱却冷冷地回复他"知道了""然后呢""嗯"。

沈晨歌不甘心,多年来蓄满的情意难道就这么轻易地被林冬儿所做之事击溃了?

恰遇星期天的时候,沈晨歌买了一大束红玫瑰,他知道夏子菱喜欢花,尤其是蕴含幸福和浪漫感的花。他早早地来到醉生梦死,酒吧门一遮一掩,他径直走了进去。

没有开灯。黑暗笼罩着偌大的空间。借着从门外渗透进来的微弱细光,沈晨歌看见了对视而站的两个女生。那是他再熟悉不过的人。夏子菱,林冬儿。她们究竟在做什么呢?

他疾步走上前去，却刚好听见林冬儿羞辱夏子菱的声音。林冬儿毫无顾忌地说："夏子菱，你知不知道自己有多坏？专门勾引别人的男朋友，害不害臊啊！"

　　夏子菱一脸的平静，她看到了朝她们走来的沈晨歌，随即莞尔一笑。林冬儿见不得她笑，以为她这是在嗤笑自己。慢慢地扬手，欲给夏子菱一记耳光。

　　林冬儿停在半空中的手，突然被人紧紧握住。"林冬儿！"他一声低吼，使得林冬儿的心跟着寒战了一下。

　　"晨歌。"林冬儿不由自主地唤着他的名字。

　　夏子菱之前虽听过林冬儿多次唤他"晨歌"，但是每一次夏子菱都是在痛苦万分的场合下听到的。她极为反感地转身正欲离去，却未曾料到沈晨歌竟自顾自地拉起她的手朝酒吧外走去。

　　趁着夏子菱错愕之时，他已拉着她走到了门口。"沈晨歌，你给我放手！"回过神后的夏子菱满肚子的火，凭什么要如此被人牵制着？！她不喜欢，也不允许。

　　"子菱，林冬儿是我的妹妹，我不知道她为什么要来。"他拼命地向她解释，为的就是她能够原谅他。

　　"妹妹？"夏子菱不禁嗤笑，"我倒是没看到别人怀有妹妹之心啊！"

　　"子菱，之前的事情是我不对，我不应该在你的面前和别的女生有亲近的行为，就算是我的妹妹也不行。子菱，可不可以不要因为她的出现，就让彼此之间的情感城堡崩塌好吗？"沈晨歌说的是真心话，但这些话听在夏子菱耳内，却是那般的虚情假意。

"沈晨歌，我告诉你，从现在开始，你我再也不会回到从前的那些时光了，因为你不值得让我再次选择原谅。"她仿佛费了很大的力才下定决心，心口也在刹那间闷得疼痛不已。

夏子菱说完，几欲往里走去。蓦地想到什么，转身直直地看着他。沈晨歌尚在酝酿刚才的话语，突见夏子菱回头，以为她回心转意决定原谅自己，扯着唇角浅浅上扬："夏子菱，我就知道你不会放弃我的。"

她冷冷地看了他一眼，扔下一句话朝里走去："我们不要再见面了。"

如晴天霹雳般炸响在他的世界，沈晨歌不甘心地伸出手，想要拉回夏子菱，好好抚摸她的脸颊。这一定不是真的，一定是夏子菱为了气他故意这么说的，一定是这样的。他不停地找着各种理由欺骗自己，尽管他知道自己所想的每一个理由都是无用的谎言。

夏子菱的手被他紧紧拉着，她一时挣脱不开，朝他吼去："放手，我说得还不清楚吗？！"

"砰——"突然出现的祁威朝着沈晨歌一拳挥去，"在我面前，你永远都不能伤害她！"他怒气冲冲地看着沈晨歌，用自己的身子挡在夏子菱的面前。

"晨歌，你没事吧？"林冬儿似是算计好了时间，扑上去轻轻地抚摸沈晨歌红肿的面颊。

"呸——"沈晨歌偏过头，将嘴里带腥味的血液吐在地上。

那一摊鲜艳的血液，如同沈晨歌身后落下的红玫瑰一样，仿佛烙铁在夏子菱的心脏狠狠地灼伤着。

林冬儿看到这一幕突然起身，迈步上前，扬手就给了祁威一记耳光。她挑着眉头，趾高气扬地说："你一个卖唱的，有什么资格在我们面前假装高傲！"

祁威不服气地朝林冬儿瞪上一眼，就在林冬儿准备再给祁威一记耳光的时候，沈晨歌却腾地起身，一把抓住林冬儿的手，将她无情地扔向了一边。

02

"嘣……"这是肌肤触地时发出的一声闷响。同时，也是林冬儿心碎的声响。

这不可置信的一幕，宛如正常运转的行星突然被陨石击中落得粉身碎骨的下场般，让林冬儿迷失了方向。她目不转睛地注视着不远处的沈晨歌，一脸惊讶，内心早已刀割数棱。

"这是记忆中的沈晨歌吗？这是那个平常对自己照顾有加的沈晨歌吗？这还是那个对林冬儿百依百顺的沈晨歌吗？"林冬儿用质疑的眼神注视着沈晨歌的背影，只要他回过头，面朝自己微微一笑，或者只是沉默不语，眼神中流露出一丝愧疚之情，林冬儿就愿意坚信那个活在自己心中多年的沈晨歌依旧存在。

但似乎醉生梦死酒吧的光线过于暗淡，以至于林冬儿看不到沈晨歌脸上的表情到底是什么样的。她坚信着，就在下一秒，沈晨歌一定会像自己当年跌倒在路边时的情景一样，带着一脸紧张的表情出现在林冬儿的身旁，轻轻地帮林冬儿拍去身上的尘土，用暖如阳光的声音询问林冬儿："伤着你了吗？需要我陪你到医院去吗？"

时间一秒秒地流逝，似曾相识的场景却仿佛被遗失在光阴的角落，一去不返。

沈晨歌并没有回过头来，哪怕微微朝林冬儿的方向看上一眼也没有。他只是僵硬地站在那里，如同石像般注视着祁威与夏子菱伴着微光离去的身影。

这样的情景让沈晨歌心生错觉，仿佛他自己就是一个穷凶极恶的歹徒，身负战败之伤，不甘地看着英雄将美女解救。这就像是一个笑话一般，让沈晨歌觉得可笑非常。曾经抱得美人归的英雄如今落得了如同歹徒般的下场，而过去的歹徒却像逆袭成功的卧底般成为了英雄。

是英雄伤了美人？还是美人变了心？抑或歹徒用了什么不正当的手法暗算了英雄？

沈晨歌满是困惑，他陷入了深思当中。夏子菱态度的突然转变，就像带来酷寒的季风般，让沈晨歌的世界如临寒冬。他多么渴望，在视线的尽头，能够看见夏子菱突然回眸，可现实就像一盆冷水般浇得沈晨歌的心透凉。

身负心伤的人，总是希望能够得到最贴切的关怀。此时此刻，受伤的人不仅仅只是沈晨歌一人，同样伤痕累累的还有林冬儿。

她不作声响地注视着，只是期盼着视野中那道厚实的背影能够突然转身。时间消逝得悄无声息，所有的声息就像见不得阳光般躲藏到了黑暗的角落里。

他们隐藏着自己内心最真实的答案，渴求着伤害过自己的人能够给予一次原谅自己的机会。

只是，片刻后所有的渴求都落空了。

沈晨歌望着眼前不太真实的世界，像一只迷失在黑暗中的羔羊。他摇摆不定地走在黑暗中，右手死死地捂住自己的胸口。"难道，这世上的每个人都不应该拥有一次被原谅的机会吗？"他越走越远，像一颗摇摇欲坠的流星，划破房间的黑暗走向光明的门口。在他的头脑里一个画面占据了他所有的想法。他认定，只要自己走到门口光亮处，探出身子，夏子菱就一定会出现在他的面前，用双手爱抚着他迷茫的面容，然后痛彻心扉地对他讲："晨歌，我原谅你！我原谅你！"

沈晨歌背离着黑暗越走越远，他听到了黑暗中的呼唤，听到了"晨歌，我原谅你！我原谅你"，只是，他并没有向后回头，因为那根本不是他想要听到的声音。

望着沈晨歌远去的背影，林冬儿面露绝望，像遗失了一个心爱玩具般痛彻心扉。面对着沈晨歌的不理不睬，林冬儿的心里满是疑惑："为什么晨歌他不理我呢？为什么？是谁伤害了晨歌呢？是谁呢？哦！我想起来了，是那个叫夏子菱的女生。可是她为什么会这样对沈晨歌？一定是因为她不希望沈晨歌过得幸福！一定是这个样子的。"

"夏子菱,我一定不会让你好过!伤害了沈晨歌的人都不会有好下场。"林冬儿瞪直了双眼,看着空无的门口,眼神里充满着怨恨。

或许,当一个人的心中种下别人身影的时候,他就早已随其埋下了自己的祈愿,伴着时间的洗礼,让愿望茁壮成长,等待花开叶落之时,让心愿长成果实。只是果实长成的那一天,就注定了自己劳动所得的成果。用心浇灌能够得到甘甜的果实,而无心的培育或许只是苦果一个。

林冬儿与沈晨歌结出的果实会是什么样子的?

甘甜的吗?会是纯净的甘甜吗?

就在林冬儿满脑子思索的时刻,一阵酒瓶倒地的声响,突然打破了这黑暗中的沉寂。

"谁?"林冬儿惊慌地朝黑暗中的角落询问,瞬间黑暗的深处恢复了平静。但林冬儿本该沉寂的心,却因为黑暗深处的声响被点燃了。她试探地询问着,却没有得到任何答复。

"是沈晨歌吗?晨歌是你吗?"她心有不甘,但她确定在黑暗深处的那个角落里,一定有一个人听到了她的询问。

"晨歌是你吗?你说句话好吗?"林冬儿已经按捺不住自己的情绪,她迅速从地上站了起来,跑到刚刚发出声响的黑暗角落,猛地用手机的闪光灯照亮了黑暗。

一只手臂挡在了一张面容旁,林冬儿二话不说,便强行将那只手臂从脸面上拽扯开去。

"晨歌，我知道是你，别装了。"林冬儿自信满满地拽着，一张陌生而又熟悉的面容，让林冬儿的表情稍显尴尬。

"怎么会是你？"望着眼前一脸同情满身酒气的李晟，林冬儿有些不敢相信自己的眼睛。

"没错，是我。"李晟说道。

"难道，刚才的一切你都看清楚了。"

"非常清楚。"

"呵呵……这下好了。被别人看笑话了。"林冬儿有些无奈地叹息着。

"不，我并不觉得这是一个笑话。反倒是让我挺同情你的，毕竟，我们有过同样的遭遇。"李晟平淡地说着，但暗淡下来的目光中还是透露出几分心中的不甘。

注视着眼前这一脸疑惑的林冬儿，李晟苦涩地笑了笑。或许，只有遭遇相同的人，才会了解彼此的心情。

"走，换个地方我好好给你讲讲我的故事。"李晟说着，便拽着林冬儿摇摇晃晃地朝房间外走去。

在李晟家楼下，李晟买了两大袋啤酒，看着失魂落魄的林冬儿，李晟朝她扬了扬手中两个沉甸甸的塑料袋。"看样子，只有伴着酒精我们才能讲出或者听到最动听的故事。"

从楼下一进门，李晟就坐到了家中的沙发上，还没等林冬儿缓过神来，李晟便迫不及待地将手中的啤酒一瓶瓶打开。

瓶盖落地的脆响，像是敲击心门的窗户发出的声响。"啪！啪……"相同的音律规律地重复着，终于李晟还是按捺不住心中的情绪。

他径直地将手中的啤酒递到对面坐着的林冬儿的面前，说："把它喝了，这样听到的故事才显得深情。"

望着眼前一脸真诚的李晟，林冬儿接过了他手中的啤酒，她迟疑地看了眼李晟，在得到李晟一个肯定的点头后，林冬儿麻利地仰头喝下了一口啤酒。

苦涩的味道，绽开在味蕾间，就像心中怀揣多时的委屈突然涌出来般，林冬儿显得有些不能释怀。她一鼓作气，干脆将整瓶啤酒灌进了自己的胃囊。她感觉自己味蕾间品尝到的味道，就如同自己内心的滋味一般，消灭掉一瓶之后，林冬儿准备向第二瓶进军。而就在这时，李晟制止住了林冬儿，他用平静而带着几丝关怀的口气对林冬儿说："先别急，听我把故事给你讲完。"

那一刻，林冬儿一脸呆愣地注视着李晟，在酒精的陪伴下，她听完了李晟讲述的故事。李晟的真情流露，更是让林冬儿感染肺腑。

"其实，这么多年过去了，苏沐说过的话我都一直记在心里。她说过，如果可以的话，希望有一个像我这样的亲人……"

或许，正是因为李晟的这句话，才让林冬儿深深体会到自己与李晟原来是如此相似。原来他们都只是希望得到一份胜似亲人的感觉，都只是期望得到一个人的关怀，都只是渴望让自己爱的人感觉到自己对他/她的深爱。但同样的是他们都遭到了别人的拒绝，以炙热火焰的姿态来抗衡千年的冰川。

"苏沐，你知道吗？这些年来我的心里一直都放不下你。"李晟红着眼眶朝沙发的对面倾诉道。

"晨歌，我明白你的意思。"林冬儿湿润着眼眶，深情地回应着。

酒气微醺中，一股强劲的力量驱使人们做出本能的反应。

只听见酒瓶倒地发出的阵阵响声，只感觉地面因为撞击产生了沉闷响声的回应。一场酣畅淋漓的互动，将人与人之间的意识慢慢拉长使之变得模糊，然后又在某个时间节点聚焦而变得清晰。

当意识化作理智托起厚重的眼皮时，林冬儿才惊讶地发现，自己衣衫凌乱，身旁躺着一名体无遮拦的男子。

一切都在微光中显得清晰，尽管两人都略显几丝尴尬，但一个同样的意志似乎又很快将两人拉到了一条战线上。

林冬儿慌忙说："今天这件事，我们就当没有发生过。从今以后，我们就是同一条船上的人了。"

李晟沉默地躲在黑暗里，他点着头，以示回应林冬儿。

03

后来的很多天里，林冬儿都别扭着没再和沈晨歌说话，不知道是为了什么，林冬儿只要一看到沈晨歌，就会立刻转身离开。

沈晨歌对她莫名的行为无语，想了一下，慢慢走过去，伸手去拉她，林冬儿像是受了惊吓似的，惯性般地朝后跟跄几步并发自内心地自嘲。或许，在那一刻，她已经明白自己再无完好一面呈现给眼前心爱的人。

　　林冬儿的笑，让沈晨歌觉得像是一道光狠狠地刺了他一下，他说不出这种感觉，他看不到林冬儿的快乐。说实话，沈晨歌想，与其在这里和林冬儿胡搅蛮缠下去，弄得两人都不自在，倒不如重新整顿自己将夏子菱拉回他的世界。于是，当沈晨歌站在原地，不再对林冬儿投以关心时，他觉得，就是在这个时候，他应该做出一个决定。然后，沈晨歌释然般地看着林冬儿说："林冬儿，回家吧，哥不再需要你。"

　　继而说道："回家吧，爸爸妈妈都在等你，我在这里也挺好的，不需要任何人打扰。其实，从你出现在我身边的那刻起，我就明白终有一天会有这种局面，因为我喜欢的人曾经那么爱我，却因为你的存在，而让她离我越来越远。我不该让你再这么继续下去，所以，我要你在我做出决定之前，收拾行李回家。我依然会是你哥哥。"

　　林冬儿不再说什么，她无言地看着沈晨歌，感受到这个从小就暖化她心扉的男子离她的世界也逐渐疏远，胸腔的某个地方，像是有什么东西死死地堵在那里，她说不出也无力气再支撑下去。唯一能做的，便是转身离开，任停留在眼眶中的泪珠，寂静滚落。

　　林冬儿颤抖着紧握手机给李晟打电话，电话响了很久都没人接听，在她垂下手臂听着"嘟……"的声响时，电话才被接起。听筒那边声音很吵，基本不能听清李晟到底在说些什么，也是，生存在酒吧的人，怎么可能会常有宁静日子呢？

"你说什么？"李晟也听不清她的声音，一个劲儿地问她什么事。

林冬儿晕着头，只好提高了音量说："李晟，我需要你！"

这个时候的林冬儿，仿佛是无依无靠的孤单人，她需要安慰和温暖，她需要有一个熟悉的人陪在身边，弥补她的创伤。

"你究竟过不过来，不过来我立马去找苏沐！"

即便再嘈杂的环境，苏沐这个对李晟来说敏感的词汇，还是如同子弹般穿透他的耳膜，他的音量忽然间提高了一倍。"林冬儿，你要是敢找苏沐，信不信我让你身败名裂！"

林冬儿一时没料到李晟的语气会这么恶劣，陡然间抓起身旁散乱的酒瓶，狠狠砸向墙壁，酒瓶应声碎成小块，露出锋利的尖刺。"喂，喂，林冬儿，你在做什么？"

林冬儿没有回应他，径直将手机抛向客厅的另一个角落。此时此刻的她，心口竟是那般痛，每次痛起来，她就会不由得想起李晟以及那个夜晚凌乱不堪的场面，有很多时候她都想把它们从脑海里抹掉，但是无论她怎么做，反倒是清晰地浮现。

她现在想，如果当初能够冷静下来的话，或许这后来的结果就不会这么糟糕，也许沈晨歌还会一如既往地对她万般好。

林冬儿晃着醉醺醺的身体开了门，直至下楼拦下出租车，迷迷糊糊间也没有看清是什么车就钻了进去，然后缓缓开口："醉生梦死。"

也不知出租车开了多久，林冬儿隐隐约约意识到醉生梦死与她家的距离并不是很远，怎么现在感觉像坐了很久的车呢？她用力摇晃着脑袋，偏过头去，车窗外是转眼即逝的霓虹灯，在她看来，仿佛是正在消逝的时光马不停蹄地往远方离去。不对，去醉生梦死的路上怎么会有这么多霓虹灯？她的头脑即刻有了些许的清醒，她透过反光镜，看到了坐在驾驶位置的胡子拉碴的带着奸笑的男人。男人侧头看着反光镜，也正好看见她有了清醒的状态，于是，男人二话不说，加快行驶的速度，他必须得快，必须得赶在她完全清醒之前，带她去他心里的那个地方。

林冬儿被突然的惯性吓得连连抓住车门的扶手。从窗缝中拂来的冷风，像是深更半夜的鬼哭狼嚎声，使得她由心底里产生出无尽的恐惧。"晨歌，晨歌……"她此时此刻唯一希望的便是沈晨歌出现在身边，她并不是一个很强的女人，她也有害怕的时候，也有被人保护的渴望。

车子停下的时候，林冬儿的整颗心扑通扑通跳个不停。剧烈的不安感油然而生。恐惧、害怕、颤抖，几乎都灌上她的心头。林冬儿想开门而出，她一个劲儿地扭着车门开门，终究无济于事。男人这才心怀不轨地转过身，露出完整的丑陋不堪的面容，嘿嘿笑着说："小妞，挺鲜的，我喜欢。"

男人一边说着，一边宽衣解扣，如同饥饿许久的恶狼，迫不及待地吞噬身边的羔羊。林冬儿完全没预料到会发生这种事情，她只能张口拼命地狂喊"救命"。

第五章 从前有个人爱你很久

"哐当"一声,车窗的玻璃被砸成碎渣。男人惊吓地连忙起身,使劲扭着车门开门,想逃之夭夭。但是车内狭窄的空间让他无法如愿以偿,直至车门被打开,他裸露的身体径直被扯了出去。好在林冬儿并没发生任何事情,只是受了点惊吓,她看清了来救她的人是谁。"李晟!"她逃离出租车,呼唤着他的名字。

李晟微微点头。握紧拳头,朝趴在地上的男人疯狂打去。哀号声、苦求声连续不断。不安宁的黑夜,最终在警笛声到来后,才逐渐安宁。

从警局里走出来的林冬儿,早已恢复了神气。她的目光不再是柔弱的状态,犀利到恨不得将所有的仇人千刀万剐。这一次酒醉,让她彻底明白人决不能以卑微的形式存在。如果李晟没有看到她意识不清醒,没有一路打车跟踪她,没有将她从心怀不轨的男人束缚中救出,那么她这一生,不知会沾上多少污点。她甚至会想到自己有可能就在男人的疯狂下,咬舌自尽。她那刻的心脏像是被浸泡在零下数度的冰水里,冷得毫无温度。所以,这一次的遭遇,再一次加重了对林冬儿的打击。伤害她的人,她势必会千百倍地偿还。

也就是在一周后,林冬儿像换了身份换了一个人似的,从头到脚没有哪一点不精心打扮。是的,现在的她,无法原谅任何一个与她有仇的人,她可以原谅所有人,却唯独不能原谅姓夏名子菱的女子。

夏子菱完全没料到自己会在这种场景下遇见林冬儿。她和祁威如同古时街头卖艺一样,站在城中心繁华地带,他弹奏吉他,而她则手拿麦克风轻唱。来往的行人聚集在一起，用异样的目光上下打量他们。在夏子菱身前的纸盒里，零零散散叠放着一角五角甚至一元五元的纸币。这里，仿佛就是他们的另一个舞台，他们有了更多观众，也有了更多愿意聆听她歌声的人们。

然而，当穿一身艳丽红衣的林冬儿出现在夏子菱跟前时，所有人的呼吸仿佛瞬间停滞，林冬儿如同鹤立鸡群般，无比灼热地刺痛他们的视线。林冬儿拉开鲜红色名牌包，从里面掏出数张百元大钞，大方优雅地屈膝轻轻地放在纸盒中。

一阵阵的抽气声、惊叹声、啧啧声，相互交织，此起彼伏。夏子菱看在眼里，怎么可能不知道林冬儿打的是什么主意，无非就是在众目睽睽之下间接扇她数个耳光。

"你即刻立刻马上给我拿走你的臭钱！"祁威用手指着林冬儿，满脸的怒气显而易见。

"你们卖艺，我好心施舍，难道我做错了吗？"林冬儿眨巴着无辜的眼睛看着他。

"给我拿走！"祁威二话不说，从盒子里拿出那数张百元大钞，朝她扔去。

"你这人怎么能这样，我好心给你们钱竟然不要？来，各位评评理，他们在这里卖艺，不是要钱是要什么呢！"林冬儿把目标投向了行人，她想做的事，没人能阻止。

林冬儿殊不知她这样的做法对夏子菱的打击反而越来越大，特别是在祁威被林冬儿扇了耳光之后，夏子菱的内心便越来越愧疚。

夏子菱不希望所有的耻辱都被祁威一人独自承担，她也能够像强大的女人一样，用自己的方式去保护身边所爱的人。

当铺天盖地的零钱毫无预料地落在林冬儿身上时，夏子菱平静地看着她说："这，祝福你，好好珍惜！"

原本与状况毫无牵连的话语，仿佛一把锋利的尖刀，在林冬儿的心里剜上一道深深的口子。林冬儿狠狠地踩着高跟鞋，头也不回地推开人群，远远离去。

04

面对着这条车水马龙的街道，夏子菱与祁威的脸上布满迷茫。

那些陌生的面孔，行色匆匆地从夏子菱与祁威的身旁经过。他们中有的衣着华丽却始终面容冷漠，有的人尽管衣着朴实，脸上却可以浮现出几许会心的笑容。而有的人，他们低垂着头，时不时地摇头晃脑，发出厚重的一声叹息后，便拖着沉重的脚步走向远方。

在这滂沱大雨中，所有的一切都披上了一层沉重的外衣。街角突然亮起的几许霓虹，只是为这钢筋水泥筑造的世界增添了几分色彩，但却依旧抵挡不住这生冷吹袭的寒风，游走过各大街道巷口后，让行人的身影徒增几分消沉。

在这座散发着钢筋水泥气息的城市里，成功与失败，得意与落魄散布在这座城市的各个角落。人们的喜怒无常就像是街道口变换的红绿灯，上一秒中，你可以忘怀狂妄地放声大笑，而转逝的下一秒里，你或许落魄得像一只丧家的野犬。

而就在这座光怪陆离的城市里,有些人可以光鲜亮丽趾高气扬地做着各种贪婪的美梦,而有些人或许找个角落划上一根火柴也能觉得温暖万分。

正是这样的一座城市,却成为了夏子菱与祁威落脚的地方。

许多年前的那个夜晚,为了躲避夏楚生,祁威带着夏子菱一路狂奔。黑夜下的无尽奔跑,让祁威带着夏子菱从A区跑到了B区,尽管心生恐惧,前途迷茫,但他们依旧执意那样去做。

夏子菱相信,就算未来惨不忍睹,也好过深处黑暗的绝望。

为了避免夏楚生到学校里找夏子菱的麻烦,夏子菱与祁威刻意向学校请了一段时间的假。而无家可归的两人,在街头流浪了数天后,终于落到了"弹尽粮绝"的地步。

祁威说:"夏子菱,还是去我家躲躲吧。靠我们现在的实力根本没办法生活。"

"我不去,再恶劣的环境,都比回去后被夏楚生带回那个梦魇般的家要好。"夏子菱倔强地说着。

"那好吧,夏子菱。我祁威向你保证,不管怎样我都会待在你的身边。你去哪里,我就跟你去哪里。"祁威拍着胸脯,很认真地对夏子菱说。

祁威的话,让夏子菱笑得很开心。那种发自内心的笑容,总会让人感觉内心舒畅。所以,就在下一秒钟,夏子菱因为太过放松,双眼微闭地倒在了地上。

"夏子菱,你到底怎么了?夏子菱?"祁威紧张地冲上前去扶起夏子菱，无助地呼唤着夏子菱的名字。"夏子菱，你要是有个三长两短，我该怎么办？"

回想着，那些天靠街头卖艺勉强度日的日子，祁威的心里很是过意不去。他为自己面对现实的束手无策而感到内疚，更对现实的强大感到绝望。

"今后的日子，我该怎样去保护自己心爱的夏子菱呢？难道还要像现在这样靠街头卖艺为生？"这是祁威一直都在思考的问题。

可是，眼下昏迷的夏子菱，着实让祁威傻了眼。

"到底该怎么办？谁能来帮帮我？"夜幕下，响起了祁威揪心的嘶喊声。

好在一个穿红色风衣的女子从祁威身旁经过，才让夏子菱与祁威得以解围。不然，或许夏子菱是生是死都将成谜。

夏子菱睁开眼睛的时候，眼中一片暖黄的灯光。厚实的棉被搭在她的身上，令她倍感温暖。

"我这是在哪里？"夏子菱小声地询问着。

"小姑娘，你现在身子虚得很，别乱动。你现在是在我家，安心休息就是了。"一个穿着红色风衣的女子说道。

"你家？这位大姐姐，我们认识吗？"夏子菱疑惑地望着眼前这个陌生女子。

"现在不认识，以后就会认识了呀。"红衣女子说着，便眯眼朝夏子菱笑了笑。

这时候，祁威端着一个碗小心翼翼地走了进来，边走边说："苏沐姐，你要的鸡汤我给你端来了。"

"来得正好，快把鸡汤喂给你小女朋友，她现在身子还是很虚弱，需要补补。"苏沐笑着对祁威说。

"小女朋友？"夏子菱一脸诧异地看着祁威，而此时祁威的脸早已红如苹果。他赶紧转移话题，说："夏子菱，来，赶紧把这鸡汤喝了。"说完，便把一只盛有鸡汤的汤匙递到了夏子菱的嘴边。

几日的休养，让夏子菱的身体得到了康复。同时也让夏子菱和祁威对苏沐不仅有了了解，更多的是一种感激。

苏沐是即将开业的酒吧老板，同时准备在自己的酒吧里建立一支自己酒吧专属的驻场乐队，而乐队的负责人是苏沐的好朋友唐九安。出于对夏子菱和祁威的情况的了解，苏沐决定聘用夏子菱和祁威，准许他们一边上学一边到酒吧来勤工俭学。

就在酒吧正式挂牌营业那天，苏沐给酒吧取了一个名字叫"醉生梦死"，而唐九安给乐队命名为"辞树暮花"。

醉生梦死，辞树暮花。亦梦亦实，亦真亦假。

这种颇具文艺性的名字，让夏子菱与祁威有些不明白。于是，在一个很巧合的日子里，夏子菱与祁威询问了唐九安关于"辞树暮花"的含义。

而唐九安当时给出的解释，夏子菱一直都牢记心中。

唐九安说，人的一生就是一场戏剧。生是戏剧的开始，死是戏剧的结尾，而经历是整个戏剧的过程。我们执着一生的信念，或许就像是一场梦境，为其痴，为其醉，为其生，为其死。我们忙碌着，在时间的疯长中告诫着自己长大的必然，我们面对着现实过往，如同张望着一棵茁壮成长的大树，我们审视着它的枝干与树叶。或许，过去成长的足迹早已将这个大树养育长大，太多根深蒂固的记忆像养料般给予它成长的力量。好的，坏的，快乐的，悲伤的，这些感受让它们长出了繁茂的枝丫，同时也在自我的心底里留下一片属于它的绿荫。

我们跟随着时光的穿梭，用青春守候着心中的大树，假以时日，等待着某天树木枝丫开出绚丽的花朵。那时候的我们期望着，期望着一些人或者一些事能够彻底将我们救赎，就像期待着清晨的第一缕阳光，能唤醒枝叶开出绚丽的花朵。

所以，我们在心里一直预留着一个位置，等待着某一天大树因为阳光的降临而春暖花开。当那些命中注定的人走进我们心里，用倾听的方式了解到我们隐藏在坚硬树皮之下的肺腑之言时，我们的生命才能获得新生。正是因为有了他们的出现，我们才不会感觉到孤单，才拥有了辞别大树的勇气，才能够真正勇敢地对过往说出再见。他们用他们生命的力量为我们指明了路途的方向，他们用行动向我们证明，他们就是照亮我们心中大树的那缕晨光。而我们正是有了他们的相知相伴，心中的大树，才拥有了开花的力量。

倘若，辞别如树，那么，朝暮似花。

尽管唐九安的解释过于冗长，但夏子菱与祁威还是将他说的话，记得清清楚楚。

"辞别如树，朝暮似花。没想到这简单的八个字，却蕴含了这么深层的意思。"这是夏子菱听到唐九安的讲述后发出的感慨。

或许，在别人眼里，辞树暮花这个乐队的名字平凡而没有什么新意，可是对于夏子菱来讲这四个字或许比生命还要重要。

或许，没有一个人会在意一个乐队的名字到底代表着怎样一层含义，就像没有人清楚辞树暮花乐队的背后到底掩藏着多少伤悲一样。

放眼今天的自己，再回望一下曾经的自己，夏子菱的心中已经有了一个清晰的答案。

曾经无数次的艰难险阻夏子菱都能够从那汪泥潭中摸爬滚打出来，而今不知从哪儿冒出来的林冬儿，又怎能奈何她？

就算身份地位成为了拉开夏子菱和林冬儿的鸿沟，但这些问题就真的没有解决办法了吗？

夏子菱并不甘心。她不甘心自己像落魄的小丑般，任由别人去嘲笑自己。她希望自己能够活得趾高气扬、嚣张跋扈一点。

面对沈晨歌和林冬儿不清不楚的关系，夏子菱并不甘心就这样成为一个观众。更准确地说，为什么她自己要成为别人的观众？

三年前的那场承诺，沈晨歌早已违约在先，夏子菱就当自己那时年少天真，用三年半的时间相信了沈晨歌的承诺是真的。但现在突然冒出来的林冬儿亦不能让夏子菱确定，沈晨歌对自己的感觉亦如三年之前。

只有经过了对比与审视之后,真相才能显而易见。

原来一路走来,能够一心守护,任劳任怨陪在夏子菱身旁的人,自始至终都只是祁威一人。

这一路走来的艰辛,或许别人不太清楚,但能够比沈晨歌更了解夏子菱的人,除了祁威还会有谁?

如果夏子菱能早看清这点,或许她自己就不会因为沈晨歌与林冬儿的关系让自己败下阵来。

可是,夏子菱就一定要败在林冬儿之下吗?

"不!绝对不!自己怎么可以就这样轻易言败?"这是夏子菱的心声,也是夏子菱的决心。"如果昨天的自己真的是脆弱不堪,那明天的自己就绝对不能重蹈覆辙。我要改变自己,以一个新的姿态来面对自己的未来。"

"我是夏子菱,我要为自己发声!"

第六章 总有牵挂猝不及防

如果你抬起头看深夜的星空,你会突然发现,有一颗原本明晃晃的星,突然跃过夜幕,拉着长长的尾巴,成为流星眨眼间飞向另一个天头。

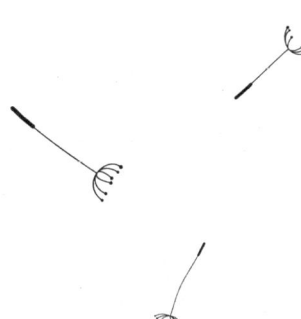
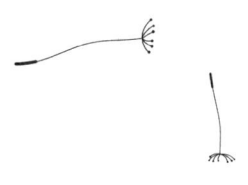

01

夏子菱像往常一样,和祁威在醉生梦死演练完后,在四点二十分的时候回到家里。夏子菱没有多言,便往自己的房间走去,从简易衣柜中拿出一件普通的休闲服。一切收拾完后,才打开屋门走了出来。

四点半。祁威也从自己的屋里走出。两人彼此互看着对方,最后笑出了声。

夏子菱最近一连找了好几个兼职,发传单、促销方便面、服务员等,她能想到的或能做到的,她都将工作接下一一完成。对于夏子菱来说,发传单的工作可能要容易得多,不用看行人的脸色就能很快完成任务。而且一天下来,至少能有一百块钱的工资,足够她好几天的生活费了。

夏子菱和祁威在一家名叫"七盏时光"的火锅店前停下脚步。这家火锅店便是他们即将工作的地方。夏子菱抬头,再对着手机收件箱里的录用信息对看了一遍,确定没有找错地方,才同祁威往里走去。

火锅店的负责人迟疑地看着眼前娇小青涩的夏子菱,好半天才问:"你确定自己能行吗?"

夏子菱没有半分犹豫,径直回答:"我行的。"

负责人考虑了几分钟,再将目光投向一旁同样带着文艺气息的祁威,要不是因为店里缺人手,恐怕连考虑他们的时间都不会给,所以情急之下,最终还是答应了。

夏子菱钻进了厨房,她要做的便是将槽内的锅碗瓢盆洗干净,再将上面的水渍擦拭并重新放回消毒柜里。之前她有做过类似的工作,最多只是洗几个杯子就行,可是现在的她站在散发着油腻味道的厨房,双眼怔怔地看着快有一米来高的脏碗,她连反胃呕吐的心都有了。如果不是这家店给的工资高,洗一次碗就给一百块钱的报酬的话,她恨不得立刻就把它放弃。

"喂喂,洗快点,别那么磨磨蹭蹭的,客人们还等着用碗呢!"负责人时不时地进来催促,夸张的话语让夏子菱紧蹙着眉头。

"知道了,马上就好了。"夏子菱只得点头回应。

"做不好就别做,我好换人。"负责人接着说。

"对不起,对不起,我尽量再快点。"夏子菱不想就这么失去工作,于是她用沾满泡沫的手指,将遮住视线的头发往后一掀,更卖力地搓着碗筷的污垢。

"你个子小,连按住鱼都不会,你怎么做事的啊!"从身后传来的呵斥声,再次狠狠给了夏子菱一道创伤。她知道他们这是在怒骂祁威,她很想去帮他,却无能为力。

"对不起,对不起,我会好好做的。"祁威低声下气地连连道歉,那边的负责人随后说了几句，也就不再骂了。

耳根终于清静了下来。夏子菱也明白在这个社会，人没有钱的时候，总是容易没有底气的。正如她之前当服务员时一样，被来往的客人投递的或鄙夷或嫌弃或怜悯的眼光，打击到了心灵。很多时候，她都低着头匆匆逃离一般离开客人的视线。

大概在十点才来人接替她的工作。她看到店内明黄的灯光时，觉得异常刺眼。"夏子菱，走了。"祁威也下了班，从后推了推她的肩膀。

"嗯。"她点点头，一步一步走出了"七盏时光"火锅店。

一路上，夏子菱都将双手放在衣袋里，她清楚地知道自己的手指早已发白，甚至有些脱皮了，指尖摩擦起来有些不自在。"夏子菱，疼吗？"祁威买来两杯热饮，递给她问道。

在街道霓虹灯的照射下，夏子菱看到了祁威眼里带着心疼的目光，有怜惜，有无助，有担忧，也有温暖。但是，这些让她一时承受不了，她觉得在这样的状况下，还有一个人愿意陪着她是她多少辈子积下的福呢？祁威腾出的手轻轻拉起她空着的手说："夏子菱，不管怎样，即便再困难，我也会陪你一路到底。你要相信，任何一个地方，只要有我祁威在，我便不会让你感到孤单。"

夏子菱努力调整好了状态，咧起嘴角微笑着，她上前轻轻拥抱着祁威。用无言的方式代替了所有的言语。比起她幼时所遭遇的苦难，这点小小的挫折又算什么？这么多年，她和他同甘共苦一路走到现在，或者她早已被生活磨炼得刀枪不入了。

第六章 总有牵挂猝不及防

回家的时候,已经很晚了。在楼下的电杆旁,久久地站立着一个男子。那不是沈晨歌还能是谁呢?祁威偷眼看着夏子菱的反应,不知道为什么,在看到夏子菱带着平静的目光和神色时,他是放心的。

夏子菱没想到沈晨歌会在这么晚的时间等自己。她的脸色瞬间垮下来,显得极难看,她冷冷地说:"你来干什么?"

"夏子菱,我想知道你过得好不好。"沈晨歌朝她走近说。

"我很好,不用你担心。"夏子菱后退了一小步。这一小步的动作,如同一剂麻醉药,将沈晨歌的心扉透彻地麻痹了。

"我在'七盏时光'火锅店看到了你,夏子菱,你告诉我,你是不是缺钱?你要钱的话,我可以给你。只要你回到我身边,我什么都可以给你。"沈晨歌坚定地相信,只要他用心再次追求,夏子菱终会是属于他的。

夏子菱心里异常烦躁,她没好气地说:"沈晨歌,你不要那么天真行吗?换作以前的我,可能会感动得痛哭流涕,但是你要知道,人是会变的,你就跟林冬儿一样,滥用施舍的手法,你究竟想达到什么目的啊?"夏子菱发泄不够继续说:"沈晨歌,我一直以为你是一个聪明人,有些事情不需要我说你就应该懂得,但是你为什么要苦苦相逼,非要打破我现在安宁的生活呢?我不需要你,也请你以后不要再出现在我眼前。"

"夏子菱,我不知道林冬儿她对你做了什么,但是我知道我对你是真心的。"

"真心？如果不是你当初失守承诺，不是你和林冬儿卿卿我我，那后来就不会发生这么多让人痛苦的事情了。沈晨歌，你说真心又是什么，空口无凭的真心任谁还能相信！"

"子菱，我也是有苦衷的，你为何不问问我的苦衷？"

"我不觉得你有什么苦衷，倒是你过得挺潇洒自在，不愁吃不愁穿什么都不愁的人，会有什么苦衷？你不是有林冬儿吗，看你们站在一起还挺般配的，其他什么都不说，我就衷心地祝福你们永永远远在一起就行了。"

"夏子菱！"沈晨歌走到她面前，突然抱住了她，他是多么多么想一直抱着她，不肯放开。

"放开！"夏子菱挣脱道。

"我只是想抱抱你。"沈晨歌的声音逐渐低沉。

"你给我放开！"夏子菱继续挣脱道。

"如果，如果我像以前那样疼你追求你，你会原谅我重新开始吗？"

"不会！"夏子菱怔了怔，完全没料到自己会不假思索地说出来。

沈晨歌放开了她，只是苦笑着说："没关系，我会等，我会用我的一生做赌注，夏子菱，我等你，我等你原谅我的那一天，我也等你重新爱上我的那一刻。"

夏子菱一言不发，静静地看着他。直至沈晨歌的身影慢慢消失在黑夜中，心底里那股潜藏的柔软，如同墨汁般晕染开来。他们都不知道,她再怎么冷漠,内心终会是柔软的。

而沈晨歌也不会明白,夏子菱望着他渐行渐远的身影时,心就像是被狠狠揍了一顿,痛到无力。

"想哭就哭出来吧,哭过了就会好的。"祁威揽住她的肩说。

"不想哭。"她摇了摇头。

"或许他真的有苦衷。"

"不要说了。"

祁威不再言语,夏子菱看起来满眼是伤,她的眼泪已经凝聚在眼眶中了,只要一眨眼,就会夺眶而出。祁威侧身轻轻抱住她:"夏子菱,一切都会好好的,所有的不安都会过去,你要知道,我祁威会永远陪在你身边,不离不弃。"

夏子菱听着祁威这一声声发自肺腑的言语,轻轻笑着笑着,终于流出了眼泪。

02

夏子菱回到了自己的出租屋内,躺在了床上。片刻间,一张面容一个声音占据了头脑里的空白。

那是张女人的脸,面容模糊,却展露着微笑,给人一种和蔼的温暖。她声音关切地对夏子菱说,眼睛每流出一滴眼泪,都会在未来收获一丝快乐。

就是这么简单的一句话,却让夏子菱牢牢地记在了心里。她相信,自己现在的苦楚,终将在未来让自己收获一份属于自己的幸福。

尽管这些天来的兼职生活倍感辛苦,但一想到能收获一笔不少的工资,夏子菱的心也就不再那么难受了。

在一起打工时的闲暇日子里,祁威曾与夏子菱一起讨论过拿到工资后的用法。

夏子菱说:"要是拿到这笔工资,我可准备把它好好存起来,以备不时之需。"

听到夏子菱想法的祁威当时就扑哧笑出了声。他一脸无所谓地说着:"要是我,一定要去买一样喜欢的东西,不然也太对不起自己了。"

"那你还打算过生活吗?"夏子菱当时一脸的不解。

"要呀,省吃俭用点呗。但比起买来心爱之物的幸福感,日子苦一点也无所谓!"祁威还是一脸无所谓地说着。

听完祁威的回答,夏子菱愣了几秒钟。或许,正是因为祁威口中说出的幸福感,才让夏子菱当时有了一缕震惊。

对比祁威简单的幸福,夏子菱沉默地低下了头。她因此联想到了自己心中关于幸福的定义。可是,那藏在夏子菱心中的幸福又会是什么样子的?夏子菱张了张口,又咬了咬嘴唇,最后一句话也没有说出口。

夏子菱沉默着,她望着此时房间里的黑暗,沉默不语,满脑子的思绪就像奔跑的马车,迷失了方向。

她似乎听到了房子楼下沈晨歌在不住地呼唤着她自己的名字,用祈求的腔调,请求着夏子菱能将头伸出窗外,朝他看上一眼。

第六章　总有牵挂猝不及防

"夏子菱，你就伸出头看我一眼，好吗？"

要不是因为外面出来的破口大骂声，或许沈晨歌叫破嗓子夏子菱也不会伸出头看上窗外一眼。

"沈晨歌，你走吧，不要再来打扰我了。"夏子菱站在窗口，边说边将手朝远处扬了扬。可奇怪的是，此时的沈晨歌竟然没有了踪影却能听见他的声音不停地灌入夏子菱的耳中。

这到底是怎么回事？

夏子菱有些不敢相信自己的眼睛，就在她困惑的时候，一张脸突然从窗台下面蹿了出来，面对面地与夏子菱对视着。

夏子菱定睛一看，发现那是祁威的脸，他用微笑的脸庞对夏子菱说："夏子菱，我会一直陪伴在你身边，给你想要的幸福。"

那一刻，夏子菱大叫了出来。叫声灌溉了整个房间，扰了夏子菱的心境。

"夏子菱，你发生什么事情了？"房门的激烈敲打声，却隔不住门外祁威炙热的关怀。

听见了敲门声，夏子菱才猛然睁开了眼睛。竟发现刚才的一切都是一场梦，她有些不好意思地将房间门打开，尴尬地看着门外的祁威说："没什么事情啦，刚刚做了一场噩梦。"

"噩梦？真的就只是一场噩梦吗？"祁威小心翼翼地朝夏子菱房间瞄了一眼，见确实没什么异常，便放心了。

"你没事儿，我就放心了。赶紧梳洗一下，一会儿我们还要去'七盏时光'打工，早餐我早就给你买好了，放在你房间的门把手上呢！"祁威说完，朝夏子菱瘪了瘪嘴，然后一个人去了楼下。

夏子菱将早餐从门把手上取下，看着祁威离去的背影，心里就像早餐袋里暖暖的牛奶一样一阵甜蜜。

她迅速地换好了衣服，跑到了楼下，满面笑容地看着一旁傻呆呆等候的祁威，说："赶紧走，赶紧走，别耽误了你挣钱买你的心爱之物。"

见夏子菱心情不错，祁威的心情也自然好了起来。或许，就像天气可以左右人的心情一样，而夏子菱却可以左右祁威的人生。

来到七盏时光火锅店，店里的负责人给了夏子菱和祁威每人一叠厚厚的传单，今天上午他们主要的任务就是招揽客人。

一上午来往的人倒是挺多的，而一见有人从店的前面经过，夏子菱和祁威就恨不得贴上前去，拽着别人往店里走。可毕竟更多的人吃火锅还是喜欢在晚饭时间。

一个早上，夏子菱和祁威算是吃力不讨好地忙了一上午，就在饭点的时候，火锅店里的负责人又将夏子菱和祁威叫到了大厅里，给他们划分了服务区的范围好让他们中午负责为食客点餐送菜。

十二点整，一个身穿紫色小西装，戴墨镜的女士走进了火锅店。见有客人来，夏子菱和祁威立马笑脸相迎。客人也挺亲切，嘴角微微扬起礼貌地回应着。

"美女，这是我们的菜单，请您过目。"夏子菱毕恭毕敬地将菜单双手递到了客人的面前。

第六章 总有牵挂猝不及防

客人接过菜单，满意地点着头，在菜单上勾了几笔后，又将菜单递回给了夏子菱。

"女士您好，现在我们就为您准备菜品，请您耐心等候。"说完，夏子菱便将手中的菜单递给了祁威。祁威不敢怠慢，赶紧前往厨房准备菜品。

就在夏子菱为眼前这位身着紫色小西装的女士准备餐具的时候，一直沉默的她突然对夏子菱开口说话了。

"瞧你现在这毕恭毕敬的样子，一看就知道是天生受人差遣的命。也难怪，毕竟你就是这种人，天生就卑微，注定了乌鸦命，哪能变得了凤凰，你说是吧，夏子菱。"女客人满嘴的傲慢，当她摘掉墨镜，露出真面目的时候，夏子菱恨不得一巴掌扇死自己。

就连夏子菱也没想到，此时自己正在服务的对象竟然是林冬儿。瞧她那一脸我就是上帝的样子，夏子菱心里恨不得把她掐死在自己的面前。

可毕竟从事的是服务行业，所以，夏子菱只能选择哑口无言。

见夏子菱不说话，林冬儿倒是笑得很开心，嘴里的话就像挣脱缰绳的野马，没完没了起来。"夏子菱，你简直就给了我一个天大的惊喜呀，没想到我随随便便出来吃个饭都能把你给碰见，我是应该说我自己比较倒霉呢，还是该夸奖你运气比较好呢？怎么？卖唱的活路儿养活不了你自己了？跑到这里来混饭吃了？你要是吃不起饭了，你可以跟我说嘛，我给你钱呀。再怎么你也是我家晨歌的老相好，跑到这外面来丢人现眼的，多有失沈晨歌的身份呀……"

尽管林冬儿对夏子菱一阵冷嘲热讽,但夏子菱依旧不还口地站在那里,可这并不是林冬儿想要的效果。凑巧的是送调味碟的服务员从夏子菱身旁经过,林冬儿顺势使唤起夏子菱。

"麻烦您,帮我递下调味碟,谢谢。"林冬儿面带微笑很有礼貌地对着夏子菱说着。那精致的笑容,坦诚得就像是一面水晶。

尽管很不情愿,但碍于同事在场,夏子菱只好照办。

面对如此听话的夏子菱,林冬儿心里一阵高兴,她兴奋地从夏子菱手中接过了递来的调味碟,却没想到手轻轻一抖,调味料就从夏子菱的手中溅了出来。

调料落在林冬儿的裤子上,留下一大片污渍,见这种情况,林冬儿一下子大声嚷起来。

"你这人到底会不会做事儿?我这身名牌可是让你给毁了。怎么?你是看不起这牌子,还是看不起穿这牌子的人呀?赶紧的,把你们管事儿的叫来,我要好好和你们算算这笔账。"

面对着穷凶极恶的林冬儿,夏子菱傻眼了,她知道,就算自己说破了这张嘴,也无力回天。林冬儿裤子上清晰的污渍就是最好的证据。

"该怎么办?"夏子菱满脑子空白,没有头绪的她只好低着头默默地站在一边。

祁威从厨房端着菜出来,见林冬儿一脸嚣张跋扈地数落着夏子菱,顿时整个人都火了。他不假思索地将端着的菜品扔在了地上,整个人猛地冲到了夏子菱的面前,指着林冬儿的鼻子,说:"林冬儿,你给我放老实点,别欺人太甚!"

"欺人太甚?我倒要看看谁欺人太甚。"林冬儿一脸无辜。见火锅店的经理出来,整个人更是底气十足。

一阵讨价还价之后,火锅店的经理给了林冬儿一个满意的协调方案:让夏子菱和祁威当场道歉,并扣除夏子菱与祁威这些日子的部分工资,来赔偿林冬儿裤子的损失,并当场开除夏子菱与祁威。

这样的结果对林冬儿来讲简直是大快人心,就在林冬儿离开之时,她还特意好心提醒夏子菱,说:"从今以后,你做事儿可得小心点儿。"

面对着得势后林冬儿那张耀武扬威的脸蛋,祁威整个人都颤抖了起来,捏紧的双拳恨不得冲上前去揍林冬儿一顿。可到底还是被夏子菱制止住了。

火锅店的经理此时早已一脸严肃,面对着眼前低头认错的夏子菱和祁威,经理也强忍着一肚子的气。

"你们去会计室把账结了。下午开始就不用来上班了。"经理说完便转身离去。

从火锅店离开后,夏子菱和祁威失魂落魄地坐在了街道边上。望着自己手上的细小伤口,以及忙活了近一个月才领到的三分之一的工资。夏子菱很伤心地哭出了声。

一时间,所有的辛苦,都在这一刻付之东流。夏子菱以为,只要自己多付出一点努力，就可以收获自己想要的幸福生活，可是万万没想到，原来有时候所有心目中的美好，竟然可以如此简单地被打破。

没想到一个小小的闪失，竟然会酿成如此大的过错，钱没了，工作也没有了，剩下的生活该如何去面对？自己想要的生活什么时候才可以变成现实？

这一次，现实让夏子菱体会到了什么叫刻骨铭心。夏子菱将头倚在了祁威的肩上，痛彻心扉的泪水湿透了祁威的肩膀。

"没事儿的，一切都会过去的。"祁威抚摸着夏子菱的肩膀，安慰着说。

"可是，又有什么办法来改变我们的现状呢？我们单薄的背景就像是枯萎的树杈，改变，有那么容易吗？"夏子菱越说，哭得越厉害。

祁威一阵沉默，没过多久却又兴奋地叫出声来。"夏子菱，或许那就是我们的机会也说不定。"祁威兴奋地拍了拍夏子菱的肩膀，然后用手指向了一辆到站停靠的公交车。

"梦想因你而发声。"看着公交车上的宣传海报，夏子菱很认真地读了出来。

03

不管怎么说，这个世界仍然对很多人赐予了公平。无论你在何时何地如何绝望，当你以覆面的泪水替代每滴泪珠时，所有攒积下来的快乐如同天降馅饼，铺天盖地地让你措手不及。

梦想因你而发声。

仅仅七个大字，却像是一道无形的暖流，沿着空气匆匆袭进夏子菱的五脏六腑。她一时无法用言语形容此刻的心情，激动，兴奋，抑或欣慰。不，这些远远不够，如果可以的话，她宁愿用三年虚浮的时光，换取这一刻心脉的跃动。

就是在这样的不可思议下，夏子菱甚至会兀自觉得眼前所有的一切都是虚幻浮想。或许又是命运看她可怜，想以怜悯的方式愚弄她。她怔怔盯着宣传海报的目光慢慢收回，那颗潜藏在内心深处的渺小希望，仿佛被扼杀在摇篮之中。她原本神采奕奕的眼神，突然变得像是在无尽的黑暗中看到一缕烛火，却又在一瞬间熄灭似的黯淡无光。

"夏子菱，我们走吧。"祁威说。

"去哪里？"夏子菱一时没有反应过来。

"醉生梦死。"

"祁威，我不想去。"

"为什么？"

"祁威，其实……其实……"夏子菱话还没有说完，祁威便打断说："夏子菱，我不知道你想说什么，但是我想问你，你忘记了你的梦想吗？你忘记了这么多年来累积的心血吗？你有没有想过，不管成功与否，至少这个难得的机会我们要好好珍惜。"

祁威紧紧握住她的手，满眼的期待与震惊。他并不是在这一刻突然不理解她，这么多年夏子菱究竟是什么样的人，他祁威比任何人都清楚。

她不否认，硬生生地将汹涌而出的心酸逼进心里。她抽出手，仰起脸颊用倔强的目光看向他，故作放心地笑了笑，"祁威，我哪有这么窝囊，为了梦想，为了生活，为了'辞树暮花'，或许再为了沉淀我枯死的三年，放手一搏，拼了！"

"好，说到做到，我相信你！"他还是头一次看见夏子菱这么说自己，此刻，再说多少话都是多余，彼此之间，信任是最重要的。

"祁威，你说我们会不会成功？"她的心逐渐小有激动。

"一定会成功，因为这不只是我们的梦想，这也是'辞树暮花'的梦想，如果可以的话，我们立志做到被更多的人认可。"祁威说着。

夏子菱与祁威相视一笑，仿佛心中突然燃烧起熊熊烈火，这股火焰无时无刻不在灼烧他们的希望和倔强。

去"醉生梦死"还有一段路程，夏子菱和祁威往前走着，两人箭步如飞，一路上马不停蹄地奔跑。他们就像灿烂的星辰划过茫茫的人海。但同时，他们也几乎被大街小巷张贴的宣传海报惊住了。像是在一时之间报出的头条新闻，弄得满城风雨，人人皆知。夏子菱一心急，便加快了脚步。祁威在后看得连连摇头，微微笑了出来。

"唐九安，苏沐，顾泞，李晟。"夏子菱用力推开"醉生梦死"的玻璃大门，迫不及待地喊着他们的名字。她的突然出现，使得正在酒吧排练的辞树暮花其他成员都无比惊愕地看着她。

或许是一时兴奋,夏子菱手拿麦克风一个箭步走到舞台的中央,内心激动地说起话来。

"大家都停下来好吗?我有一件很重要的事情要向大家宣布。"她的声音覆盖住酒吧里器乐的声音,音乐戛然而止,所有的人都被这突然闯入的声音打断,纷纷将目光投向了舞台中央的夏子菱。

忽明忽暗的镁光灯下,夏子菱握住麦克风的双手以微不可见的姿态颤抖。她在激动,她或许激动到说不出话来了。

"怎么了?出什么事了?"苏沐见她慌慌张张的模样,料想她肯定出了什么事情,因为这个时间段,她应该和祁威在七盏时光火锅店里打工。

"没事,我是来告诉大家一个好消息的。"夏子菱扬着从电杆上撕下来的宣传海报说。

"你这个小妮子,到底有什么事情要宣布呀?"唐九安询问着,嘴角却不由自主地往上翘。

"现在,有一个非常非常棒的契机摆在我们的面前,我们大伙要不要一起去尝试尝试?"夏子菱一脸神秘地说。

"赶紧说,别耽误大家排练的时间,晚些时候还要开门迎客呢!"唐九安的语气并不刻薄,似是在故意捉弄她似的。

"我们市有一个选秀比赛正在火热报名中,要不,大家一起去试试?"夏子菱小心翼翼询问道。

一时间大家都沉默了下来，若有所思。"据说，比赛前十名将被签约，第一名将获得百万重金全方位立体包装。"夏子菱补充着。

夏子菱发言之后，所有的人都深思起来，似乎这就是一场命运的抉择，让人步步思量。

"那个，其实夏子菱，我今早就知道了。"唐九安上前接过她手中的宣传海报，在她一脸惊愕的模样下，继续说，"本来打算你和祁威下班后来了再一起讨论这件事，不对，夏子菱，你现在不应该是在火锅店打工吗？"

"我们没工作了。"适时走进酒吧的祁威，接替夏子菱回答道。"出了点事，我和夏子菱都不会在那家火锅店工作了。"祁威说。

"先不说这些，既然大家都在这里，那么夏子菱，你们的打算是什么呢？"唐九安满脸认真地看着他们。

夏子菱挨个看了他们的反应，唐九安和苏沐的表情很平静，显然是在耐心等待她的回复。而李晟则慵懒地用一只手撑在吧台上，扭过头去，并不与她直视。当夏子菱望向顾泞时，他却瞬间低下了头，用洁白的绢布轻轻擦拭着键盘上的细小尘埃。

最后再将目光投向身旁的祁威，他点了点头，用最坚定的眼神间接回应了她。夏子菱顿了顿，说："我要参加这次的选秀比赛。"

"咚——"一阵沉重的钢琴声在夏子菱身后响起。声线拉长的弧度如同跨越了无数鸿沟，沿着闪烁不定的光线传达到他们的耳膜。就像是一粒沉浸在阴暗气息里的种子，不断地滋生成长，直至萌发芽根，再以最意想不到的方式给人以措手不及的冲击。

"我同意！"唐九安率先发言，也恰时打破这尴尬氛围。"同意"二字就像升空炸裂的烟花般，让人有了更多的信心与勇气。"夏子菱，我唐九安一直甚至永远都会支持你。"唐九安说完，将目光投向身旁的苏沐。

"我也同意。"苏沐冲着夏子菱甜甜一笑。"李晟，你也会同意的对吧？"苏沐说。

"这——"李晟紧握拳头，说不犹豫是假的，但是在苏沐面前，他做不到决绝的地步，"我，同意。"

当所有人的目光望向一直沉默的顾泞时，他却猛地起身，睁大的眼睛满是惊恐与惧意，"不！我不参加，我绝不会参加！"他连连发出否定的声音，很坚持地反对。

一时间，所有的人都为此感到疑惑不解。"为什么啊？顾泞。"夏子菱放下麦克风，朝他走去。她每走一步，顾泞便往后跟跄一步。仿佛夏子菱已经在无形中形成了一道道压力，如同高压电般，刺激着顾泞。

那一刻的顾泞，心神慌乱无比，整个人像失控的机械般，疯狂不已。他任性地重复着同样的句子，在所有人的注视下，不顾一切地用力推开身边的人，并冲出了醉生梦死酒吧。

"我不参加！我不参加！我不参加……"虽然顾泞已经远远离去，但是这道声音，仿佛一缕轻烟，久久徘徊在酒吧，不肯散去。

唐九安失望地连连摇头，不再说话，继续做自己的事情去了。

"夏子菱,别放在心上,一切都会好起来的。"祁威用手肘碰了碰夏子菱的胳膊,"或许他有自己的苦衷。"

夏子菱不明白顾泞这样做到底是为了什么。一向好好的顾泞怎么会突然变成这个样子?她回到舞台上,轻轻握着麦克风,目光望向大门。她现在能做的,就是将酒吧的氛围正常维持下去,她的眼神闪烁着前所未有的坚定,她相信自己以及辞树暮花的命运会好起来的。她轻声地哼着,仿佛此时此刻就站在选秀的舞台:

逆光飞翔会更有力量

我知道我要去的方向

只要放下心中的脆弱和悲伤

就能痛快地大声歌唱

逆光飞翔会让爱闪亮

我知道幸福就在路上

只要带上全部的执着和坚强

就能无限地接近梦想

最终,或许只有顾泞自己才清楚放弃选秀的原因,当夏子菱为他歌唱有关梦想与执着的歌曲时,他却无止境地奔跑在街道上,想要找一个僻静的地方将自己好好地藏起来,他不想被别人打扰,害怕别人的打扰会搅乱他自己心中的那个梦境。

所以,某个街道尽头不起眼的角落,成为了顾泞藏匿起来的最好地方。他后背紧紧贴着黑色的墙壁，缓缓屈膝，用双手将自己包裹，用回忆饲养自己的秘密，在那个没有人知晓的世界里，暗藏着他和另一个女生的故事。

04

那场过往的回忆，顾泞只要一想起来，脑海里便涌现出铺天盖地的画面。仿佛那些远去的人以及故事，仍清晰无比地在他的世界回放。他不是不知道自己一直停留在麻痹的环境里，只是很多时候，他不愿意去遗忘，甚至也不愿意去承认事实。

他深深记得，在三年前的首届选秀比赛中，他最深爱的女生，也是为了心中最美的梦想，而义无反顾地选择了参加。她的名字，仿佛镌刻在他的命运石碑上，无论岁月消磨多长，他都能清楚地写出她的名字：林暮沙。

也正是因为"暮"字，或许也正是因为纪念，他替代了她的梦想，毅然决定加入辞树暮花这个乐队。

那天，顾泞陪伴林暮沙参加完了比赛，这场比赛是即时宣布结果。两人同其他选手相伴坐在观众席，即将宣布的初赛结果，将直接成为后面比赛是否能顺利进行的重要关卡。很幸运的是当评委念着林暮沙晋级时，林暮沙喜极而泣地紧紧抱着顾泞，那一刻，仿佛世界纷繁的光彩都围绕着他们旋转似的。

接下来的几天，林暮沙仿佛与世隔绝，她每天把自己关在屋里，什么人也不见。包括顾泞。她废寝忘食的程度，几近让顾泞发狂。

有好几次顾泞找林暮沙谈话，让她不要仅仅为了一个梦想，就让自己变得人不人鬼不鬼的。的确，因为要创作出独特的音乐，几天下来的林暮沙，看起来早已异常憔悴和疲惫不堪，像是一缕微风吹来，都能把她单薄的身体吹得老远老远。

等到复赛的时候，林暮沙独自一人站在舞台中央，用她那发自肺腑的声音以及独特的歌词，终于感动了在座评委。复赛的结果很顺利，直接晋级。如果可以的话，她恨不得马上就能拿到本届选秀比赛的冠军，向全世界的人宣布她林暮沙是个因为梦想而成名的人。

于是，她不再听顾泞的劝告，更是以前所未有的疯狂将自己关在房屋里。顾泞定时给她送去美味佳肴，但是每每几个时辰后，搁在地面的饭菜仍原封不动。顾泞想过撞开房门，但是一听到林暮沙尖叫着"你要是敢进来，我们从此绝交"之类的话语，顾泞就忍住心口的怒气，只身一人去醉生梦死酒吧，将自己硬生生地灌醉。

当天晚上，林暮沙没有再听到顾泞的劝告声，那刻的她，早已疲惫不堪，她睁大眼睛，安静地躺在地板上，心脏以及全身的难忍疼痛已让她紧紧地蹙着眉头。她仿佛在黑暗中，看到了自己身处闪烁的舞台上，台下是数不胜数的观众举着荧光棒呼唤她的名字："暮沙！暮沙！"这些声音渐行渐远，如雷贯耳，却又突然间悄无声息了。

黑暗的房间流淌着无止尽的冷寂气息，地板上散落下来的光盘绕着同一个点旋转了许久，被打开的影碟机仍处于停止状态，整个房屋仿佛只能隐隐约约听到她微弱呼吸的声音。她疼得蜷缩成一团，如同刚出生的婴儿，需要温暖呵护。此时此刻的林暮沙说不出话来，她张开嘴巴，只能用嘶哑的嗓子发出"啊啊"的细微声音。

这种强大的恐惧第一次让她无力挽回，她恨不得顾泞现在就在自己的身旁，恨不得这每日每夜疯狂不休地演练，只是一种生活上的虚空。她甚至在这一刻感觉到来自死亡的号召，仿佛眼前高高飘浮着令人发指的死神，正高举着黑色锋利的镰刀，向她的灵魂挥去。

终于，在万般难受中，她费劲地往前爬去，银白色的手机像是她唯一的希望。当她的指尖触及手机壳上，体内的热血一瞬间沸腾起来，她长按住设置好的"1"键，思绪在混沌与清醒中徘徊不定，听筒里的"嘟嘟"声仿佛是被拉响的鸣笛，持续了很长时间，终于，接通了。林暮沙像是看到了希望的曙光，鼓足全身的力气唤着他的名字：顾泞，顾泞……

听筒里听不见他的声音，反而是震耳欲聋的咆哮声嘶吼声音乐声交杂在一起，震得她的耳膜几近碎裂。顾泞。她内心刹那间万念俱灰。她再也没有任何力气去按手机的任何一个键。她蹙着眉，缓缓闭上了眼睛。

那天晚上，如果你抬起头看深夜的星空，你会突然发现，有一颗原本明晃晃的星，突然跃过夜幕，拉着长长的尾巴，成为流星眨眼间飞向另一个天头。

这一夜,醉生梦死仍以轰轰烈烈的气氛存在。在某个被人遗忘的小角落里,孤寂的顾泞早已被酒灌醉。醒来后的他,看到手机屏幕一直亮着,还处于通话状态,显示的足足有6小时29分。林暮沙。联系人的名字如同一声响雷给了他狠狠一击。"喂——"他颤抖着握着手机,呼唤了几声。没有人回应,隐隐约约还能听见噼里啪啦的响声。

是的。下雨了。倾盆的大雨突然席卷这座城市。前所未有的恐惧撕裂着顾泞起伏不定的心。他有种强烈的预感,说不出究竟是什么,但是这种预感却让他很惊恐,总觉得有东西要离开他似的,总觉得他已经失去了一件重要的东西。

几乎是连滚带爬地从出租车上下来,因为用力过猛,衣衫被座位上的安全带撕出了一个口子。拉开车门,他如同落汤鸡般冲进了家门。静。异常的安静。林暮沙紧闭的大门,给了他无比巨大的隐形压力。他叩响了她的屋门,并唤着她的名字。

不知过了多久,庞大的恐惧让他止不住地颤抖。他向后踉跄几步,用力撞开屋门。第一眼,他便看到躺在地上的林暮沙极度扭曲的模样。她的身体,瘦得如同皮包骨。"暮沙,暮沙——"他突然说不出话来,只能不间断地唤着她的名字。他疾步上前颤抖着紧紧抱住她的身体,他的心脏千疮百孔地疼痛,连呼吸都带着沉闷的感觉,几近让他痛不欲生。这个他最心爱的女生,就像是折翼的天使走进他的世界,他尘封的心扉因她的出现早已暖化,现在她却又悄然离去了，这让他如何是好？

如果昨夜他没有去醉生梦死，抑或是他第一时间与她通话，那么，所有的结局就不会是这样的。可惜这世上没有后悔药出售，当医院连声叹气并让他节哀顺变时，他才猛然清醒，林暮沙，再也不会出现在这个世界上。

很意外的诊断结果，或许又在他的意料之中：过度疲劳而死。

笑话！天大的笑话！顾泞跪在地板上，双手攥紧林暮沙的右手。"暮沙，暮沙——"他声嘶力竭地痛哭，疯狂的模样几近变成另一个人，让来来往往的医生欲言又止，纷纷为他感到难过。

所以，无论过去多久，这段铭刻在心里和骨子里的不堪往事，如同岁月里无法抹灭的痕迹清晰地印在他的命运里。选秀、比赛、歌唱、梦想等一系列因素，让他再次回到万般痛苦的回忆里。他不想再让历史重演一遍，他不想再看到一个风华正茂的青春少女重复林暮沙的轨迹，他怕，他害怕。

第七章
原来的生不如死，
倒不如相忘于江湖

这首歌，送给我曾经爱着的那个男孩。他在我的心里，一直都是一个需要被人疼爱的孩子。他爱钢琴，爱音乐，甚至视音乐为自己的世界，如果可以，我将唱一首《piano》给他，谨送给他，我的小王子。

01

  夏子菱知道在那条街道的角落，会成为顾泞尘封痛苦的禁地。果不其然，夏子菱沿着熟悉的路左拐右拐，停下了脚步。她一眼便看到紧缩在巷子死角处的顾泞。眼前的情景，让夏子菱仿佛回到了当初与顾泞相识的场景。那个时候的她，一旦有不顺心的事，也是独自跑到这个只属于她一人的秘密的地方藏匿。

  这条巷子是被人遗忘的，早已被注上死巷的标签，无非就是些流浪猫狗安歇的地方。夏子菱找到这个地方算是误打误撞，她站在巷口不断往里眺望，一时来了兴趣，想知道眼前的巷子的另一个出口究竟通往什么地方。她循着巷子的轨迹往前走，直至被一堵墙硬生生拦住。那一刻的她突然喜欢上了这个死巷。泛绿的常青藤爬满了周遭墙壁，惹得她好生喜欢。有些时候，她会带着写满歌词的笔记本来到这里，独自安静地唱着，她甚至有种错觉，这些常青藤抑或阿猫阿狗便是她忠实的粉丝。

  之后，这个隐秘的地方被人发觉且占用了。当她一如既往地来到这里，大老远便看见一个男生将头埋在双膝间蹲坐在地。"喂！"她不满地叫他。"喂！你是谁，在这里做什么？"她有着强烈的占

第七章　原来的生不如死，倒不如相忘于江湖

有欲，不容许别人侵占属于她的领地，尽管这里并不属于她。

男生仰起头，憔悴的模样让夏子菱心里微微泛疼。"顾泞。"他嘶哑着声音说。

"需要帮忙吗？"她问他。

他埋下头，不再说话，完完全全沉浸在自己的世界。夏子菱突然好心地没有立即离开，反而坐在他的身边，轻轻哼唱歌曲。"我是个键盘手。"他冷不丁地窜出一句话来，差点吓到了她。

"我，夏子菱，有着音乐梦想的女生。"她一直记得当初的自己如此地介绍。

自那以后，夏子菱和顾泞就这么奇迹般地相识，并成为音乐圈子中的朋友。那段时日，夏子菱和祁威也常带着吉他，在顾泞的相邀下，去醉生梦死酒吧驻唱。每每轮到夏子菱唱歌，顾泞总会弹奏出与之相融的音乐。但是夏子菱总是会因他的音乐，无声无息地备受感染。仿佛他的忧伤、孤独、落寞，都钻进她的心脏，有种致命的难受。

有一次夏子菱半开玩笑地问顾泞有没有女朋友。顾泞立即冷着脸，极其认真地说："夏子菱，你要记住，我是个住在音乐城堡里的王，注定孤独一生。"夏子菱不明白他的意思，只当他是一个为音乐梦想而痴狂的人。

无论时间过去多久，其实夏子菱一直都知晓顾泞是怎样的一个人。从他弹奏的每一个音符，她就能知悉他的不快乐。正如此时此刻的夏子菱，一步一步地往角落里的顾泞走去。每走一步，仿佛足

下有千斤重,难以抬脚。仿佛逆着光,都能看到顾泞埋头落下的眼泪。在双足间,一张泛黄的老照片平稳地躺在地面上。滴落下来的泪珠一颗一颗接连不断地砸向照片。这样子的顾泞,是夏子菱自和他相识以来从没见到过的令人怜悯的姿态。

"顾泞。"夏子菱小心翼翼地唤他名字。

"走开!不要管我!"顾泞抬起头冲她吼着。那布满泪水的面孔,早已写尽了偌大的悲伤。"顾泞,你不要这样好不好,这样子会让我们大伙儿都很难受的。"夏子菱不依不饶地继续说。

"难受?"顾泞苦笑,"夏子菱,我说了让你不要管我,你怎么就是不听呢?"在顾泞说着这些话的同时,夏子菱已走到他的身边,径直坐在地上。

"你和我都有一种相似的痛苦,我们做不到化解它所给予的悲伤,但我们唯一能做到的便是任时间流转,而逐渐选择淡忘。"夏子菱心疼地看着他,继续说,"我不知道你现在是为了什么逃避辞树暮花一直以来的梦想,也不明白你为什么突然弃门而出,来到这里沉浸于悲痛,但是顾泞,我夏子菱是你的朋友,你有什么不开心的事你就说出来,不要憋在心里。像以前,对,就是我们相识以来的所有岁月,你每每有不快乐的事情都会告诉我。"

夏子菱顿了顿,看着一言不发的顾泞,叹了口气说:"顾泞,你曾说过,你是音乐世界里的王,而这个世界根本容不得我们向世人展现悲伤,我们能做到的便是倔强地存在,用睥睨一世的姿态去面对生活上的困境。只有这样,我们才能够褪去稚嫩的双翼而走向成熟。顾泞，你既然是王，那么就要有王的孤傲和强大，做不到这些，你只能以子民的身份苟且偷生！"

说到底，夏子菱心里是着急的。辞树暮花就好比一个整体，缺一不可。"夏子菱。"顾泞轻声地唤她。

"嗯？"

"如果有一天你心爱的人突然因为某件事离开你，而你现在遇到同样的事却又害怕重蹈覆辙，你会怎么办？"

"顾泞，你在说什么，什么人，什么事，我不太明白。"夏子菱说。

"就是说如果，我是说如果，如果有一天你为了这个音乐梦想而出事了，你会怎么办呢？"

"顾泞。"夏子菱伸手在他的额头摸了摸，"别说傻话啊，怎么可能会出事呢，我以及大家，甚至辞树暮花都会好好的。就算失败了也不要紧，关键是我们要学会珍惜机会。"

顾泞噌地起了身，夏子菱不经意间看清了地面上搁着的照片，她无意识地拾起来，待看清楚照片上的人是谁后，她睁大了眼睛，显得异常震惊。"别动我照片！"顾泞猛地抢过去，像宝贝似的把它轻轻贴在左心房。

不管过去了多久，夏子菱依然清晰记得顾泞珍藏的照片，那女生的容貌像极了林冬儿。那个时候的夏子菱径直惊呼："这不是林冬儿吗？顾泞，你怎么会有她的照片呢？"

顾泞哽咽，自言自语地回避她的问题喃喃道："林冬儿？不，她不是林冬儿，她已不在世上，已不在世上……"

"顾泞你在说什么，她前段时间还到醉生梦死来过呢！你是不是在说糊涂话呢？我们要不要去看看医生呢？"夏子菱措手不及噼里啪啦地问着，她总感觉眼前的顾泞突然变得好陌生。

"或者说，顾泞，难道你和她有段过去？"照片上的"林冬儿"让夏子菱想不明白，为什么会如此一样呢？若不是林冬儿，那么照片上的女生又会是谁呢？"顾泞，不要难过了，一切都会好起来的。"夏子菱一时也不知道说什么才好，只得上前轻轻抱住他，给予他更多的安慰。

在这旮旯角落里，没有人发现有几道镁光灯顺着光芒记录了顾泞和夏子菱拥抱在一起的画面。多么唯美啊，多么动人啊，真是可悲可怜可泣！隐藏在墙壁后的李晟，翻看着手中的单反相机，一幕幕被拍摄下来的画面，任谁看，都会在第一时间反应过来这是对甜蜜的情侣。在亲耳听到顾泞旧时的女友竟然是"林冬儿"时，他的心是窃喜的，好比这个秘密的重要性远远超过了选秀比赛。

已经没有继续留下来的必要，李晟便揣着相机走出了巷口。三两步进入一家冲洗店，把刚才拍摄的一组照片冲洗出来。他不假思索地拨通了林冬儿的电话，电话接通，不等对方开口，他径直说："我有一个秘密告诉你。"

两人约在咖啡店。这种高档的场合是李晟提出来的。他拥有这个条件去跟林冬儿要求。好比一根绳上的蚱蜢，想放弃对方都注定不行。

第七章 原来的生不如死，倒不如相忘于江湖

"什么秘密，直说就行。"林冬儿跷着二郎腿，一副高傲的模样。

"给你。"李晟将一沓照片递给她。林冬儿第一眼看到顾泞和夏子菱相拥的画面，突然笑出了声，看到最后，脸上的笑容直接转变成阴笑。这组照片，真是耐心寻味啊！"李晟，你真狠，连这么棒的画面都被你拍到了，你不去当狗仔队真是可惜！"

"这倒还不是最好的爆料，你在照片上再仔细看看。"李晟轻笑着，继续说，"喏，你看看顾泞手中拿着的照片，是你，还是另一个与你有着相似面容的女生？"他饶有兴趣地看着她的反应。

果然，待林冬儿从头到尾仔仔细细地盯着顾泞手中的照片看了半天，她突然握紧了拳头，震惊与憎恨交融在一起。这么多年了，她也一直在找自己姐姐的死因。现在，她终于明白姐姐为何而死，又是谁让她平白无故地离去。仇恨，如同滋长的野草，在林冬儿的心中蔓延盛开，她发誓，一定要让夏子菱和顾泞都没有好下场。

02

或许是因为不甘心，此后的沈晨歌似乎变得忙碌起来，林冬儿很难碰到他闲暇的时候，甚至两人很难再见一次。林冬儿是那种骨子里倔强傲气的人，三两回的挫败哪能让她轻易放弃，尽管很多时候她去沈晨歌的屋子，总是以吃闭门羹居多。

林冬儿猜得到，沈晨歌这是为了夏子菱，才开始有意疏远她。十几年的时间，也不知道该说是漫长还是短暂，就弹指一挥间，两人的距离从零点逐渐拉升到十万八千里。回过头去，过去的一切都

清晰无比，但是回过头来，却发现昔日的少年早已有了自己的世界。其实不管怎样，林冬儿胜券在握，只要把夏子菱摧毁，那么她林冬儿势必有回转的余地。抱着这个念头她就觉得非常欣慰，满心欢喜，仿佛能凝聚出一摊蜜水，闭上眼，抱着被子稳稳入睡。

以为能一觉睡到天亮，却不知当她迷迷糊糊醒来时，身边突然多出的东西远远超出她的意识范围。那双缠在她腰间的手，无时不在不安分地四处游荡。仿佛所有的敏锐点一触即发，庞大的恐惧从心底油然而生，"啊！"林冬儿刚叫出声，就被温暖大手紧紧掩住。

"别叫，是我！"男人低沉着声音。

林冬儿刹那间知道了男人是谁，不是李晟还能是哪个呢？"吓死我了。"林冬儿反转过身，伸手摸索着灯的开关。等到室内明亮时，林冬儿才发现李晟早已将衣服褪去。"你怎么进来的？大半夜的你想做什么？"林冬儿立即将被子连连裹在自己身上。

"那里。"李晟饶有趣味地指着敞开的窗户。

"不可能！"林冬儿才不相信，十几层楼的高度，怎么可能爬得上来。骗人，一定是骗她的。"那是当然。"没想到李晟也不狡辩，继续说，"我可是正大光明用钥匙开门走进来的啊！这可不算私闯民宅。"他的话恰时堵住林冬儿接下来的言辞，反而弄得她目瞪口呆。

任谁都知道，这大半夜的孤男寡女在一起总会发生点干柴烈火的事。林冬儿也明白，她既没学习跆拳道，也没学点防身术，她除了能干吼和有点钱以外，其他什么也没有。令她受宠若惊的是，李晟对她似乎越来越好,并没有发生她预料的事。他仅仅只是环抱着她的腰,安稳地呼吸。看来是她想多了。

真正醒过来的时候,林冬儿很自然地知道现在已是天亮。身侧躺着早已醒来的李晟,正扬着笑颜看她。林冬儿愣了愣,皱着眉,推了推李晟说:"你给我起来,穿好衣服快点离开!我不想看到你!"

一大清早还没洗漱的李晟,显然对她的反应很不满意:"就这么把我推走啊,要知道,我们可是有实的那种关系。"虽然他含糊带过,毕竟林冬儿不是愚笨的人,不用多说即可明白。那件事仿佛是深藏在她心底的秘密,除了李晟知道,没有人会知道的,也不会有人知道。她突然有种想扼杀李晟的欲望,双手不由自主随着意识朝李晟的脖颈猛扑过去。"哟,这么迫不及待了?"李晟嘲笑,在她双手扑来的时候,一翻身,径直将她覆在身下。"既然你想要,那么我就全部给你。"他说。

林冬儿欲哭无泪,身体受到重重撞击。她无法反抗,只能任由他疯狂摆弄。没过多久,林冬儿搁在床边的手机响了。接听,她知道是沈晨歌打来的。

"醒了吗?"沈晨歌先开口问。

她一时说不出话来,身体的剧痛已经麻痹了她的意识。就算能发出声音,也是一些令人羞耻的言辞。沈晨歌久久未等到林冬儿的回应,好奇她现在在做什么。当他听到一阵喘息声时,他心神不定立即挂断电话。仿佛不经意间偷窥了一个秘密。但并未亲眼见到,许是他多想了，所以之后他也没有放在心上。

沈晨歌突然打电话给林冬儿，也只是远在国外的爸妈问他为什么打不通冬儿的电话，他才不情愿地拨通试试。现在的沈晨歌，满心牵挂着的全是夏子菱，好比她就是他的整个世界。为了夏子菱，沈晨歌开始有意疏远林冬儿，他甚至有种错觉，林冬儿变得不再同曾经那样那么纯真了，要说原因，他也不太清楚。总之就是一种预感。

周六那天，正逢中秋节，林冬儿给爸妈通了电话后，才想起自己已经很久没有见到沈晨歌了。自从那天他莫名打电话给她，一直到她打电话给他得到"您所拨打的电话正在通话中"语音提示后，她就猜到可能沈晨歌多多少少知道了她的一些事情。

为了找到沈晨歌，林冬儿决定到醉生梦死寻找他。在此之前，她刻意去了一家高档美发店，并拿出旧时林暮沙的照片，让理发师按照相片模样量身设计。之后便去了预约好的裁缝店，付了款，将设计好的服装拿走。

推开醉生梦死的大门，林冬儿被灯红酒绿的环境迷乱了眼。她天生就不适合这种场合，反而觉得这种环境有失她的身份。林冬儿四下看了看，不见沈晨歌的踪影，也没看见夏子菱。她走来走去，也只看见了祁威、李晟、顾泞，以及苏沐在场。李晟无所事事地坐在吧台旁，祁威调整着自己的吉他，而键盘手顾泞一心只顾沉浸在自己的音乐世界里。"沈晨歌，夏子菱，你们给我出来！"不知什么时候，林冬儿已经走上了舞台，拿过空在一边的话筒吼着。

顿时，林冬儿的大吵大闹让酒吧的气氛变得压抑起来。来这里娱乐的人纷纷放下手中事，将好奇的目光投向她。"沈晨歌，你给我出来，你不是说再也不离开我了吗，你不是说要陪我一辈子吗？你怎么能这么不负责任地抛弃我，选择跟另一个女人在一起了呢？你现在让我如何是好啊？"林冬儿如此精湛的演技都可以去做演员了，她使劲地逼出几滴眼泪，望向台下的人们继续说，"你们说，我该怎么办才好？"

"让他出来评评理，我最看不惯抢别人的男朋友了！"

"对！对！让那个男人和女人出来！我们大伙儿给你见证！"

一时间，酒吧里吵闹声不得不让苏沐出来。"林冬儿，趁我还没发火，请你给我离开，醉生梦死永远不欢迎你！"苏沐面无表情地看着林冬儿，她保证只要林冬儿还这样肆无忌惮地作下去，她一定会唤来保安直接将林冬儿抬出去扔在大街上。

"你让夏子菱出来说清楚，究竟是谁拐走了我心爱的沈晨歌。对，一定是夏子菱把他藏起来了，一定是！"林冬儿一口咬定是夏子菱所为。苏沐的耐心几乎被她抹灭，不得已，她招来了保安。于是，吵闹与争执逐渐上升到肢体触碰的层次。

当一心全在钢琴上的顾泞，蹙眉将目光投向争执场面时，顺着光，他看清了林冬儿的脸颊，她的面庞，让顾泞如同见鬼一般。整个人像疯了似的，凳子被他摔在了地上，脑袋不停地晃动，身子早已不受控制地跑了过去，紧紧握住被保安制服下的林冬儿，眼神充满惊恐地对她说："你回来了，你回来了！"

03

顾泞的举止十分反常,在他眼里,只有林冬儿的身影。仿佛又重回到初遇林暮沙的时光,他满脸的悲伤幻化成温暖笑颜:"暮沙,你回来了?"他的声音很轻,轻到仿佛只有身边的她才能听到。

"顾泞。"林冬儿怒火中烧,忍住上前揍他的欲望,也轻轻地唤他。

"不对,不对!"顾泞听到这声音,远远没有印象中熟悉的调子。虽然同是温柔,但每个人的音色都是不同的。"你是谁?你究竟是谁,为什么要装成我心爱的暮沙模样!"

"顾泞,我是暮沙,我是林暮沙啊,你看清楚一点,是你最爱的暮沙啊!"林冬儿也不急,她要的就是他疯狂的反应。好比一颗老鼠屎坏了一锅粥似的,她林冬儿就暂时当颗老鼠屎,要让醉生梦死一夜之间倒闭。

"顾泞,你真的不记得我了吗?你看这衣服这发型,不是按你最喜欢的风格设计的吗?"的确,林冬儿这一点恰中顾泞的心思,当初的林暮沙,碍于顾泞喜欢长直发和白色长裙,所以就让他亲自设计。

"我很想你,暮沙,我真的很想你。"顾泞完全不受控制地说着,他一直都觉得自己对不起林暮沙,如果不是那天晚上留在醉生梦死,他绝对不会让暮沙一个人离去的。"暮沙,都怪我,要是我

第七章 原来的生不如死，倒不如相忘于江湖

那天没在这酒吧该多好，这样你就不会离我而去了，是吧？"顾泞自言自语地说着。林冬儿并不在意他其他的话语，反而抓住"酒吧"这一关键词，心想这一切果然还是与醉生梦死有关。她突然仰天而笑，姐姐，我终于找到伤害你的凶手了，我一定会为你报仇。

此时的场面早已失控，终究苏沐爆发了。李晟一脸事不关己高高挂起的神色，假情假意地说："要是让夏子菱把沈晨歌交出来，就没有这么多事情了。"明显是胳膊肘往外拐。在场的所有人也从未见过如此愤怒的苏沐，她扭过头呵斥着让李晟闭嘴，并让保安直接将林冬儿提起甩出醉生梦死。

"不用你们弄，我自己会走！"林冬儿整整凌乱的衣衫，义无反顾地朝门口走去。

"暮沙，别走，别走！"顾泞心如刀割，像是又要经历一场生死离别的痛苦。好不容易看到心爱的人，怎么可能让她再次离去。

林冬儿笑了，突然回头，满脸的苦笑立即转换为依依不舍的痛楚，"顾泞，不是我想走，是这里根本就容不得我存在。再见。顾泞。"她说完，径直跑出了醉生梦死。

在林冬儿走出醉生梦死的那一刻，顾泞瞬间崩溃了，集聚许久的思念一时夺眶而出，他跌跌撞撞地朝门外跑出，被苏沐一把抱住。"顾泞，你醒醒，她是林冬儿，不是你所说的暮沙啊！"苏沐眼睁睁地看着失魂落魄的顾泞，他发散出的庞大忧伤，刺得她千疮百孔。有多久没见过顾泞这个样子了，苏沐并未扳指数过，此时此刻的苏沐看到顾泞这般脆弱模样，脑袋里想起的画面如同电影倒带般不停

地回闪。她想起了唐九安与顾泞这对情同手足的兄弟，同时，苏沐也想起了曾经自己的爱却先后给了唐九安和顾泞。

沈晨歌来的时候，就见林冬儿一人独坐在醉生梦死酒吧外的街上。他站在她的身后，隐隐约约能看见她因啜泣而发出的颤抖。沈晨歌在她身后站了一阵子，也不见她有什么反应。无奈之下，他说："我给你办理机票，明天你回家。"

"我说过在没有得到你的情况下，我是不会回去的。"林冬儿没有抬头，声音带着浓重的哭腔。

"那你知道你继续留在这里有什么用吗？这对你根本什么好处都没有！"

"最起码我可以看到你，陪在你身边，不让那个贱女人靠近你！"

沈晨歌看着她，有些气急："胡闹！什么贱女人，我不允许你这样说夏子菱！"

"沈晨歌，你就这样巴不得我走啊。你看，我根本就没指名谁是贱女人，是你自己提到夏子菱，是你自己把贱女人的称号给她私自戴上。"

"给我走，你明天必须给我回去，否则，我不会再认你这个妹妹。"沈晨歌冷冷地开口，"别妄想把这里的一切事情告诉父母，你自己的那些龌龊事别以为我不知道。"沈晨歌也只是随意提了提，反倒刺激到了林冬儿。林冬儿情绪突然完全失控，几近崩溃，她抱着脑袋，抽噎着说："晨歌，事情不是你想的那个样子，我也不知道会发生那些事情,我真的不知道。"

"对,是他,就是他!如果不是他,就不会发生那些事情。晨歌,你要相信我,对,我是你的妹妹,你要相信我!"林冬儿有些惶恐又茫然地看着他,神志有些不清。突然而至的李晟都快招架不住她,李晟还真怕她把所有的秘密都说出来,庆幸沈晨歌把她的话当作了胡言乱语。

"李晟,她在说什么?你和她是什么关系?"沈晨歌问他。

李晟没有立即回他,一门心思地捂住林冬儿的嘴巴,可是林冬儿发狂似的激烈挣扎,她满眼透露出的仇恨难以形容,仿佛眼中的怒火能将彼此一起毁灭。

沈晨歌就这么看着眼前两人戏剧性的纠缠。李晟正要开口,却被林冬儿猛然撞到了下巴,咬到舌头,闷哼一声松开捂住林冬儿嘴巴的手,捂住自己的嘴。"疯子!"李晟骂道。

"你要是再这么继续玩闹下去,小心我把一切都告诉他!"李晟两眼通红,头发也有些凌乱,他凑近林冬儿的耳边用仅能彼此听到的声音说着。

林冬儿突然明白过来,沈晨歌其实什么都不知道,他这是在用虚拟的把柄削弱她的气势。这一切,似乎都到了不可挽回的地步。她的失控换来了沈晨歌对自己的疑虑,在他饶有兴趣且怜悯的脸上,她恨不得立即给自己几个耳光。之后,林冬儿"啊"了一声,向着街道中心跑去,很快便混进人群里,不让任何人找寻到她。

在醉生梦死酒吧里,人们依然像没事一样重归疯狂的状态。"顾汀，你好些了吗？"苏沐心疼地看着他。

顾汀喝了一口啤酒，有些尴尬地笑了笑："抱歉，刚才有些失态了，其实我能再次遇见她，不管是不是真的她，都是我这一辈子最大的幸运。"他说完，渐渐低下了头。

"其实顾汀你知道吗？我们第一次相遇的时候也是在这个酒吧，当时我是以酒吧驻唱的身份认识了你。"苏沐笑了笑，继续说，"那个时候我是爱过你的，虽然我的人生里爱你的同时也爱着唐九安，但是我一直相信我所爱着的男人都是美好幸福的。可是顾汀，我不喜欢看到你悲伤的模样，那样也会让我跟着痛苦。爱虽是两个人的事，但毕竟你在我心房占据着那么一个位置，不管是为了自己，或是为了我，希望你忘记过去的一切，相信自己会幸福的。"

苏沐说完，便举起了酒杯。顾汀从心底里怔住了，这是苏沐对他的心声吗？"你等着我。"苏沐拍了拍他的肩，往舞台走去。

顾汀不知所云，也就在那里静静等着。

舞台上，苏沐的出现吸引了人们的注意。她坐在凳子上，握着话筒轻声说："这首歌，送给我曾经爱着的那个男孩。他在我的心里，一直都是一个需要被人疼爱的孩子。他爱钢琴，爱音乐，甚至视音乐为自己的世界，如果可以，我将唱一首《piano》给他，谨送给他，我的小王子。"

在这一瞬间，人们被这种温暖感人的气氛打动。音乐声渐渐响了起来，她以英文的方式唱给他。

这是顾汀最喜欢听的一首歌，也是在认识林暮沙的时候，她常常唱给他听的。坐在吧台旁的顾泞,被突然闯入的错觉弄得措手不及,仿佛时光重回到那年,当林暮沙离他而去,当苏沐用温暖抚平他心中的伤,他会明白,这些词调,会成为他心中甚至脑海里无法磨灭的回忆。

每个人心中都有架钢琴尘封在回忆

任凭我只是你的插曲

时间偶尔提起钢琴偶尔哭泣

那些零乱片段

如果爱还能再重来我期待澎湃永远在

……

04

其实在顾泞最艰难的那段时间,也仅有苏沐给过他安慰。两个人即使不提过往旧事,最起码也有温情存在,毕竟苏沐是出自真心给过他温暖和弥补了他心中的漏洞。

夏子菱对于顾泞来说,只是生活中偶然结识的朋友。至于到底是多好还是多坏,每个人的心里都各有不同观点。顾泞明白,在他最难受的时候,还是会有人站出来,陪伴在他身边的。

现在的生活也就平平淡淡,不管出了多少事情,辞树暮花还是要倔强地存在。

午餐桌上,李晟与林冬儿面对面地坐着,林冬儿基本上不说话,就任由他一个劲儿地汇报关于沈晨歌的消息。比如某个夜晚沈晨歌在夏子菱的楼下等了一夜，就只为了看夏子菱一眼；比如每晚醉生梦死酒吧里总会出现抱着玫瑰花的沈晨歌，就只为了献给舞台上的夏子菱；比如沈晨歌为了拥抱夏子菱，反而不顾脸面和形象在大街上与祁威发生肢体冲突；比如在某个街头，沈晨歌趁祁威不在的情况下，偷吻了夏子菱……

林冬儿虽看似在平静地听着，但实际上她的内心已经抓狂，双拳紧握，恨不得立马对夏子菱施以报复。有好几次李晟试着把话题转移到自己和苏沐的身上，却被林冬儿满口"抱歉，暂时对这不感兴趣"予以回绝。像是在林冬儿的眼里，只有沈晨歌的存在，其他的话题对于她来说，仿佛是个触不得的禁忌。

吃完午饭，林冬儿便一个人漫无目的地走在大街上。街道中心是川流不息的车子，仿佛永远没有停息的意思。时不时有情侣和老夫老妻从她身边经过，不知道为什么，她总是把情侣幻化成自己和沈晨歌相伴的画面，而那对老夫老妻便是他们年老时候的模样。她突然觉得很难过，莫名的孤独，如果沈晨歌真的一心只有夏子菱，那她存在的意义还有什么呢？

她侧头不经意间就看到了一个餐厅的落地窗，三三两两的情侣彼此相视而坐，像一对对普通小夫妻一样，一边吃东西一边嘻哈大笑聊着天。有那么一瞬间，林冬儿会兀自觉得自己并没有身处在这忙碌的街道上，而是在一个装修精美的别墅里，对面坐着满脸微笑的沈晨歌，左右两边是她的父母。那一刻，她多希望重拾旧时温暖的感觉,也就是那种感觉,让她明白沈晨歌不会离开她。

渐渐地,仇恨如同罂粟在林冬儿的心底疯狂滋长。她下定决心,要做最后的尝试。

从口袋里摸出手机,点开通话记录,按下那个熟悉的名字。

而另一端的沈晨歌正在为如何将夏子菱追回来的事,显得焦急愁闷。突然响起的手机铃声,吓了他一跳,他迫不及待地点开,以为会是夏子菱打来的,但屏幕上"林冬儿"三个大字严重打击到他的希望。

"嘟——嘟——嘟——"电话响了很久才接通了。"你给我打电话干吗?让你回家不回,没事别来烦我!"沈晨歌极其愁闷,声音也显得厌烦。

"晨歌。"林冬儿顿了顿,继续说,"你就这么讨厌我吗?"

"对,林冬儿,我告诉你,要不是你是我的妹妹,我早就对你不客气了。"沈晨歌一想到她对夏子菱做出的事,就一来气继续说,"我不只是讨厌你,而且还特别恨你,要不是你的出现,我早就和夏子菱和好了,反倒是你的存在,让我的计划连连失败。"

"呵,沈晨歌,不管你怎么想,我都不会放弃的。你应该知道我是个为达到目的什么事都会做出来的人。沈晨歌,为了你,我会牺牲一切把你追回。"林冬儿说完,不等沈晨歌回复就直接挂断了。她仰起头,恍然觉得一切豁然开朗,既然得不到,那么就让它永远销声匿迹。

沈晨歌担心林冬儿真做出不可预料的事情来,特意亲自跑去林冬儿的住处。"林冬儿，你给我开门！我是沈晨歌！"他用力敲打着门，门终于开了，但不是林冬儿。"敲什么敲，你这人有没有礼貌啊！"开门的是一个陌生女人，显然根本就不认识沈晨歌。

"林冬儿呢？你让她出来，我有话对她说。"沈晨歌的态度很执拗。

"你是说原主吧，她搬走了，转租给我。"陌生女人说完，径直关上了门。

"啧啧，自己没礼貌还说别人。"沈晨歌边走边懊恼地说。

现在消失的人轮到林冬儿了，不管沈晨歌怎么寻找，都没有关于她的半点消息。而沈晨歌照例买了一束血红玫瑰，来到醉生梦死。他的出现也总是会引起人们的注意，有些人甚至还被他执着的态度感染。

"夏子菱，要不你就接受他吧，你看他天天来这里送花给你，也蛮有诚意的。"李晟时不时地会对夏子菱好言相劝。

"我和他没有任何关系。"夏子菱的冷漠态度日益明显。

"我就说吧，你跟着祁威有好生活吗？他能给你花给你房吗？夏子菱，你要现实些，所以你抱着的与相爱的人执手一生的想法，多么让人耻笑。"李晟继续火上浇油。

"李晟，我的事好像与你无关吧，最近你怎么总是帮着沈晨歌说话，难道是你们之间有什么不可告人的秘密？"尽管受着伤害，但夏子菱对李晟的改变感到心痛，这与当初内心和他外表一样一脸阳光的男生形成了反差。

"我这是为你美好的生活着想。"李晟抿了口红酒，转身朝祁威走去。

此时的李晟早已成为了欲望的奴隶,他不得不为了更多的金钱去毁灭不属于自己的东西。比如他们的爱。李晟只觉得可笑,为什么别人能轻易得到心爱的人的爱,而自己不管用什么办法,都无济于事。

"祁威,你觉得你能给夏子菱幸福?"李晟在祁威的面前停下,不等祁威开口,他继续说,"我觉得你们俩并不合适,如果我是你,我会成全夏子菱和沈晨歌,因为沈晨歌能给她带来幸福和想要的生活,我劝你还是放弃夏子菱吧,你这么执着是没有什么好处的。"

"我对你无话可说。但对于夏子菱,我绝不会让她重回沈晨歌身边。"祁威不想与他多说话,他相信自己的感觉,也信任夏子菱的心。刚好一抬头,与远处的夏子菱相视而笑,更加肯定了自己的决心。

夏子菱继续在舞台上驻唱,因为离比赛的时间越来越近。原本弹奏音乐的顾泞却被突然扔来的纸条乱了心神,纸条上仅仅写了几个字:十点,半湖公园不见不散。林暮沙。

顾泞几乎是连滚带爬赶到半湖公园。老远的地方,便见熟悉的身影静静地站在湖边。他颤动着身体慢慢往前靠近。多年来浓重的思念汇聚一起,他的心似乎被人紧紧攥着,痛得千疮百孔。"暮沙。"他呢喃着她的名字,泪水逐渐流落脸颊,他其实知道,林暮沙早已不复存在,永远活在了内心世界。他甚至知道,眼前的女子,并不是真正的林暮沙,如果是她,她一定不会让自己这么孤单痛苦了很久。

"别动。就在那里站着。"林冬儿略显低沉地说。

"暮沙……"顾泞小心翼翼地唤着她的名字。

"是的，顾泞，我是暮沙，你为什么要狠心抛弃我呢？"林冬儿故作哭腔。

此刻顾泞的意识里，眼前的人就是林暮沙，是他一直心爱的人。他明白这一切都不是真实的，可是，爱一个人直至深陷苦痛，他宁愿自己为此麻痹一次。

"暮沙，你恨我吧，要是我没醉酒，我一定会在你的身边。"顾泞啜泣着说。

"顾泞，你告诉我，当初为什么要离开我的身边？"林冬儿不依不饶地问。

顾泞突然扬起头，双手捂在脸颊，悲恸的哭声令人心碎。他慢慢屈膝弯腰，整个人姿态沧桑至极。"对不起。"他说，"这些年我一直活在愧疚中，每一天甚至每一时刻，都是无比想念……"他一五一十地如同倾诉般把当年的事说了出来，仿佛搁在内心深处的秘密终究被自己一一剖开。

"呵呵。"林冬儿没料到顾泞自个儿说出事情经过，她原以为凭顾泞对姐姐的思念，需要费力套取当年的秘密，不过这样也好，省了些口舌，不禁嘲笑，可怜的姐姐啊，你为什么要这般命苦。

"啊……"当林冬儿陷入沉思中，顾泞突然蹭起身发狂似地往湖里跑去。"暮沙，你会原谅我吗？"他拍打着湖水自言自语地吼着，直到精疲力尽，他倒在湖中。

林冬儿一时被吓住，没想到顾泞还真的为了暮沙不顾性命。她

第七章 原来的生不如死，倒不如相忘于江湖

害怕，并张口大声呼喊"有人落水了"。所幸顾泞被人救起了。

那刻的顾泞，仿佛做了很长很长的梦，他已经有很久没这么释放内心的痛苦。他明白，无论他如何做，都挣不脱当年愧疚下遗留的枷锁。无论睁眼看到或闭眼想到林暮沙的面孔，这一辈子他都走不出这场痛苦的徘徊。

一曲完毕的夏子菱走下舞台时，不经意间瞥到钢琴地面上摆着的纸条。她本来就对突然消失的顾泞感到奇怪，这下纸条上的内容完全诠释了一切。"李晟，顾泞呢？"夏子菱慌张地问。

"我怎么知道，他去了哪里关我什么事啊！"李晟嫌弃地说。

"不是你还会是谁啊，这纸条上的字迹明明就是你的。"夏子菱一边说着，一边挥着手中的纸条。李晟一把抢过，撕成碎片，满脸怒火地看着她，"夏子菱，你随便拿一张纸条就说是我写的，那我也随便拿一张纸条，说你把林冬儿藏起来了。"

夏子菱正欲开口，却被突然走进来的顾泞打断了想说的话。衣裤全湿的顾泞，直接走向了更衣处。他这般狼狈模样，着实让夏子菱心生疼惜。

对于李晟之前的言语攻击，以及现在的奇异行为，夏子菱慢慢地变得释然了，她觉得或许只有在选秀比赛中获得冠军，才能改变许多人的命运。

于是，接下来的日子，成了夏子菱付诸实践的证明。

第八章 沈晨歌，你只是我的路人甲

无论是离开，还是再也不见，我都希望永远在你的身边，不离不弃。

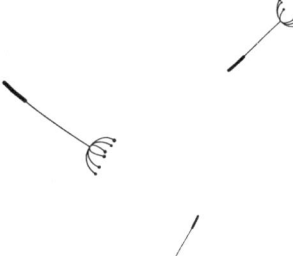

01

近似疯狂的人们，终于在时间与空间的推移中慢慢恢复了平静。

放眼一路走来，付出的泪水、汗水，就像是一场场辛劳的耕种，让辞树暮花乐队看到了丰收的希望。

努力付出终究会获得回报，凭借着心中的执念，辞树暮花乐队以精彩的表现顺利杀入了总决赛。就在粉丝们沉浸在辞树暮花乐队顺利晋级的欣喜中，就在辞树暮花乐队从晋级的喜悦中走出为决赛全力准备的时候，夏子菱和祁威却悄然离开了乐队的排练。

"这两个熊孩子躲到哪里逍遥去了？"当唐九安满脸疑惑寻找着夏子菱与祁威时，俩人早已不知去向。而对于夏子菱与祁威的不知所踪，其他成员更是一无所知。

看样子，这是夏子菱与祁威共同密谋的一次行动。

背上行囊，一路远行，到一个陌生的地方，过上几天与世隔绝的日子，这可是夏子菱渴求多时的日子。曾几何时，生活的窘迫让夏子菱想都不敢去想这样的日子。

更多的时间里，夏子菱的头脑里思索的问题总是离不开生存这个主题。

很长的一段时间里,夏子菱一直以为生存总是要和自己心爱的人画上等号。而那时候只有沈晨歌足以证明夏子菱生活的存在感。

交往的日子里,那些幻似糖果般甜蜜的欢声笑语,更像是沈晨歌为夏子菱开出的一剂毒药。或许遭遇过不幸童年的夏子菱渴求过蜜糖般的生活,所以,沈晨歌的出现将夏子菱带入了天堂,并且让夏子菱深深地相信沈晨歌就是那片天堂里居住着的天使。只是,时间的距离,让天使的存在变得像是幻化成魔,所有当初坚信的事物,在时间的流逝中遭到了摧毁,活在天堂中的夏子菱看到了炼狱。

好在,夏子菱她是幸运的,若不是有祁威的不离不弃,或许,夏子菱根本不知道自己的人生会是什么样子的。

"祁威,谢谢你。这一路来谢谢有你的陪伴。"这种发自内心的感谢,夏子菱不知道自己对祁威说过多少遍了。而每一次,夏子菱的心中都有着不同的感触。

只是这一次的感谢,区别于从前。就像是进行了一场千万次的筛选而最终得到的答案,一句谢谢足以表达夏子菱心中最为真实的想法。

即便,夏子菱没有明说,祁威依旧能够从夏子菱的眼神中读到她想要表达的真实内容。

这样的默契,或许更像是一种无言的证明。

原来一直渴望得到的内心回应,不需要太多言辞的修饰,不需要太多物质的堆积,原来最干净最淳朴的爱,仅仅只需要一个眼神,就能唤醒内心深处最真实的表达。

此时此刻,放眼望去这一望无际的皑皑白雪,夏子菱沉重的心灵像是得到了解放。她宛如蹦兔般兴奋地奔跑在雪地里,像孩子发现了巨大的宝藏般,肆无忌惮地欢笑。

笑声如铃,敲击着祁威的心房。

兴许只有在最纯净的自然风景面前,人才可以变得如此肆无忌惮,才能够将最纯净的自己展示在大自然的面前。这也许就是大自然的魅力,它能够激发出人们最淳朴的本性。

祁威望着远处的夏子菱,那种孩子般无忧无虑的模样,让祁威的脸上挂上了一丝会心的微笑。终于,他见到了自己想要看到的夏子菱。

"祁威,你还愣在那里干吗?快过来玩雪呀。"远处的夏子菱已经迫不及待地招呼祁威加入过去。

听见呼唤的祁威当然快速地响应了过去。背着厚重的行囊向雪中的夏子菱奔去。

雪地上的脚印,记录下了两人快乐的时光。

冰雪聆听着这对年轻男女的欢乐笑声。

"夏子菱,你这个小魔女,你看你做的这个雪人哪里像我?"祁威指着雪人一脸的不满。

"怎么不像,你看那双炯炯有神的大眼睛,不就特别像你吗?"夏子菱捂着嘴巴偷笑着。

"哪里炯炯有神了,俩饼大的鹅卵石就叫炯炯有神了?夏子菱,

第八章 沈晨歌，你只是我的路人甲

我看你是在故意讽刺我。"祁威一脸坏笑地埋怨着。

"分明就有好吗？你生气的时候，比这鹅卵石还炯炯有神呢！"夏子菱继续偷笑着。

"夏子菱，你这是在拉仇恨吗？"祁威一脸严肃地问夏子菱。

"这样就是拉仇恨啦，祁威，你什么时候变得这么小气了？"

"就现在呀。夏子菱我一定要给你点颜色看看，你等着。"祁威说完，一脸坏笑地看着夏子菱。

"我倒要看看，祁威你要给我什么颜色看看。"

"夏子菱，看这里。"

还未等夏子菱反应过来，一个雪球便袭向了她的肩膀。一看这架势，明显就是雪球大战。

接受了祁威的宣战之后，夏子菱开始了全力反击。

顿时间，雪球飞舞，欢笑声点缀在两人的身旁。

在这座时间与空间堆砌而成的堡垒中，祁威和夏子菱像是遗忘了时间的存在，他们太渴望定格在这个时间，他们希望这份快乐能够在彼此的生命中得到延续。

他们就像冰雪中舞蹈的精灵般，已将世俗置之度外。

"祁威，你给我看好了！"夏子菱自信满满地说道。

正在炮制雪球的祁威很是配合地朝夏子菱方向看去。

"嘭！"的一声，一个硕大的雪球击中祁威的胸膛。

得手的夏子菱开怀大笑，却不知此时的她在不经意间为自己的未来埋下了一丝挂念。

"中弹"的祁威顺势倒在了地上，脸上痛楚的表情，和先前的一脸快乐完全是两个模样。他安静地望着一览无余的蓝色苍穹，置身在这皑皑的白雪之中，慢慢地闭上了双眸。

"祁威，你躺在地上是在装死吗？"夏子菱满脸怀疑地看着祁威。

尚久，见祁威没有反应，夏子菱有些担心地再次询问起来。

"祁威，快起来了，时间不早了，我们该回旅社了。"

可无论怎样呼唤祁威的名字，那家伙还是一动不动地倒在地上。刹那间，恐惧与担忧涌上了夏子菱的心头。她迅速跑到祁威的身旁，一脸焦虑地看着面色苍白的祁威躺在地上，双手不停地摇晃着祁威的身子。

"祁威，你到底怎么了，你说句话好吗？"

但祁威却没有给出丝毫反应。

惊慌失措的夏子菱顿时手忙脚乱起来，她开始用耳测听祁威的心跳声，用手触摸祁威的鼻息，更甚至她已经将头探到了祁威的面前，准备为祁威做心肺复苏。不管用什么办法，只要能将祁威唤醒，夏子菱都愿意尝试。

做好心理准备，夏子菱俯面而上，两人嘴唇的寸隙间，夏子菱还是犹豫了起来。

"要是没有用怎么办？"

可还没来得及反应，一抹潮湿贴在了夏子菱的嘴唇上。一脸惊恐的夏子菱瞪大了双眼，发现视线的对面是一双幸福的眼眸。

第八章 沈晨歌，你只是我的路人甲

短暂的肌肤之亲过后，夏子菱只感觉自己头脑一片空白，此时此刻，她完全丧失了思考的能力。她顺应地感受着祁威向她传达来的感觉，只感觉到一只强有力的手臂搂在了她的腰间，然后夏子菱整个人就侧躺在了祁威的身旁。

那一刻，她见到了一望无际的蓝色苍穹，感受到了雪地湿寒中的一缕温暖，听到了稍显急促的呼吸声，以及迅猛怦然的心跳声。

备赛的时间里，唐九安一直都尝试着联系夏子菱和祁威。

可是，直到决赛直播比赛开始，夏子菱和祁威都处于失联状态。

"他们俩人会不会临阵脱逃了？让我们几个大老爷们儿在直播现场丢人？"李晟依旧改不了他毒舌的本性。

"不可能，这俩孩子不会是这种人，我相信他们一定会来的。"队长唐九安信心满满地说着。

"一定？我看不一定吧。这人都是会变的，何况都到这个时候他俩还没有出现。离直播开始只剩下不到十分钟了。等会儿的开场秀我们该怎么应付？导播那边怎么交代？"李晟的话让人感到绝望。

就在众人陷于苦恼的时候，祁威拨通了唐九安的电话。

"十五分钟，十五分钟后我们绝对到。"这是祁威给唐九安的回答。

唐九安找来编导，将辞树暮花乐队的出场顺序，安排在了最后一位。

可是，当前面所有的选手纷纷表演完毕，唐九安等人已经上场的时候，夏子菱与祁威还是没有到场。

就在众人焦虑该如何应付的时候，已到场上的唐九安弹响了第一个音符。

乐队其他成员也纷纷配合演奏起来。前奏刚刚奏完，就在众人准备将这场首场秀当作器乐秀献给观众的时候，场上的背景声里传出了夏子菱的声音。

夏子菱说："祁威，我若甘做暮花，你可愿当辞树？"

02

像是破层而出的云彩，逐渐熠熠生辉。赛场上夏子菱与祁威的精彩对白，让辞树暮花获得了高人气的支持。夏子菱说："祁威，我是暮花，你是辞树，可好？"他笑而不语，回忆曾经站在街道弹吉他的她，若是有可能，他想问她："无论是离开，还是再也不见，我都希望永远在你的身边，不离不弃。可好？"

绚丽的舞台，顿时一片漆黑。庞大的黑暗，与夜相连，隐隐约约闪烁的荧光棒如同点点星光。明亮了他们的音乐世界，也明亮了他们心底的梦。"这首《就算等待过于永久》是给我三年前曾爱过的人，是他，让我找到了寻梦的路径和勇气。这首歌，送给他，也送给那些正在等待的人，希望你们能在等待中换得幸福和快乐。"夏子菱清脆的声音响彻夜幕，紧接着，吉他与钢琴伴奏的声音同时响起。

第八章　沈晨歌，你只是我的路人甲

你走了，我哭了

听不见的呼吸，停留心口

不知多久多久，兴许多年以后

时光沉浮，心蒙伤愁

承诺经传区别白昼

花开花落相伴厮守

就算等待过于永久

嫣然记忆当时离愁

风停了，泪干了

看不见的身影，伤感眼眸

飞鸟停留停留，白云游走游走

彩虹不显，难忘温柔

爱于情深念于怀旧

孰知距离灼伤心口

就算等待过于永久

终有飞雀巢中等候

依然明白牵挂不及问候

仍难掩内心将容颜拼凑

情怀深处潜藏方舟

三年光阴似水如流

就算等待过于永久

也愿逆光为你等候

夏子菱闭着眼睛清唱着,她仿佛是身处逆光下倔强的存在,在模糊的灯光中,在数千上万的观众群里,她希望沈晨歌能亲耳听到。因为,这首歌,是唱给他的。

夏子菱一曲完毕后,所有的人都被她诚挚的歌声打动,纷纷舞动着手中的荧光棒,疯狂地喊着:"夏子菱,夏子菱……"

在这一刻,夏子菱恍然觉得现在的自己,是一个多么幸福的人。原来这世上还有那么多的人,一起见证辞树暮花的梦想。

她不知道,她的音乐蕴含浓重的蛊惑性,每一个音符,都穿透人们的耳膜,刺激着他们的泪腺。有些人哭了,有些人笑了,也有些人突然沉默,回忆和恋人之间的事情,更有些人直接当场向未曾告白的伴侣表达了自己的爱慕心声。

以为就这样结束了的夏子菱,其实并没有预料到接下来发生的事情。身后大屏幕的画面突然一转换,如同影片般,慢慢地播放着夏子菱与祁威在大街上卖唱的辛酸经历。也就在这时,退在一边的祁威重新走上舞台,他看着夏子菱,指尖渐渐拨动吉他弦:

遇见你,我找到了唯一

抱紧你,收获幸福真谛

只想告诉你

第八章 沈晨歌，你只是我的路人甲

路途多远都愿意

青春回忆

因你美丽

看着你，眼眸中的泪滴

望着你，转身后的距离

多想告诉你

隐藏心底的言语

青春定义

因为爱情远行

不曾松开紧握你的手

不曾相信离别的哀愁

难道真的不能拥有

爱情只剩阴谋

不曾忘记誓言与守候

不曾相信背离成借口

难道真的不再拥有

爱情只是阴谋

爱将伤口愈合后

爱你超越了尽头

毅然相信爱情远行到最后

不得不说,夏子菱与祁威完美的配合和倾情演唱,实实在在地打动了评委和观众。在投票环节里,辞树暮花乐队通过自身的努力顺利地在选秀比赛中获得冠军。夏子菱喜极而泣地在媒体全程录制下,紧紧拥抱祁威,她一直明白,最爱她的人其实时时刻刻都在她的身边。

这场选秀比赛,让夏子菱一夜成名。她的成功,也完全让顾泞看到了音乐的另一面。并不是为了一个梦想废寝忘食就能获得成功,关键是要有一个积极向上的心态和永不放弃的信念,才能如凤凰涅槃一样重生。

苏沐为了庆祝辞树暮花的成功,特意在醉生梦死开办庆功宴。"怎么,不欢迎我参加啊?"被唐九安拦在门外的沈晨歌,不满地说。

"抱歉,你没有权利参加,这里也并不欢迎你!"唐九安直接拒绝,不给他回复的余地。

"夏子菱!夏子菱!……我是沈晨歌啊!"沈晨歌不死心地扯着嗓子往里喊,他相信夏子菱会让他进去的,因为他早已抓住她温柔的弱点。

"你来做什么?"夏子菱决定还是亲自出来拒绝。

"夏子菱,谢谢你为我唱的歌,我很感动。"沈晨歌说的是实话,当他坐在贵宾席听到她向全世界人说"给我三年前曾爱过的人"时,他就知道夏子菱根本就没有真正忘记他,在她的心里,肯定还有一

第八章 沈晨歌，你只是我的路人甲

席之地属于他。

"抱歉，请别自作多情。"夏子菱多说一句，心底的某个地方就会疼得难受。

"夏子菱，今天我来不说其他，就只是为了祝贺你而已。你看你能让我进去同他们一起祝贺吗？"沈晨歌低沉着声音，见夏子菱不为所动，继续说，"夏子菱，我保证，为你庆祝以后，我再也不会出现在你身边，也不会烦你了。就当作是我最后给你的一次祝福吧。"

夏子菱犹豫着，转过头看向唐九安。唐九安一言不发便往里走了进去。"进来吧。"夏子菱让了位，这已经是她的底线。正在倒红酒的祁威见沈晨歌走了进来，也没有说话，无论在什么时候，他都会支持夏子菱的决定。

"来！为了梦想，为了胜利，为了我们的冠军，干杯！"就在所有人认为一切都会好转的时候，"哐当"一声，醉生梦死玻璃大门应声而碎。只见林冬儿穿着鲜红短裙，明晃晃地站在门口，身后是一群拿着铁锤和铁棒的刀疤男人。

"给我砸！"林冬儿喊着。

"你们谁敢！"苏沐毕竟做了多年酒吧的老板，在这个圈里多少也有一定经验，看这些混混，明显就是林冬儿花钱收买的。苏沐说着的同时，酒吧的数名保安也走上来严阵以待。

"夏子菱，我一定会毁掉你的音乐梦，让你身败名裂！"林冬儿说完，身后那些混混早已按捺不住就冲了上去，对于他们来说，越疯狂的事情越刺激。

顷刻间，玻璃碎裂声、桌椅折断声、酒瓶爆裂声等此起彼伏。苏沐平静地看着这一切，她要做的事有很多，不急于现在。酒吧原本的保安正要上前制止他们的行为，却因苏沐一个摇头倒退回去。

"哈哈，胆小鬼，胆小鬼，你不是要让你的保安阻止吗？来吧，尽量阻止吧！"林冬儿看着舞台中央他们紧张却不敢动的模样，心里就异常开心。

"林冬儿，你够了！"沈晨歌握着话筒朝她吼着。"你信不信你再这样下去，我会让你见不到明天的朝阳！"沈晨歌气急败坏地说，林冬儿能对夏子菱做出的事情，他沈晨歌也能做出来。他说过，无论是谁伤害夏子菱，他都会百倍地偿还给她。

"哈哈。"林冬儿仿佛是在自嘲，"夏子菱，为什么你离开了他，他还依然爱你？"她渐渐哭了出来，直到隐隐约约听到警笛的声音，她才带着怨恨离开了醉生梦死，所有人都觉得，林冬儿只是过来发发大小姐脾气。然而，这一切都是暴风雨的前奏。

03

一夜间，辞树暮花的负面新闻引爆全城。醉生梦死酒吧的惨遇更是引起了记者注意。

各大媒体的头条赫然显示"夏子菱甘做小三，豪夺贵妇珍爱"的新闻。有些书报杂志甚至还扬言夏子菱多年不尽孝道，遗弃残疾父亲。甚至有些记者更是将多年前林暮沙离世的事件挖掘出来进行炒作，扬言辞树暮花乐队键盘手顾泞罪孽深重与林暮沙的死有千丝万缕的关系。

夏子菱颤抖地拿着报纸，她此刻的情绪一落千丈，为什么会在一夜之间，有关他们的报道会如此落井下石。对于辞树暮花来说，好不容易换来的成功，却在这些负面报道下变得惨不忍睹。

"荒唐，纯粹是荒唐！"唐九安怒火中烧，径直将厚厚的报纸砸在地上。"这些记者简直是没事找事做啊！哪来那么多的爆料，什么甘做备胎，什么罪孽深重，完全是胡写！"唐九安愤恨不已，他们的梦想才刚刚开始，就受到这么严重的创伤。

"祁威。"夏子菱在报纸上看到阔别许久的父亲面颊时，只觉得胸口如同浸泡在冰水里，冷得彻骨。她原本的底气和信心，顷刻间都被恐惧吞噬了。她仿佛被吸干了力气，软塌塌地靠在凳子上。双目一片空洞，脑海混乱不已。

"夏子菱，别怕，有我祁威在，不会让你受到任何伤害。"其实祁威说这些的时候，他早已忘记自己真正的身份。单人的力量，怎么抵得过社会的流言蜚语，更何况是牵扯到家庭背景的重大新闻。

醉生梦死酒吧被众多记者死死围住。对于他们来说，不等到夏子菱出现他们是不会善罢甘休的。这些负面消息唯一没有涉及的就是李晟。所以走在大街上的李晟完全不必在意媒体的干扰，因为他没有什么可爆料的或什么负面消息。

"喂，林冬儿，你交给我的事我已办好，什么时候给钱？"李晟拿出手机，拨通了林冬儿的号码。

"哈哈，钱，李晟，没想到你为了利益还真的什么事都可以做出来，亏你还是辞树暮花的成员。"林冬儿嘲笑着，原来心黑的并不只是她一人，家贼难防啊。

"别给我转移话题，什么时候给钱，否则，我会让你好看！"李晟步步紧逼。

"告诉你，我的钱都花在收买混混身上了，从你跟我汇报沈晨歌消息的那刻起，我再也没有相信过你。你以为你做到万无一失就能保证秘密的真实性，我告诉你李晟，钱是万能的，但是我不会笨到买你的假消息！"林冬儿张狂地笑着，她怎么也没有想到李晟给她的消息中，至少有百分之九十九是自己编造的。

"喂！——"李晟话还未说完，对方便挂断了电话。他找到林冬儿租的新址，但是租客却换成了陌生男人。好啊，林冬儿，既然你无情，那就休怪我无义了。

在夏子菱一行人商讨如何解决这些事情时，紧接着又一条重大新闻上了头条：夏子菱情敌决心报复，施以诡计引诱男子。这条新闻不但加重了夏子菱的负面影响，更是将林冬儿的身份挖掘了出来。"该死的李晟，你这么做纯粹找死！"林冬儿看着报纸上的新闻和照片，虽然画面上的人物被马赛克了，但身为事件的原主，她怎么可能不知道那披头散发的女子会是自己呢！

"这又是什么报道？林冬儿竟然被人毁了！天呐，写这些的记者真是能人啊，这才叫作劲爆新闻。"苏沐震惊地看着报纸，不得不说，每天的新闻信息都千奇百怪，也不知道究竟是谁在从中作梗。

第八章 沈晨歌,你只是我的路人甲

"李晟,看来你还是清白的啊,报纸都没有刊登你的负面新闻。"夏子菱不禁冷哼,说者无心,听者却另有想法。

"夏子菱,我李晟敢作敢当,我清白那可是正常的啊。我才不像某些人还弃家不顾,明争暗抢的。"李晟讽刺地说。

"李晟,做了亏心事总是会有报应的,我也相信会有的。"夏子菱不屈不挠地反驳他。

果然,不出所料,第二天的头条报道里,再次出现新的爆料消息。大致是辞树暮花成员李晟挑拨离间,为了夺回酒吧店主苏沐的爱,精心策划制造假象意图毁掉顾泞。

从报道李晟的那一刻起,辞树暮花的名誉完全跌落谷底。

"我女儿?呸,呸,夏子菱才不是我女儿呢,我没有这么不孝的女儿——"夏子菱的养父接受了媒体采访,大肆宣扬夏子菱的不孝,并要求各大媒体请出夏子菱对簿公堂。

"如果您女儿与您相见,您会有什么要求呢?"媒体记者问道。

"我要向她索赔200万元赡养费,这么多年,亏我辛辛苦苦养育她。这么点钱,对现在的她来说,完全是个小意思。我不要求其他的,只要她把赡养费给我,并下跪赔礼道歉,那么我还是会原谅她的。"养父一边说着,一边使劲憋出眼泪。

"冒昧地问一下夏子菱亲生的父母亲是谁呢?夏子菱当年是为了什么选择离开您呢?您的手臂又是怎么断掉的呢?"媒体记者好奇地说。

"咳咳——咳咳——"养父顿时猛烈咳嗽,扯着嗓子继续说,"抱歉——咳咳——我有肺结核，想休息了。"

于是一段访谈通话就以需要休息暂停录制。

"这人怎么那么不要脸啊！"夏子菱看着新闻报道，忍不住痛苦地骂了出来。为什么无论她在哪里，总是离不开养父的牵绊啊！

"夏子菱，冷静些，不要为了这种人发火，不值得啊！"祁威从身后紧紧拥抱她，他现在唯一能做的，就是陪她一起面对和解决所有的问题。

但是谁也没有预料到，这场新闻报道反而揪出了十几年前的贩卖婴儿案。

04

一夜之间，所有的人世浮华像是在一场倾盆大雨中得到了洗刷，世界观得到了重建。

就连夏子菱也露出了一脸尴尬的笑容。让她万万没想到的是，命运竟然会如此戏剧地安排她的人生。

曾经梦里多次出现的妇女面容，在不经意的揪心疼痛中再次涌现在了夏子菱的脑海里。

"眼睛每流出一滴眼泪，都会在未来收获一丝快乐。"这是夏子菱在梦中听见她说过的话。

她，恍如故人令人熟悉，却又如水中镜像让夏子菱感到陌生。

她，无数次地在夏子菱的梦中出现，用挚爱的手掌，暖如洪流的言语慰藉着她生命里最渴求呵护的时刻。

第八章　沈晨歌，你只是我的路人甲

夏子菱一直以为，她的存在仅仅只是一场虚构，仿佛是自己深陷生活苦海时心灵里寄予的一丝厚望。可是，她却是如此真实地存在于这个世界中，只是因为时间堆砌成的鸿沟，才让她真实存在的容貌在夏子菱的记忆中变得越来越生疏，越来越模糊。

而如今，当现实毫无保留地展现在夏子菱面前的时候，这如同一场赤裸裸的窥探，却似一记耳光般让夏子菱感觉到现实的残酷无情。

现实，为什么总是让人不忍直视呢？

当人们还沉浸在昨日《不孝女夏子菱冷漠养父，拒绝赡养》的大标题时，今日的头版又被一硕大标题占据——《警方破获拐卖人口大案，新星夏子菱名列其中》。

夏子菱在一篇又一篇挖坟般的报道中，身临其境地感受着宛如千刀万剐般的疼痛。

被时间巨浪尘封的过去，在一阵肆虐的挖掘报道中，终于让夏子菱找到了隐藏在心中的秘密。

一场关于在绝望中看到希望，在希望中见证消亡的戏剧性情节正悄然拉开帷幕。

"夏子菱，这就是报纸上报道的那位老妇人。她叫王颐茹，也就是……"看见夏子菱双眸中闪烁的泪光，祁威还未来得及说完，就已经哽咽得止住了口。

或许就连夏子菱也没有想到，梦里的那位妇人竟然如此清晰地出现在了她的眼中。

只是时间让她的模样有些偏差，乌丝早已变得斑白，脸上已是皱纹满满。

夏子菱远远地站在妇人的身后，双手捂嘴哽咽得说不出话来。

黄昏下，妇人静坐于藤椅眺望远方的场景，在夏子菱的眼中显得极其凄凉。

也许在旁人眼里，那仅仅是一位老人在夕阳的光辉下安详度日的情景。可是，只有夏子菱清楚，那纹丝不动的身躯，到底积攒了多少年的急不可耐。也许就在曾经，那位妇人曾心有不甘地走遍天涯，只为找到自己日夜的牵绊；或者就在过去，尽管她于心不忍，却依旧被现实的杳无音讯打得一败涂地；而就在今天，虽然她面容平静如水，可一丁点儿的风吹草动，都能在她的心中激起巨大的波浪，在一片滔天巨浪中追忆起她的似水流年。

祁威走到夏子菱的面前，掏出了一张手帕纸，眼神带着迷离，却不知如何开口安慰夏子菱。

面对眼前的这场旷世离别，眼泪成为了最好的告白，但亲人相认岂能用眼泪这么草率地解决。

"夏子菱，别一个人傻站在这里哭，妈就在那边，等着你上前好好和她说说话。"祁威一边说着，一边呵护地将夏子菱眼角的泪水拭去。"来，把眼泪擦掉，咱笑着去和妈唠唠嗑。"

望着眼前极力勉励自己的祁威，夏子菱的嘴角挤出了笑容，她朝祁威点着头，带着一份坚定走到了王颐茹的身旁。

夏子菱蹲在妇人的身边，轻声地在耳边说道："妈，我回来看您了。"

耳边突如其来的声响,就像是清晨中突然敲响的钟声,余音缭绕地在妇人的脑海中盘绕。

王颐茹依旧安然地看着前方,像是根本没有听见夏子菱的轻声呼唤。

"妈,您的女儿回来看您了。您偏过头来,看看我的样子好吗?"夏子菱一把握住王颐茹的手,按捺不住自己心中的激动。

良久,王颐茹终于偏过头来。

一双饱含泪光的眼睛,安详地与夏子菱对视着,脸上是平静的笑容。

那一刻,夏子菱再也按捺不住,她扑在母亲的膝盖上,任性地感受着母亲膝盖上的温度。

或许,正是因为这股亲情的力量才让王颐茹的神志有些清醒。她埋着头,面带笑容,一脸平静地看着自己膝上的夏子菱,手情不自禁地抚摸着夏子菱的发丝。

"这是谁家的姑娘呀?哭得这么伤心。"王颐茹询问着夏子菱。

"妈,是我呀,我是您的女儿呀,我回来看您了。"

"我的女儿?你真的是我的女儿吗?"王颐茹一脸诧异。

"妈,我真的是您的女儿,您忘记我了吗?"夏子菱仰起头,泪眼婆娑地看着母亲的脸。

"不,你怎么会是我的女儿呢?我怎么会有你这么大的女儿呢?我的女儿个头还不到一米,你是骗子,不是我的女儿。"王颐茹一把将夏子菱从身上推开，一脸厌恶之情。

突如其来的一切，恍如当头一棒，夏子菱傻呆呆地侧坐在地上，一副不知所措的样子。泪水就像是倔强的孩子，无论夏子菱如何使劲儿将眼眶睁大，都无法阻拦泪从眼眶中决堤。

那一刻，对夏子菱来讲又是一次心灵的阵痛。

看着夏子菱面露一丝绝望，祁威便焦急地赶到了夏子菱的身旁，他小心翼翼地将地上的夏子菱扶起，将她带到了一旁的长椅上。

那时候的夏子菱，脸上写满了茫然。

头脑里的空白画面，在风的迎合中有了些许光线的闪烁。

记忆深埋的土壤里，在一阵疯狂地挖掘中，有了清晰的影像。

戛然间，时光倒流，脑海里的影像有了从前的模样。

那片光影的交织，更像是一场挥之不去的雾霾，牢牢地禁锢在夏子菱的头脑里，成了一场刻骨铭心的记忆。她不曾想象，未来的某一天自己会不会从那片雾霾中获得最彻底的拯救，但藏在她心底里最真实的想法，就仅仅只是希望，某一天自己可以再次看到那些熟悉的面孔。

只是，随着时间的走远，当年记忆里存在的面容只会离现实越来越远。那些人，早已回不到过去，他们的眼角、手掌早已被时间画上了皱纹，他们脸上的笑容早已因为时间变成了平静的面容。

夏子菱还记得，就是在那个昏暗的下午，她与自己的哥哥一起离开了父母。她还记得当时所有大人们的脸上都统一挂着愤怒的表情，他们像囤积的乌云将小区的门口堵得水泄不通。大人们铿锵有

第八章　沈晨歌，你只是我的路人甲

力的言语更像是锋利的箭羽，齐刷刷地射向街道的另一边。

那天，到底发生了什么事情？

在当时夏子菱看来，一切都让她感到手足无措。她只能仰着脑袋望着母亲愤怒的面容，然后用稚嫩的小手紧紧地捏住母亲的手掌，不安地询问着母亲，这样做到底是为了什么。

大人们的世界让夏子菱觉得有些不能理解。

在那一刻，她询问的眼睛里看到了母亲焦虑而又憔悴的面容。尽管，母亲蹲下了身子，脸上的笑容是一如既往的亲切，但是，夏子菱还是从母亲的动作与言语里感觉到了什么。

母亲为小夏子菱整理了下衣领，她摸了摸眼前小夏子菱的额头，轻拍了下夏子菱的胳膊，语气轻松地对小子菱说，去跟你哥哥到一边玩去。然后，像什么事情都没发生般加入到了大人们的行列。

那时候的夏子菱并不懂得母亲这样做的目的，但作为一个听话懂事的孩子，小夏子菱照着母亲的话去做了，她牵起了哥哥同样稚嫩的小手，在临行的那一刻，她回过头朝母亲的方向仔细看了一眼，尽管恋恋不舍，但她还是照办了。

那个昏暗的下午，父母亲和其他的大人们一样，愤怒的面容，在如刺的言语中，他们拉开了当日下午最为激烈的场景。

只是，夏子菱和她哥哥并没有经历当时的场景。

他们按着母亲的话去做了，小夏子菱牵起哥哥同样稚嫩的小手，躲进了路边的小树丛。

哥哥说，他要去树丛的另一边寻找一个大宝藏，让小夏子菱老老实实地待在小树丛这里。

小夏子菱听话照做,直到暮色降临。而那时的她,才因此获得一对"好心夫妇"的帮助。

"好心夫妇"告诉夏子菱,说她的父母有急事需要处理,所以委托他们来照顾她这个小家伙。

夏子菱听信了他们的话,然后被带到了一间房间里,在房间被打开的那一瞬间,她看到了三个同自己一样稚嫩的孩子,他们玩着地上的精美玩具,脸上绽开的笑容像天空的白云般洁净。

夏子菱记得,"好心夫妇"让自己和其他小朋友们一起好好玩儿。之后她便被牢牢地锁在了房间中。

而当夏子菱再次睁开眼睛的时候,夏子菱已被"好心夫妇"为她找来的爸爸带回了家。

"从今以后,你就是我夏楚生的女儿了,你叫夏子菱,记住了吗?"

夏子菱牢牢地记得,这是她和"爸爸"的第一次对话。

第九章
不曾忘记誓言与守候，
不曾相信背离成借口

面对失去了十多年的亲情，她不求别人能够对自己的家庭有所理解，更不求别人能够对自己的家庭有所怜悯，她仅仅只是期望，期望别人能够对自己的亲人做到最起码的尊重。

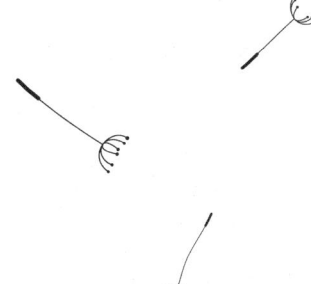
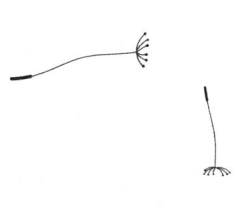
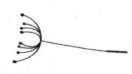

01

望着眼前被泪水遮盖的夏子菱，祁威再一次沉默了，尽管脸上的表情表明了心痛，但却对自己不能从根本上为夏子菱解决问题而感到愧疚。

"夏子菱，我会一直陪在你的身边的。""夏子菱，只要有我在就绝不会让你受到伤害。"……这些冠冕堂皇的话，每说一次，都让祁威感觉像是自己为夏子菱开出的一剂麻醉药。尽管可以暂时对人的精神产生麻痹，但时间久了，人自身就会为此产生一丝质疑。

每当夏子菱比上一次的哭泣更伤心的时候，祁威都会在自己的心里暗自问上一句："你确定自己能够帮到她吗？能够让她从痛苦中走出来吗？"

尽管每一次的回答都充满着自信，如同阳光般给予人肯定的力量，可是，时间的推移，曾经阳光积极的能量，也会随着时间的推进，变得力不从心。

就像面对着眼前的夏子菱一样，残酷的现实已经彻底将夏子菱击败，而同样被击败的还有祁威。

他越来越怀疑自己的能力，甚至不敢确定自己到底有没有能力

第九章　不曾忘记誓言与守候，不曾相信背离成借口

让夏子菱从现实的黑暗中走出来。

或许，默默地祈祷是他唯一能做的事情。

他多么希望时间可以倒转，可以将夏子菱生活中的不悦统统都给抹去，将所有幸福和快乐的时光都保留在夏子菱的生命里。

倘若这一切都无法实现，祁威甘愿为夏子菱承受一切苦难，哪怕受尽折磨为此付出生命，他也心甘情愿。

可想象毕竟代替不了现实。

当夏子菱不顾一切，想要与自己的母亲相认之时，祁威也只能站在一旁，默默地祝福着她们母女能够早日相认。

"妈，求求您快清醒清醒，我可真是您的女儿呀。"无论夏子菱跪地向母亲哭诉多少次，得到的答案始终都是一致的。"你不是我的女儿，我没有你这样的女儿。"

路过夏子菱身旁的人们，无不围观议论，而知道真相的人难免不对此情此景说上两句。

"说真的，那老太婆倒也怪可怜的，疯疯癫癫活了半辈子，结果神志清醒的时候却又遭遇房屋拆迁，好不容易生了两个孩子没几年，却没一个留在身边。"

"听说俩孩子都被拐卖掉了，当家的男人因为孩子被拐走，还被气得心脏病发作而过世了。总的来说，这疯婆子就是个扫把星命。"

"听你这么说，我倒是觉得她也挺可怜的。"……

路边的三姑六姨们，经过此处时都会对此讨论上一番，她们各

抒己见地表示着对别人不幸遭遇的怜悯，看似暖意十足却始终还是难掩自己生活胜人一筹的优越感。

如果放在以前，或许这些话语就像是空气，说过之后也就随风散去了。可是，今天恰巧夏子菱就在现场，面对失去了十多年的亲情，她不求别人能够对自己的家庭有所理解，更不求别人能够对自己的家庭有所怜悯，她仅仅只是期望，期望别人能够对自己的亲人做到最起码的尊重。

"什么扫把星！什么疯婆子！你们这些长辈，活了几十年了还是不懂得该怎么说话吗？"夏子菱站直了身子，一个箭步便冲到了那群中老年妇女的面前。

望着一脸怒气满面泪光的夏子菱，中老年妇女们先是一愣，纷纷感慨今日怎么会有人站出来过问疯婆子的事情的同时，她们的双眼也止不住地对夏子菱一阵打量。

"这是从哪里冒出来的野丫头，这么没礼貌。大人们说话，你小丫头片子插什么嘴？"一位围红围脖的老妇人用自视清高的口吻询问着夏子菱。

"谁没礼貌了，分明是你们说话太过分！"

"说话太过分？小姑娘我们哪里说话过分了？这老婆子疯疯癫癫大半辈子了，这里的人都了解她的情况，我们也是实话实说，哪里过分了？"一个戴金丝边框眼镜的妇人站出来说道。

"是呀，你们都很了解。所以，你们这些人才一口一个扫把星，一口一个疯婆子地称呼她是吧？她也是人，她也有名有姓。你们在这里和她一起生活几十年了，难道你们还会不知道她的姓名吗？你们个个穿得人模人样，连最基本的礼貌都不知道，就不觉得你们这大半辈子白活了吗？"

"小姑娘，你说话可以不要太过分了哦。我们大人们这里唠嗑，碍着你啥事儿了？你和她一不沾亲，二不带故的，没事儿在这里瞎掺和啥？"一个烫着大波浪的中年妇女说道。

"瞎掺和？你们这样说我妈，我能不掺和吗？"夏子菱满脸愤怒地说道。

顿时，在场的中老妇人们都哑口无言了。所有的声音仿佛一刹那间被死寂吞噬。

就在她们都不知道该如何还口的时候，又一位英勇的阿姨站了出来，她用像是发现新大陆的口吻，满腔热情地对大家说："我认出来了，这个女的就是之前电视新闻里报道过的那个唱歌的。前段时间，他养父还要和她对簿公堂，要几百万的赡养费呢！"

就像是突然得到了火力支援一般，这群中老年阿姨们顿时感觉有种满血复活、属性全开的感觉。她们拉开了架势，摆出一副要和夏子菱一决高低的架式。

"啧啧啧！……"

在中年妇女们的强势攻击下，夏子菱感觉自己逐渐败下阵来。她沉默寡言地忍受着中年妇女们的言语攻击，那些如针如刺的恶毒言语，句句扎进了夏子菱的心窝。

那一刻，夏子菱感觉自己快要窒息了，她睁着模糊的眼睛，朦胧中瞧见一个身影向自己走来。

"够了,你们这些阿妈阿婆们闹够了没有!"这满腔的愤怒,让世界有了一秒钟的安静,同时,也让夏子菱得以拯救。

祁威扶着面色苍白的夏子菱,在王颐茹的身旁坐了下来。他知道,只要夏子菱过于激动,她就会变成现在这个样子。他不明白,为什么老天会如此残忍,让一个如此纯真的少女背负起这样的人生。同样,他更满心怨恨,痛恨自己无能为力,没法为夏子菱分担。

"祁威,我是不是又贫血了?"一身虚弱的夏子菱,看着满脸焦虑的祁威,露出了一脸的紧张,像是因为自己做错了什么事,让祁威十分紧张而满心内疚。"都怪我太匆忙了,早知道早上出门的时候我就该把早餐吃了,再跟你一起过来。祁威,对不起,又让你担惊受怕了。"

尽管很虚弱,但夏子菱还是摆出一副委屈求饶的萌相。而正是这样的表情,却让满脸平静的祁威,终于不忍心地咬紧了牙关。

他感到内疚,因为自己对夏子菱说了谎。他很了解夏子菱的情况,因为他清楚夏子菱并不是贫血,而是心脏有问题。

"子菱,我没啥,只是你可要多休息一下。身体感觉好些了吗?"祁威关切地询问着。

"好多了。"夏子菱平静地回答着。

本以为只要休息一下避免激动,夏子菱就可以慢慢恢复过来。可是,王颐茹的举动却像一针兴奋剂让在场所有人的情绪都高涨了起来。

第九章　不曾忘记誓言与守候，不曾相信背离成借口

"大壮，是你回来了吗？大壮，是你吗？"王颐茹转过身，一脸兴奋地抓住了祁威的手臂。

"阿姨，您认错人了，我不是大壮。我是你女儿的好朋友，我叫祁威。"祁威赶紧解释道。

"祁威？你怎么能是祁威呢？你分明就是我家大壮呀。"

"阿姨，您真认错人了，我真的不是你家大壮。"

"哪有亲妈会认错自己孩子的呢？我记得你就是我家的大壮。你不认妈，一定是还在怪罪妈是不？"王颐茹顿了顿，眼神深切地看着祁威的眼睛，在她的视野里，她看到了一双不停躲闪的眼睛。顷刻间，她哽咽起来。

王颐茹接着说："也对，你不认我也是应该的。那时候，你也就六七岁，六七岁的孩子都是有心智的人了。也难怪你会不认妈，毕竟在你的内心里，妈就是个不称职的母亲。你一定是在埋怨妈为什么不要你了是吧？说真的，妈也有自己的难处，要是妈有能力，妈怎么可能不要你呢。当年你爸走得早，若不是因为房子被拆迁那件事，说不定你爸也不会带上我同大伙和那帮人对峙，也就不会因此弄丢了你的妹妹。可后来，咱家房子被拆了，你妹妹也弄丢了，你爸更是为此活活给气死了。你爸一走，就丢下了我和你，可哪知道你的一场大病竟然查出你有先天性心脏病。无能为力的妈，哪有钱为你治病。好在有户好心人，他们愿意领养你，愿意为你治病。妈当时也没多想，觉得只要你能好好地活下去，妈什么都愿意。于是，妈一忍心，便把你托付给了他们。这么多年过去了，虽然你没

有在妈的身边,可妈心里一直挂念着你。好在那户人家给妈寄了一张照片,上面有你和他们家人的合照。妈想你的时候,就拿出来看一眼。而今天,妈终于可以亲眼看你一眼了,这么多年都过去了,你已经都是大小伙了,长成熟了。你瞧瞧,仔仔细细地看看,是不是和照片上的你变化太大了,差一点妈就认不出来了。"

祁威从王颐茹的手中接过了一张老旧照片,当他仔细看的时候,整个人彻底懵了。

就在祁威缓缓地将照片递到夏子菱面前时候,王颐茹不禁发出了一声感慨。

"看到那照片,我也少了些许挂念,至少能确认那户好心人在好好地抚养你。可惜的是,我一直都没有你妹妹的消息,她到底是生是死,活得开心与否,我都一无所知。"

夏子菱看了眼照片,在听到母亲的感慨后,整个人彻底地哭了。那一刻她终于明白,就算现实残酷,就算满城绯闻,她都不应该屈服,因为她还有亲生母亲,还有一个哥哥。她现在应该为他们做点什么。

02

祁威带着疲惫的夏子菱赶往醉生梦死酒吧。就像当初临行前约定的那样,无论夏子菱有没有找到自己的母亲,他们都要把结果带回来告诉大家。

早上十点,一辆的士停在了醉生梦死酒吧门口。

第九章　不曾忘记誓言与守候，不曾相信背离成借口

祁威和夏子菱下了车，第一眼便看到一辆黑色的轿车停在了酒吧的门口。

"他一定又来了。"夏子菱对身旁的祁威说。

"嗯，你是不是打算把你母亲的消息告诉他呢？"祁威询问着。

"祁威，你觉得，这个时候的他会相信我说的话吗？"夏子菱一脸困惑地看向了祁威，眨眼间，夏子菱又露出了一脸真诚。"祁威，我想让沈晨歌对我死心。等大家都冷静下来了，我们再找一个时间好好谈一谈。不过，你得帮我。从今以后你都得帮我。"夏子菱牵住了祁威的手，说得很真诚。

从出租车停靠的位置，到醉生梦死酒吧的大门处，不过五六米的距离，可是这五六米的距离对于祁威来讲，抵过了曾经的所有。这是祁威至今唯一一次和夏子菱并肩牵手一起走向醉生梦死酒吧的大门。

"祁威，你是害怕了吗？"夏子菱询问着祁威，看了看两人牵着的手。

"没，我只是有些激动。"祁威露出一丝尴尬。

终于，在经过那轿车车头的那一刻，一阵仓促的汽车开门声，灌入了夏子菱和祁威的耳中。

"等等，夏子菱。"沈晨歌那再熟悉不过的声音，响彻在了空气中。

望着眼前满脸笑容，两手相牵的夏子菱和祁威，沈晨歌的脸上写满了震惊，但很快他脸上恢复了平静。

"夏子菱,你们这样是在排练节目吗?"沈晨歌装作一脸疑惑的样子。

"这个样子在你眼里就算是在排练节目了?"夏子菱将牵着祁威的手举了起来,故意在沈晨歌的面前晃了晃。

"既然不是,那你们就把手松开呀。"沈晨歌说着,见夏子菱与祁威越牵越紧的双手,急着走上前去将他们分开。

夏子菱和祁威怕沈晨歌情绪过于激动,便松开了双手。

而这时,沈晨歌做出了让夏子菱和沈晨歌都感到意外的事情。

只见沈晨歌迅速地打开车门,从副驾驶座位上取出一束红色玫瑰,一个箭步走到了夏子菱的面前,从衣服的侧包里掏出了一个黑色首饰盒。捧着玫瑰,单膝跪在了夏子菱的眼前。

"夏子菱,请你原谅我好吗?不管以前我做出了多少让你伤心,让你痛恨的事情,都请你原谅我好吗?这些日子你对我的不理不睬,让我深刻地体会到,没有你,我的人生没有一点色彩。从今天起,我们就把过去所有的不愉快一笔勾销好吗?我们从这一刻起,开始过属于我们彼此的生活好吗?夏子菱,我只想和你过一辈子,你要是同意了,就收下我手中的订婚戒指吧。"

望着面前沈晨歌一脸内疚却倍显真诚的脸庞,夏子菱迟疑了。她感觉自己的身体已被控制,手掌像淘气的孩子般,不停地触碰着红色玫瑰的花瓣,花香的芬芳更像是挑逗人神志的手指,不经意间施下了扰人心智的咒语——"接住它!接住它……"

第九章　不曾忘记誓言与守候，不曾相信背离成借口

面对鲜花，女人们天生都无法抗拒，再加上钻戒与曾经过往的回忆，或许把眼前所有一并收下，对夏子菱来说都不为过。

多年以来，这样的场景似乎只有在夏子菱的梦中才得以出现过。

曾经无时无刻不在幻想的情景，如今却真真出现在了眼前。

"你心动吗？你渴望吗？你想收下这一切，立马答应他吗？"夏子菱不住地询问着自己的内心，犹如久逢甘霖的大地，终于迎来了一场大雨。

难道三年的苦楚等待，不值得享有这眼前的所有？

难道坚定执着的坚守，不值得拥有这眼前的所有？

难道强忍憋屈的苦楚，不值得收获这眼前的所有？

值得。

所有的疑问，对比这三年的时光，都显得理所当然。

故此，夏子菱用手握住了玫瑰花束的手把，将黑色的首饰盒接到了手中。

这一刻，沈晨歌笑了，他的笑容展示出最为质朴的纯洁，透露出最为纯粹的天真。

这一刻，夏子菱麻木着脸，她找不到一个更合适的理由可以让她笑出来，在她从母亲王颐茹那里回来的那一刻起，她就再也没法笑着面对沈晨歌。

沈晨歌以为，夏子菱一定是过于激动，而忘记了如何言表。

可实际呢？

夏子菱积攒出一丝微笑，满眼祈求地望着沈晨歌的眼睛，说："晨歌，你能够答应我一个请求吗？"

"请求？别说一个请求，就是一百个，一千个我都答应。"

"那请你从这一刻起，彻彻底底从我的眼前消失，不要再来打扰我和祁威的生活了，好吗？"夏子菱满腔愤怒地说着，然后使出了浑身的力气，将她手中的鲜花与首饰盒砸在了沈晨歌的面前。

"夏子菱，你怎么了？是不是疯了？"沈晨歌一脸茫然。

"我没有疯，更清楚我自己现在在做些什么。沈晨歌我告诉你，别以为你用这些东西就可以收买回我的心，我告诉你不可能，一辈子都不可能。林冬儿对我的诋毁与伤害，我一辈子都无法忘记。我告诉你，这笔账我必须算在你的头上。要不是因为你，我也不可能浪费了三年多的时光，要不是因为你，我也不会体会到什么叫社会地位的差距。不过值得感谢的是，要不是因为你，我也不会清楚祁威到底有多爱我。沈晨歌，对于过去的种种，我只想说句，谢谢。从今以后，我们互不亏欠。我是永远永远都不会原谅你的。"

夏子菱一吐为快，她刻意地控制住自己的情绪，好让自己的愤怒显得更为真实一些。她仰起头，深深地吸了一口气，然后拉着祁威的手，准备走进酒吧。

"夏子菱，你说的这些都是真的吗？你真的觉得祁威就是能照顾你一辈子的人吗？"沈晨歌一脸真切地望着夏子菱，他死死地注视着夏子菱的眼睛，希望能从她的眼神中得到一个肯定的回答。

第九章 不曾忘记誓言与守候，不曾相信背离成借口

但夏子菱并没有开口，她闭眼轻轻地朝沈晨歌点了点头，便转身走向了酒吧。

"夏子菱，你给我站住。"沈晨歌冲着夏子菱的背影，大吼了一声。

那一刻，夏子菱止住了脚步，当她听到沈晨歌说出"你骗我"这句话时，夏子菱加快了步伐。

祁威知道，此时此刻的夏子菱内心一定宛如刀割，尽管夏子菱心里深爱着沈晨歌，但现实并不允许他们两人在一起。夏子菱永远不会原谅沈晨歌，仅仅只是一个善良的谎言而已。

从祁威收到王颐茹递来的那张照片开始，一切都注定了是一场悲剧。

照片上清晰地记录着五个人的容貌。一对青年夫妇，一对几岁大的双胞胎姐妹，还有一个八九岁的小男孩，而他正是沈晨歌，也就是夏子菱的亲生哥哥。

祁威看了一眼夏子菱的侧脸，泪水早已覆满她的整张面颊。可是，夏子菱却仍刻意控制住情绪。她不希望这次任性的分手，让沈晨歌看出一点破绽。

可实际上，沈晨歌注意到了，在他与夏子菱对视的那一刻起，他就注意到了夏子菱的用意。

尽管夏子菱表面上的态度让人感到决绝，可付出过的真感情，哪会轻易忘掉。

望着夏子菱离去的背影，沈晨歌一脸的哀愁。永远不被原谅，

从夏子菱开口的那一刻起，沈晨歌就没有当真过。

沈晨歌回到车上，准备就此离开。车刚调头，沈晨歌就看见李晟一脸欣喜地朝醉生梦死酒吧走来，而在他的身后，有一大波人同样朝着醉生梦死酒吧的方向赶来。

03

面对爱情，每个人都有自己的看法，对于李晟来讲，他只是想让自己坚持的爱情能够有收获。

回想起当年自己的遭遇，李晟的心里满是感动。当年，为了梦想独自流浪街头卖艺的李晟，若不是因为苏沐的好心收留，或许，也不会如此幸运地获得今天的地位。

那时候，李晟受尽了街上路人的嫌弃与唾弃，他在人们冷漠的眼神中，感受到了世态炎凉。

但是，就在李晟将要绝望的时候，苏沐出现了。李晟还记得，当时出现在自己眼前的苏沐，穿着一件红色风衣，用十分温和的声音向他询问着："要是你不介意的话，可以到我那里去帮帮忙，我可以付给你工资。"

那一刻，对李晟来讲，苏沐的出现就像是女神天降。这位将李晟从困境中解救出来的女神，顷刻间在李晟的心里产生了巨大的好感。

在李晟为苏沐帮忙的日子里，李晟总会用很长的时间陪伴在苏沐的身边。他就像一名贴身侍卫般，甘心用自己的一切来

第九章　不曾忘记誓言与守候，不曾相信背离成借口

保卫苏沐。

那时候的苏沐还在为自己的酒吧筹备着，尽管辛苦，但每天有李晟的帮忙也有忙里偷闲的时候，每每看见李晟做事一脸认真的模样，苏沐都会情不自禁地对他展示出微笑来，在苏沐看来那是一份发自内心的感谢。

正是因为苏沐的一份份感谢，或许才让李晟有了更加努力的动机，让李晟暗自在心中装下了苏沐的身影。

但是，某一天的一件事，让李晟倍感意外。就在李晟和苏沐商讨着酒吧该如何装修的时候，一个男人的突然出现，改变了李晟的想法。

特别是在听到苏沐对那男人的介绍后，李晟感觉自己的世界彻底坍塌。

李晟记得，那时候的苏沐很幸福地对他说："这是我的男朋友，他叫唐九安。"

付出的感情，宛如覆水难收。

李晟一直觉得，唯一可以站在苏沐身边的人，就只有自己。但唐九安的突然出现，将自己想象中的位置取代时，李晟就做了决定，他要留在苏沐的身边，伺机等待，他要将自己失去的东西，都夺回来。

而在今天看来，这个特殊的日子，绝对是一个绝佳时机。

李晟决定，他要将阻碍自己和苏沐在一起的人都通通铲除掉。所以，今天，他找来了一大群帮手。

当一大堆"长枪短炮"对准了醉生梦死酒吧的大门口时，辞树暮花乐队成员，注定将又一次被推到风口浪尖。

见人都来得差不多了，李晟向身旁举着话筒的主持人点头示意。

就像是经过了精心的彩排一般，主持人与李晟的谈话简直对答如流。

"各位电视机前的观众，大家好，最近网上的一条热门话题，再次引来了人们对辞树暮花这个当红新兴乐队的关注。根据网络上的消息，说辞树暮花乐队成员顾泞背负着一桩命案，对于消息的真实性，我们新闻直播现场的记者，特别找到了辞树暮花乐队成员的李晟，根据他的说法，我们来看看网上的言论到底是否能不攻自破。"

"李先生你好，对于网上传论辞树暮花乐队成员背负着一桩命案一事，你对此有什么看法呢？"

"我觉得，这是一些别有用心的人，故意制造出来的话题，来损坏我们团队的名誉。对于这样的行为，我们会通过法律途径，将此事追查到底！"

"按照李先生说的，这件事纯粹是子虚乌有的事情了？"

"当然，作为乐队的成员，我当然十分清楚顾泞的为人，他性格内向，为人低调，做事从不张扬，怎么可能会做出这种事情呢？"

"可网上有人爆料说，死者是一名林姓女性，对于这一点你又是怎么看的呢？"

第九章　不曾忘记誓言与守候，不曾相信背离成借口

"不可能，这绝对是假消息。我相信一定是有人栽赃顾泞。今天，当事人就在酒吧里面，为了消除消息对大家的影响，我看很有必要让顾泞出来跟大家解释一下。"

采访到了此时，李晟拨通了顾泞的电话，他只对顾泞说了句，门外有人采访需要配合下，便匆匆挂掉了电话。

几分钟之后，顾泞出现在了酒吧的大门口，望着门前大堆的人，顾泞一脸吃惊。

见顾泞出来，媒体记者纷纷向前涌去，都想在第一时间抢到独家新闻。

"顾泞，网上有人爆料说你背负着一桩命案，这件事情是真的吗？"

"你对爆出来的命案消息，有什么想澄清的吗？"

"报料人称，死者姓林，这消息可靠吗？"

……

如潮的消息，汹涌澎湃地灌入了顾泞的耳中，那一刻他思绪都混乱了，他看到视野里有无数的灯光在闪烁，像照亮黑暗的星光般，刺疼了他的双眼。嘈杂的询问声，如同威武的号子，誓死要攻破王的城门。

那一刻，顾泞感觉自己的世界，再一次有了威胁。那座自己费尽艰辛建立起来的孤独城堡，在娱记们的狂轰滥炸中终于有了裂缝。

或许，一脸沉默就可以应对所有的问题。哪怕被人误会，被人

指责，顾泞都甘愿这样去做。

因为，那是他无法割舍的回忆，他不愿拿出来与人分享，那是属于他和林暮沙的世界。

可事态往往都存在着变数，当所有的记者以为整件事情将在顾泞的沉默中画上句号的时候，一缕白色分拨开人群跑到了顾泞的面前。

"告诉我，你为什么要害死她？为什么？"

这突然出现的女生，让在场所有的人都惊呆了。他们不敢相信，一个活着的女孩竟然拿着一个装着黑白照片的相框，愤怒地质问着一脸沉默的顾泞。

只听见心房传出一阵闷响，就感觉像是厚重的城门被攻城车彻底击溃，所有尘封的过往伴随着镂空的城门，将故事的过往一一展现在世人的面前。

顾泞沉默的脸，开始有了变化。平静的面容，终于在眉头的紧锁中，挤出了滚烫的泪水，他支咧着嘴唇，哽咽的喉腔喷薄而出："林暮沙对不起，是我不对。都是我的错！"

"没错，这一切都是你的错，倘若没有你的出现，我的姐姐也不会有这样的结果。你就是罪人，你本应该为此付出代价。"

"没错，我就是罪人。是我害死了林暮沙，要是当晚我能及时出现在她的身边，或许，她就会一直陪在我的身边，同我一起走过更多的旅途。"

"陪你走更多的旅途？顾泞，你睁大你的眼睛好好看看你自己，就你这副模样，你配待在我姐姐的身边吗？"

说着，林冬儿掏出了身上的化妆镜，她径直将镜子摆在了顾泞的面前。

镜子里是一张憔悴的脸，没有血色的容颜就像一具丧尸。

顾泞注视着镜子中的自己，痛哭流涕。

"你不配，你根本没有资格。瞧瞧你这张脸，还值得继续苟颜残存地活下去吗？你觉得你做再多的忏悔，就能抵消你对我姐，以及我们家人的伤害吗？不能，当然不能。所以，你干吗这样拼命努力地活着来折磨自己呢？你为何不鼓起勇气，到我姐姐面前，跟她道歉呢？兴许，九泉之下的她再次遇到你，还会原谅你的过失。"

顾泞字字清晰地记录着林冬儿所说的话。那每一个如针如刺的字眼，让他痛得难以呼吸。这么多年来，他每时每刻地谴责自己，不都是希望自己的内心能够获得林暮沙的原谅吗？顾泞似乎看到了一个正确的选择，他突然起身，奋力地推开人群，在一阵狂奔过后，消失在了酒吧商铺的背后。

04

"顾泞，你要去哪儿？"李晟张开了嗓子，朝顾泞的背影大喊道。

此时，听闻消息的夏子菱也匆匆从酒吧里赶了出来。

"顾泞！顾泞！你给我站住……"夏子菱极其恐慌地喊着，顾泞突如其来的消失，让夏子菱整个人都愣住，她真的怕顾泞会出什么事。

　　她睁大着双眼,环视着周遭挤满的人群,整个人呆滞地注视着眼前的一切,恐惧像燃烧旺盛的火苗,占据了夏子菱的心房,她想叫,想吼,可始终感觉力不从心,她拼命地用手捂住自己的胸口,却感觉胸腔疼痛得厉害。只感觉呼吸厉害,顿时间整个人蹲在了地上。

　　之前本打算离开的沈晨歌,因为李晟的出现留在了车上。当他看到因为恐惧蹲在地上的夏子菱,整个人立马冲出了车子。

　　"夏子菱,你没事儿吧?"沈晨歌冲上前去一脸关怀。

　　见是沈晨歌,夏子菱皱起眉头,她强忍着胸口的疼痛说:"不关你的事儿。"

　　而就是这短短的一段时间里,醉生梦死酒吧面前的场景,变得极其失控。

　　记者们手中的"长枪短炮"又有了新的聚焦点,而林冬儿和李晟却在不经意间展露出兴奋的笑脸。

　　"这是恨不得找地洞钻去了吗,哈哈,你说他会不会想不开呢?"李晟将头埋下,小有兴奋的吐露出自己的心声。

　　"他这是活该。"林冬儿一脸媚笑地朝李晟伸出了手掌,两人默契的对视了一眼后,双手紧紧地握在了一起。

　　只是,林冬儿与李晟所有的动作,尽收在沈晨歌的眼中。

　　当林冬儿用兴奋的眼神看向夏子菱的时候,林冬儿的脸色失去了笑容。她本以为自己可以看到夏子菱一脸惶恐不安,慢慢演变成

第九章 不曾忘记誓言与守候，不曾相信背离成借口

绝望。但是，当林冬儿的眼神移至夏子菱方向的时候，林冬儿却看到沈晨歌正用一脸憎恶的表情注视着自己。

那种眼神，就像是看到什么肮脏的东西般，让人唾弃。

"你不是告诉我，夏子菱拒绝了沈晨歌吗？可怎么会……"林冬儿小声质问着李晟。

"没错。夏子菱确实拒绝了沈晨歌，但沈晨歌并没有放弃他对夏子菱的感情嘛。不过你放心，等我追求到苏沐之后，我帮你把沈晨歌给拿下。"

"这话是你说的。"林冬儿小声提醒到。

"当然。"李晟笑着回复到。

两人就像是达成了交易般，露出了默契的面容。

看着沈晨歌对夏子菱一脸的关怀，林冬儿就心里不舒服。她走到沈晨歌的身边，用轻佻的言语，对夏子菱一阵冷嘲热讽："夏子菱，你这是韩剧看多了，实践电视里的桥段是吧？瞧瞧这一脸虚脱的样子，演得可够逼真的。你这样故意做，无非就是想博取晨歌对你的同情是不？"

林冬儿自说自话，完全没有注意到沈晨歌脸上的表情。

"哥，别理她。她这就是装给你看的。"林冬儿一脸头头是道的样子，却没想到自己的言语招来了沈晨歌一阵厌恶的眼神。

"请你滚到一边去。"这是沈晨歌的言辞，同样也是苏沐的言辞。

当苏沐闻讯赶到醉生梦死酒吧的时候，眼前所有的一切突兀地让她感觉到阵阵窒息。这一路来，她不断地给顾泞打电话，一

边祈祷着他不会有事,但他的电话通了却一直无人接听,这让她无比焦急。

"顾泞!顾泞!你给我出来,我是苏沐啊!"苏沐声嘶力竭地喊着,仿佛只有这样,顾泞才会推开人群,回到大伙儿的身边。不知喊了多久,几近嗓子干到无法言语。突然的,苏沐手机传来短信声音,她盯着手机屏幕显示的"顾泞"字样,颤抖不已地急忙点开。

"苏沐,对不起,我走了,去一个没有人认识我的地方,度过我的余生。替我向大家转达我的歉意,放心,不管怎样,只要想起我爱的人,以及你们,我都不会做任何傻事。说实在,我还蛮感谢林冬儿,她的出现,让我想明白了很多事。尽管她想让我一走了之陪她姐姐。我知道,这是失去亲人痛苦下产生的憎恨,如果暮沙还在,她肯定希望我能开心地生活,所以,我想一个人静一静,不要来找我,我祝福你们所有的人——顾泞"

"苏沐姐,你别难过了。"李晟说得心安理得,平静之中带着几分兴奋的韵味。可正是这样轻松的谈吐,却换来苏沐愤怒的眼神。

"请你滚到一边去。"这是苏沐的回答。

"苏沐姐,我知道你难受,但请你真的要爱惜自己的身体,这样的人真不值得你为他伤心。"李晟并没有照着苏沐的话去做,他觉得如果这个时候留在苏沐的身边,或许能增加几分她对自己的好感。

"够了,闭上你的臭嘴,我不想看到你这张丑恶的嘴脸,带着这些相片,你给我滚。"苏沐双眼愤怒地看了李晟一眼,然后从自己的手提包中拿出了一大沓相片。她将相片抛向了天空，随后用手指向了最远方。

照片在空气中飘散开来，每一张都充满了故事性。

那些充满画面感的相片到底在讲述怎样的故事呢？

刺骨。裸露。金钱。交易。

狼狈为奸四个字迅速占据了所有人的思维。

原来，这所有的一切，都早有预谋。原来，这所有的一切都与林冬儿和李晟脱不了干系。

照片清晰地记录着他们的罪行，同时也大白在众人的面前。

一张照片借着风力，飘到了沈晨歌的脚边，他从地上将照片拾起。

媒体将焦点锁定在了李晟的身上，接连不断地发问，让李晟招架不住。他看了看站在旁边一言不发的林冬儿，似乎想到了解决的办法。

"这所有的一切都是她主使的，是她威逼利诱，我迫不得已才这么做的。你们什么都不要问我，都去问她。"李晟慌张地说着这一切，趁着人群慌乱逃走了。

林冬儿成了唯一的话题人物，面对记者们的百般提问，她都闭口不答。她满脸失魂落魄的神情，注视着沈晨歌，内心早已是悔恨不已。她看见沈晨歌注视自己的眼神，像失去了光泽般变得黯然失色，在短暂的四目相接之后，沈晨歌把头偏向了夏子菱的方向。

慌乱之中，唐九安赶到了现场，望着站在原地一动不动的苏沐，唐九安悄悄从背后为苏沐披上了一件外套。

正是这一个细小的动作，却成为了击碎苏沐坚强外表的强悍力量。

"他走了。顾泞他走了。"苏沐双手一把搂在了唐九安的脖子上，她哭诉着自己心中的疑惑，在唐九安的身上寻找着最后的温暖。

事件发展至此，祁威一直都躲在角落里。即使当他看到夏子菱身体不适蹲下身子的时候，他也躲在了角落里。

那时的他，内心很复杂。他感觉自己就像是一个骗子，欺瞒了所有的人。他向夏子菱隐瞒了她患有先天性心脏病的事实，同样也向沈晨歌隐瞒了他是夏子菱亲哥哥的情况。

倘若说出真相，祁威的内心会不会好受一点呢？

"沈晨歌，我有件很重要的事情要对你说。"祁威一脸坚定地看着沈晨歌。

"什么事情？"

"夏子菱她是你的……"祁威话说到一半，夏子菱的脸色就越发难看起来。

"祁威，我，我不准你，胡说。"夏子菱强忍着疼痛，一脸任性地说着。

由于情绪过于激动，夏子菱急促地呼吸起来。

"夏子菱……"祁威和沈晨歌异口同声地叫了出来，见夏子菱面色更加难看，沈晨歌与祁威匆匆将夏子菱抬上了车。

看着为了夏子菱不顾一切的沈晨歌，久久站在一旁注视的林冬儿露出了一丝苦笑。她多么渴望沈晨歌能够再次抬头好好地看上自己一眼,可是,从抬夏子菱上车,到发动机启动,沈晨歌一眼都没看过林冬儿。

那种被遗弃的感觉,深深地刺痛了林冬儿的心窝。她恍然明白,为了让夏子菱从沈晨歌的心中消失,自己的所作所为是多么可笑。

原来错过的,就再也不会拥有。

第十章 你若辞树,我做暮花

你用辞别为我讲述青春记忆,化作巨树扎根我柔弱心扉。
我用朝暮唤醒关于你的记忆,化作繁花开遍我人生千华。

一路狂奔，沈晨歌载着夏子菱和祁威来到了医院。

　　刚一下车，祁威便抱着夏子菱拼命朝急救科跑去。沈晨歌更是火速，一下车就冲进了医院。

　　"快来医生，快来医生，这里有人需要急救！"沈晨歌的声音招来了一大帮医护人员。

　　夏子菱躺在了急救医疗床上，眼光朦胧地看着天花板，她捂着胸口，眉头紧锁，脸色依旧难看。

　　见夏子菱的情况，急救医生告诉祁威和沈晨歌，说夏子菱病情危急，需要马上抢救。

　　看着眼前的灯光像飞火流星般从自己眼前消失，夏子菱平静地注视着眼前发生的一切。她恍惚感觉自己置身在一片白色的云海当中，俯瞰脚下可以一览大地，抬头仰望便是一望无垠的蓝天。此前，身体承受的所有沉重不堪，在这一刻如释重负。她享受着微风带来的清爽，依稀感觉自己的手被人紧紧握住。

　　"夏子菱，别担心，你会没事儿的。"祁威用温和的声音安抚着夏子菱。

第十章 你若辞树，我做暮花

"万一……有事儿呢？"夏子菱用调皮的口吻询问着祁威。

"不会有事的，你放心就是了，绝对不会有事儿的。"祁威肯定地说道。

"那要是万一有事儿，我没能从急救室里出来，祁威你就带着我的骨灰去法国好吗？带我去见识见识法国的地域风情和正宗的法国梧桐树好吗？"夏子菱依旧调皮地说着。

"夏子菱，别胡思乱想，你一定会好起来的。等你病好了，我带你去法国可好？"沈晨歌突然开口说道。

那一刻，夏子菱沉默了，她平静地看着眼前的一切，任由它们在视野里变得越来越模糊。她自己终究还是没能忍住情感的波动，终究流下了眼泪。

她依稀可以感受到沈晨歌正在等待她的答复，而就在急救室门"哐当"一声被急救医疗床撞开的一刹那，夏子菱才终于看清自己紧紧握住的竟然是沈晨歌的手。

或许，这样的举止可以表明夏子菱最真实的内心，但却无法证明现实最正确的答案。

临急救室关门的那一刹那，夏子菱给了沈晨歌一个答案。她说，她有祁威便已足够。

门紧紧地关上，夏子菱侧头躺在床上，她清楚地感觉到热泪划过脸颊，留下了淡淡的一抹冰凉。

急救室门的上方，一盏红色灯被突然点亮。扣人心弦的红色，刺激着沈晨歌和祁威的神经。终于，半个多小时以后，急救室门上方的红灯熄灭了。

一袭白大褂的医护人员,沉默地从房间里走了出来。口罩遮住了他们的面容,看不出一点神情。

"医生,夏子菱没事儿了?"祁威拦住一个医生急切地询问着。

望着祁威一脸迫切的神情,医生不知道该怎么开口,他低头叹息了一口气后,说出了真相。

"对不起小伙子,请节哀顺变,我们已经尽力了。"

那一刻,祁威感觉整个世界都坍塌了,昔日一直陪伴在身边的人,就这样突然与世长辞。当初说好的承诺,还未兑现便不辞而别。

这突如其来的噩耗,让祁威忍不住流下了眼泪。他紧握双拳,拼命敲击着墙面,他想要宣泄,将心中的苦楚全部宣泄出来,他想要让夏子菱知道,在他的生活里她是不可或缺的。

一阵筋疲力尽的发泄后,祁威痛哭流涕地倚靠在墙角,他就像丢失了灵魂般,将自己丢弃在了角落里。

当一张掩盖着白布的急救医疗床从急救室里推出来的时候,沈晨歌已经不知所措。他奋力地扑靠在医疗床的旁边,内心无数次断定床上躺着的人并不是夏子菱。

可当遮盖的白布,被掀开一角,看见里面的容颜真的是夏子菱的时候,沈晨歌脑袋里一阵空白,坐在了地上。他呆滞地看着医疗床越走越远,在一片白色灯光的照耀中,拐进了某处角落里。

安静空旷的走廊内,清晰得可以听见电梯门关上的声音。那仿佛是一条通往另一个世界的通道,一声厚重的电梯关门声,像是对

第十章 你若辞树，我做暮花

这个鲜活的世界说了句永别。

昔日星光耀眼的辞树暮花乐队，就像一场绚丽的花火，留下了一片沉静的黑暗后在人群之中销声匿迹。

祁威记得，夏子菱曾对他说过她有很多很多的地方想要去看看，但最想去的却是法国，因为那里是沈晨歌待过的地方。

尽管心中有千万的疼痛，尽管心中怀着万千的不舍，但最终还是要面对分别。

夏子菱追悼会的主持人，是她的亲生哥哥沈晨歌。

当初承诺不会将真相告诉给沈晨歌的祁威，最终还是食言了。或许这样做的目的，只是单纯希望沈晨歌的心里能够稍微好受一点。

火葬的那一天，天空阴暗无光。

而沈晨歌与祁威再次见到夏子菱的时候，她已经被安放在了一个白色的陶瓷罐里。

接过陶罐的那一刻，沈晨歌内心一片沉重，他看着当时一脸悲痛的祁威，说："跟我一起去法国吧，带着夏子菱的心愿，好好见识下法国的风光。"

祁威接受了沈晨歌的请求，因为这是夏子菱对他许下的最后一个心愿。

当祁威同沈晨歌一起，带着夏子菱的骨灰踏入法国的时候，那里的梧桐树早已叶落满地。

"夏子菱，我们到法国了。"走出飞机场的那一刻，祁威满怀激动。他望着眼前的美景，不经意间仰起头来，他倔强地将泪水逼进体内，用哽咽的声音说："夏子菱，你看到了吗？这里的景色，真的那般美好。"

接下来的日子里，沈晨歌一直与祁威做伴，他们用了半年的时间周游了法国比较有名的景点。

就在夏子菱生辰的那一天，他们为夏子菱找寻到了一个安葬骨灰的地方。而就在那一天，夏子菱的墓碑旁边多了一个崭新的墓碑，墓碑上写着沈晨歌的名字。

祁威问沈晨歌，他为什么要为自己立一块墓碑。

沈晨歌说，他只是想在落叶归根、人老终了的时候，能陪在夏子菱身旁，在另一个国度用哥哥的身份来照顾夏子菱。

不久之后，沈晨歌与祁威一起回到了国内。

机场离别的那一刻，祁威询问起沈晨歌今后的打算。

那时候的沈晨歌朝祁威笑了笑，伴着沈晨歌单纯的笑容，祁威听到了沈晨歌平静的回答。

沈晨歌说，他想代替夏子菱在国内多看看几个地方，以青春的名义，为爱远行一次。他说，那不仅仅是一种探索，更是一种祭奠与缅怀。

沈晨歌的言语，让祁威的内心久久不能平静，万千感慨早已涌入他的心间。

你用辞别为我讲述记忆青春，化作巨树扎根我柔软心扉。

我用朝暮唤醒关于你的记忆，化作繁花开遍我人生千秋。

夏子菱，你若辞树，我做暮花，可好？

番外

致夏子菱的一封信

子菱：

我已经无法记忆，这是我第几千次无意识地提及你的名字。但我却可以清楚地感觉到，那一刻胸腔里的血液泛起了阵阵波澜，感觉血液如同千军万马横跨独木的阵仗，带着沉重与浩大，让我久久不能平静。

我知道，我一定是又想起了你，想起了曾经我们一起为之狂妄放肆过的青春岁月。

我想起了那个仲夏葡萄藤缠绕的凉亭，那时的你一个人坐在凉亭的横椅上。微热的清风，如同呵护的手掌撩起了你垂过脸颊的发丝。你白皙的脸颊因为燥热晕红了脸蛋，就像一个新鲜的小苹果。那时的你并不知道一旁的我为什么会对着你一阵傻笑，但也许你更不知道，当时你那一脸嫌弃我的模样更是深得我欣赏。

夏子菱，你曾经试探着询问过我什么时候开始喜欢你的，到底喜欢你的哪一点。我概括而没有营养的回答总会惹得你表露出一脸嫌弃的模样。其实，真正的答案并不是很久很久以前就喜欢上了你的所有。真正的答案，是在我十六岁的生日那天，在那个烈日高照的下午，一个被葡萄藤缠绕的凉亭内，一个可爱姑娘一脸嫌弃的模样让我的心为之沦陷。

夏子菱，知道了吗？这才是问题的标准答案。之所以给你一个十分笼统的答案，无非是为了满足私心，想多看一两眼你嫌弃人时的可爱容颜。

我想知道真相的你，一定会摆出一副嫌弃人的模样，对我说出大坏蛋几个字。

对于你这样的判定，我想如果我不认同一定会让你很伤心，所以为了让你好受一点，为了让你感觉我配得上这个封号，我就勉为其难地将大坏蛋名号坐实吧。

夏子菱，在此我再告诉你一件你不知道的事情吧。就在我十六岁生日那天，我很诚恳地向老天爷许下了一个大大的心愿，我希望老天爷让你一直和我在一起。

只是，意想不到的是，在我许下这个愿望之后，我后悔了。

我对自己会有这样的私心而感到愧疚，特别是在你费尽心思为我庆祝十六岁生日的时候，我更是感觉到自己颜面残存。

那时候的我们生活都不富裕，常常过着有上顿没下顿的生活。可当你在凉亭中悄悄地将一个迷你蛋糕端到我面前的时候，我瞬间哽咽了。我突然发现，我自己的愿望是多么自私，自私得想把你占为己有，却给不了你最好的生活。而你单纯只是为了让生日当天的我多几分笑容，却不惜挨饿省钱。

所以，我暗自下定过决心，要拼命努力给你更好的生活。

可是，无论我多么努力，我始终还是抵不过一个沈晨歌的出现。

夏子菱，你知道吗？当你告知我你和沈晨歌在一起了的时候，万箭穿心的疼痛都无法形容我当时的心情。那时候的我像是失去了生活的中心一般，整个人都变得不知所措。

我无时无刻不在思考，自己到底是该陪在你的身边，还是默默待在你们的身旁，注视着你们的一举一动。

好几次，我都想将你带走，让你彻底离开沈晨歌。可每一次，看见沈晨歌将满脸笑容的你带到我面前的时候，我又变得于心不忍起来。我怎么能自私到剥夺你享受幸福的权利。于是，我又有了好几次想要从你身边离开的冲动，可是，每每听到在你需要我的时候，四处叫着我的名字，寻找我的身影的时候，我为你再次妥协，选择留下来。

那段时间，我的世界一直都看不到色彩，就像被雾霾遮盖住了天空。我活在了一个有你有我还有沈晨歌的世界里，进行着一场与你疏远、靠近、再疏远的游戏。

直到后来，在与苏沐姐交谈后，我才明白，有些感受并不一定要用得到去证明。

就像苏沐和唐九安一样，明明彼此心里都有对方，但却因为唐九安要照顾好兄弟顾泞，而一直没向苏沐正式提起婚事。

若不是因为顾泞的离开，我想苏沐和唐九安也一定会继续保持沉默，继续着他们不能言破的感情。

然而，生活却像是一台戏剧，它充满了各种各样的变数。

而我们所经历的变数，就像是一场精心准备的庞大计划，一步一步将我们推进绝望的深渊。

倘若我们可以将结局改写，那所有的一切又该如何去设定？

我时常在思考，假如顾泞没有离去，假如李晟和林冬儿没有为了感情冲昏头脑，假如沈晨歌不是你的亲哥哥，假如你的亲生父母都还健在，假如你并没有和你的父母走失，假如我一直待在你的身边照顾着你，假如你并没有离开这个世界……假如这所有的假如都成为了现实，子菱，那我们会生活在一个怎样的世界里？

会像梦境一样，带着甘甜让人遐想回味么？

直到过去了很长一段时间，我都还以为夏子菱你并没有离开我们，你依旧像从前一样，天气好的时候，会哼着小曲走在街上，看着周围与你擦肩而过的行人，感受着生活向你传达的讯息。抑或在用餐时间，总会带着一脸笑意，像天真的孩子般拍着双手，期待着美味佳肴在你的面前出现，要是遇见饭桌上有你最喜欢的酸菜鱼，你还会大喊一声"感谢上天庇护"来抒发你当时的激动之情。假如你伤心难过了，你一定会躲在房间里，屈膝，后背倚靠在床脚，将头抵在膝盖上，一个人默数着心中的难受。若是你受委屈了，准会一个人瘪着嘴，用欲哭无泪的眼神向四周寻找着那个能在第一时间为你赴汤蹈火的人。

你所有的行为举止都清晰依旧地印在我的眼里,分分秒秒都历历在目。

我告知过身边好多的朋友,说你一定是无声无息地出现在了我们的身边,只是想安静地待在我们的身旁,不想我们去打扰你。你想要一个属于你自己的世界,因为那里有你想要的一切。

我把这样的想法告诉了他们,当然也包括你挚爱过的沈晨歌。

不知道是不是因为我的表达不太到位,惹得身旁不少人都为之动怒,当然这其中也包含你挚爱过的沈晨歌。

我还记得当时是在法国,时间刚好是晚餐时间。我像往常一样把身边最喜欢的位置留给了你。我知道,你一定会坐在我的身旁,陪我一起将桌上的菜品一扫而光。

可是,我等了好久也没等到你出现。于是,我拿起了筷子,将一块块你喜欢的菜夹进你的碗中。

当时,我只是单纯地想把好吃的都留给你,可让我觉得诧异的是,你曾经无比挚爱的哥哥——沈晨歌,竟然一下冲到了我的面前,使劲儿将我手中的筷子抢了过去。

那时的我白了他一眼,然后一把从他的手中夺走了筷子。我想他一定只是在和我开玩笑而已。

可是,没过多久他再次冲了过来,像疯了一样将我手中的筷子夺走,然后奋力扔到了地上,他用手指着我的鼻子,大声地向我说了两个字——"够了"!

我一脸无辜地看着他,不明白沈晨歌他为何变得如此恐怖,他就像变了一个人一样,露出了魔鬼的面容。

我问他为什么,他只告诉了我适可而止。

我反问他适可而止到底是什么意思,而他那一刻却保持了沉默。

子菱,你知道吗?那一刻的我肚子里满是怒火。我只是想把最好吃的食物多夹一点放在你碗中,可他却不分青红皂白地让我适可而止。

子菱,那一刻我的心有多痛你知道吗?他可是你无数次口中提及的男子,是你日思夜想无法忘记的男子,然而就仅仅因为我为你多盛一点晚餐,他竟然向我发怒让我适可而止。

我实在是无法接受沈晨歌当时的态度,于是,猛地起身一拳挥向了他的右脸。

他说我疯了,失去了理智。用手揉了揉脸后,奋力向我还击起来。

我们厮打成了一团,身旁碗筷落地破碎的声音完全没去顾及,那一刻我的头脑中只有一个想法,我要让他认识到自己的行为是多么荒谬。

我们从餐厅打到了客厅,再从楼下打到了楼上的卧室。

我们听见了许多物体掉落在地面发出的细小声响,但是我们却对此并不太在意。因为没有什么比维护夏子菱你的形象更重要。

终于，我们的厮打在沈晨歌房间的门口停了下来。精疲力竭的我们，拖着沉重的身体，倒在了一张柔软的大床上。

急促的呼吸声遍布整个房间，我听见沈晨歌用断断续续的声腔询问我是否疯了。

当时的我使出全身力气，一个翻身整个人压在了他的身上。我两只手抵在他的双肩上，愤怒的双眼注视着他的眼睛。

我竭尽全力地向压在身下的沈晨歌喊着，只是想向他证明，疯了的人并不是我，而是他沈晨歌，他才是那个疯了的人，因为他的心里竟然没有了你的存在。

我无法想象到底是什么样的情况，会让沈晨歌能说出你不存在的言语。

但我还清楚地记得，当时我的声音淹没了他呼吸的声音，当我用尽了所有的力气告诉他你的存在的时候，沈晨歌一把将我反推倒在床上，他用他的身体死死地压在我的身上，两只手死死地捏住了我的手臂。

他睁大双眼看着我，一字一顿地告诉我，现实很残忍，祁威你醒醒，接受现实吧。

子菱，你知道当时的沈晨歌对我说了什么吗？他竟然告诉我说你死了，你不存在于这个世界上了。

那一刻，我突然觉得沈晨歌好好笑，他一定是活在了自己幻想的世界里，没办法回到现实了。

我的第一反应，便是对他一阵嘲笑，笑他做了一个愚蠢的梦，头脑不够清醒。

我骂他疯子,他却用双手一把拽住我的脑袋,一阵用力地摇晃。

我只感觉到视野是一片混乱的景象,在他疯狂摇晃我脑袋的同时,我渐渐感觉到有少许水珠滴落到我的脸上。

一颗水滴碰巧落在了我的嘴唇上,我用舌头试舔了下,竟然发现那水滴是咸的。

我当即询问他是不是哭了。他犹如中邪般突然停止了所有的动作。

我用力将他一把推开,他顺势倒在了地板上,躺在地上一动不动。

我顺势从床上坐起,以为自己用力过猛伤着了他,可是当我从床上坐起来的那一刻,我整个人都震惊了。

子菱,你知道我看到了什么吗?

我看到四面的墙上,满满的都是你的照片。不同时期的你都能够在墙面上找到。

当时的我傻愣在了那里,似乎眼前的景象足以证明我的想法是愚昧的。在那一瞬间我才明白,原来沈晨歌的心里早已满满的都是你。

我目瞪口呆地看向了地面上的沈晨歌,那时候的他倒在地上,喉腔里发出的哽咽声响刺激着我。

他很认真地告诉我,他没有骗我,是我自己不愿意从失去你的悲痛中走出来。

我被现实震惊得愣在了那里,过了好一会儿才想起地面上躺着沈晨歌。

我赶紧上前将沈晨歌扶起,从他湿透的白衬衣中,可以隐隐地看到他左胸口上一道深深的印迹。

沈晨歌让我把他送到浴室,在淋浴花洒下,他任由热水浸湿他的身躯。他像顽皮的小孩般一把脱掉了自己的衬衫,然后用手指着左胸口的伤疤,用哭腔告诉我说,这里就是命运的使然。如果当年自己不去接受手术治疗,或许夏子菱往后的日子就不会有那么多的烦恼。

我站在浴室的门外,看着氤氲水汽里的沈晨歌,久久不能平静。在他内疚的言语中,我感觉自己心中筑起的围墙,不堪一击。很快我的眼眶慢慢被浸湿了。

那一刻,我觉得沈晨歌好残忍。他不应该将我拽回到血淋淋的现实当中。他应该将我流放在幻想的世界里。至少在我的世界里,我还可以感觉到夏子菱你还鲜活地存在于我的身边。

而我相信,沈晨歌他自己也不清楚,没有了你的世界今后会是什么样子的。

夏子菱,请你告诉我,告诉我你并没有从我们身边离开好吗?

你还会像从前一样,在圣诞节的那个夜晚,出现在我们熟悉的那条街道上,翘首以盼地期待着心中挂念的人能够准时出现。等待着他们温柔地向你询问,夏子菱你愣在那里干吗呢?

是吗?夏子菱。

祁威

在颠沛流离中,做足够优秀的自己

仿佛生来,便刻上颠沛流离的命运,从性子贯穿于骨子,很难触及家的温暖,可望而不可即。或许定义上的家,存在于远处,抑或存在于幻想世界里某个灌满阳光的地方。在城市刺耳尖锐的声音里,突然难过得想哭。姐姐曾说,我们都像是无家的孩子,在颠沛流离中生活,没有一个真正的归宿。那是一种深深痛苦的感觉,对世事抱有憧憬之心,却在不断的长大中一次又一次撞伤。

小时候常常仰躺在床,深夜萦绕的黑暗,麻痹着隐隐颤抖的内心。那个时候,我会拧开台灯的开关,蹭地起身,大口地喘气,我害怕黑暗的同时也害怕成长带来的恐惧。后来我开始学会了用文字替代复杂的心境,凌晨过去,依然埋头在日记本记录不甘与难受,生活中太多无法掌控的事情或许任由宰割,写下一些文字,像驰骋战场后触及的希冀,一瞬间的心安理得。

就是这样的生活,忙乱到失去自我。只有在写字的时候,心境才得以安宁。很多时候，面对空白的文档，心里一酸，合上电脑，很不争气地就哭了。我曾经有想过半途而废，想让故事在没有真正结束时夭折而去。悬置。放弃。退让。妥协。试图挣扎了很久，才有了新的想法和暗流涌动的期望。

也很感谢林禹鑫长久以来不曾放弃的念头及创作上的陪伴，在不断跌跌撞撞的年少时光里，让黑暗有了星光，让寒冷有了温暖，让眼泪有了微笑，所有所有的一切，那么安静和静默地存在。

01/ 有一刻，那么想哭

这个故事在2014年年末就已成型，从构建框架到分章节的选择，我们给故事命名《辞树暮花》。我问过林禹鑫什么意思，他如此解释：

辞别如树，朝暮如花。

我们斟酌着对方最为完美的形象，就像扎根内心的大树，辞别就像扰乱心境的狂风，风吹草动。

我们斟酌着对方最为完美的形象，将最理想的他筑成心中的大树，让他生根，让他发芽，让他因为我们的血液而变得茁壮。但面临突然的辞别，一切更像是暴风降临，我们为之风吹草动，像步入了冰河时期，渺无希望。

从故事一开始，我就想写一个彻头彻尾的悲剧，其实不管怎样，

后记

即使最初的感触被暗指成无病呻吟，对这本书来说，我总觉得它是不可磨灭的希冀，承载着我们太多心血和长久以来煎熬下的梦想。

那是你所不能理解的——

明明有想写字的冲动，面对电脑却什么都写不出来，一个人就这样静静待着。孤独油然而生，恐惧席卷而来，后来每每如此的时候，总是会在朋友圈发很多文字，我希望有个人能读懂我的世界，至少不那么难受。抑或黑夜里突然醒来，措手不及感到阵阵荒凉，像被卷进悄无声息的世界，久久无法再次沉入梦境，后背一片冷汗。

有很长一段时间的周末抑或下班回家，不想吃饭，不想喝水，不想和任何人交流，整个人异常消沉，像是一种莫名的情绪在体内肆无忌惮地作怪。其实，我并不想这样。或者说，我也不明白自己为什么会颓废到任由这些恶劣的东西挫败我的意志，茫然得不知如何是好。

在我的念想里，这个故事里的所有人物都应该存在于这样一个城市，被繁华沉迷，被岁月败坏，他们都有着各自晦暗的青春，让人措手不及地心疼。实际上，他们被卷进暖伤并存的巨大泡沫中，更好地学会坚强与爱。所谓的现实与虚幻成相反关系，那么那些悲伤得无处释放的情怀，就让它们久久地沉睡在我的脑海。

而我也从没想到能和林禹鑫一起，将一个女主角的经历写得如此曲折，从故事一开始，仿佛就给夏子菱贴上了劫难重重的标签。我是如此希望她能够获得自己的幸福，一直和深爱她的少年在一起。但是我做不到，林禹鑫也做不到，因为夏子菱的命运像是从出生便写满了落幕的结局。倘若你们问我这个故事中会不会出现一个人是生活中某个人的影射，我会点头，但不敢轻易告诉你们。

从小到大，我常被身边的人看不起，总是跟"笨蛋""愚蠢""弱势""垃圾"这样的字眼密不可分，在他们的眼里，永远是别人家的孩子比自家孩子优秀几百倍，甚至上千倍，也永远是任何兴趣都无法比过成绩的重要性。连看课外书画素描都会被斥责得狗血淋头，现在回想起来，依然历历在目。

初中二年级，我的成绩并不出色，在整个班级里，像个小丑般坐在最差的位置。期末成绩下发后，单子上的数字连缀成噩耗的讯息，仿佛天都要塌下来，我连回家的力气都没有了。那段期间，我面临转学的情形，班主任撂下一句话说，不管你怎么做，你将来一定是个没出息的人。这段话我至今都还记得，我记得他那趾高气扬的姿态下是怎么扬起的微笑，太过刺眼，太过狠辣，于是我头也不回地离开了办公室。

回家的路上，我强忍着没哭，家人连带亲戚严肃地坐在客厅，纷纷说我就适合在大街上干给人擦皮鞋的工作，抑或蹬三轮、捡垃圾、在餐馆端盘倒茶，一直持续到"你看隔壁家的××蹬三轮都比你强""你还想考高中？怎么可能"之类蔑视与否定的话，后来我说我以后要做个作家，会出很多的书。他们瞬间笑了起来，说就凭你这点智商还能当作家，简直做梦吧。

尽管每次面对的时候，胸腔里郁积的怒火不敢释放出来，但我明白他们所有的人在我的年少时光里都留下了不可磨灭的创伤。

之后的许多年，我大学毕业了，所谓的恶毒否定以及不容扭转的趋势，形成一个庞大的承载体，瘫倒在我走过的人生途中。就像是一条无比曲折的轨迹，我努力咬紧牙关，坚持着往前走去。到如今，会被很多网友或身边的人这样说：

——你都开始写书了啊，真优秀！

——我是你的粉丝，一直支持着你！

——你会变得越来越好的，加油。

——很喜欢你的文字，默默关注你的成长。

有一刻，那么地想哭。

02/ 要相信，一切都会好起来

懂事之后，我会给自己施加大量的工作，每天都要写一定的文字才能安心。这么多年，就像是被束缚在狭小空间里的小丑一样，自卑感蛰伏在我的体内，看不到光明和希望。那个时候从没有人夸奖过我，堂而皇之地像被遗弃的空气，看不见，摸不着。所以我很努力地做自己喜欢做的事情，真正能谈心的人少之又少，以至于我尽可能地将所有的心里话写进故事。

我尚记得我将获得的各种证书带回家给家人看时，他们只是翻了翻，继而冷漠地说，用心学习争取考个公务员，你看谁谁家的谁就考上了。我默不作声地将证书放回包里，他们像是四面八方迎来的利刃，将我刺得千疮百孔。唯有我的妈妈，眉开眼笑，她说，木轩，你很优秀了。

对我爸爸的不满全部以一种叫作"厌恶"的情绪发泄在各种文字里，当我开始为自己的事业拼搏发展时，他总是一副负面的姿态劝我放弃工作去考公务员。仿佛在他的眼里，"公务员"才是理想的工作，能有面子，能端着这铁饭碗似的工作洋洋洒洒度过一生。

但我一向我行我素惯了，自己的人生为什么要被别人安排？就算是藏在不见阳光的深幽处，会面临频频困境，我也要告诉自己一定要坚强努力地闯下去。

对于那些从小到大被宠溺在爱与温暖下的人来说，我要花费更长久的努力才可以得到。以前会钻牛角尖地胡思乱想自己为什么生来没有好运气，慢慢地，我不再如此计较。我有自己的世界，有自己的目标和梦想，努力让自己变得更优秀，这样的我，才足以走得更长更久远。

记得高中那会儿，月成了我最好的朋友。她是一个会写一手好字的姑娘，每次写的作文都会被语文老师拿来当作范文在班里念。她总是喜欢坐在靠窗的位置，将书堆得老高老高的，戴上耳机，在纸上写着满满的故事。每次我回头总能看见她藏匿在自己的世界里孤独的样子，仿佛只有那些故事才是她的精神港湾。

窗外的飞鸟朝向了灰蒙蒙的天空，我笔下的故事也逐渐成型，我记得那些年我和月各自写着明媚与忧伤，记得家庭支离破碎下虚无缥缈的温暖和若隐若现的光芒，记得江城一角书屋诞生出的种种过往时光，我们被城市推向成长的边缘，就像是被悬浮在空中，看见了光泽的梦想。

后记

想成为一个作家的梦想在经历各种漫骂嘲讽之后依然毫不褪色,或许在别人看来,我坚持着自己的初衷只是一种狂妄的徒劳,但是,这些人让我有了更充足的动力,我在和自己打赌,谁能成为最后的胜利者。

值得念想的人或事有太多,每个人都在为了生活选择不同的路,有的放弃了梦想,有的却还在坚持,其实我并不知道我该以怎样的姿态去抵抗突如其来的创伤,就像是将我遗弃在冰川时代感受阵阵寒意,我却依然相信一切都会好起来的。月就这样说过,一切都会好起来的。所以我把它当作人生的警言,只要勇敢地走下去,一切都会好起来的。

要相信,一切都会好起来。

03/ 没经历过,你永远不会明白

在2014年年末,书稿完成的同时,我也选择了创业。2015年,称得上是我创业的萌芽期,但同时也是一段付出惨痛代价的时期。

总有人离开,也总有人继续坚持留下。

有时候,有些不重要的东西,真的可以不顾一切将它弃之。

而有的人,在潜移默化中早已不值得深交,一段时间,抑或一辈子。

我变得很难再选择相信,仿佛这个世界被黑暗突袭,却间或有些许光明存在,而这些光明,是人生中难得的三两个真正好朋友。后来恍然明白,有些人,一辈子只能是陌生人抑或熟悉的普通朋友,

因为你们之间总会有一个坎儿，跨不过，也无法抵达。

我遇到过的每一个人，他们都有了属于自己的生活，有的人得过且过，有的人继续为了梦想付诸努力。你永远不知道前方会有什么等着你，但你知道你只有走下去，才能触及陌生的曙光。我所有的努力，其实不为什么，或许我希望自己在意的人包括家人能过得好一点，更多的还是希望在多年以后回望过去的自己，至少我那么努力走过，没有放弃。

越成长，经历的事也就越多，我的性子开始变得倔强和叛逆，有朋友称我只要不开口说话，完全是一副高冷姿态。于是我只跟熟悉的人喜笑颜开。这个世界有太多的因素去改变一个人，社会、环境、人物，抑或遇到的种种事情，而这些因素慢慢累积到一定程度，就抵达改变一个人的量了。

正如现在，我们并不能去决定生活应该如何，你应该做的是坚持内心的想法，做自己想做的事情，大胆去做，有梦想就敢于追逐，不要害怕失败。即便失败，你也要想着如何东山再起。一次两次三次，当你笑看过往的经历，你会发现，你每次遇到的难关都是一种成长，促使你懂得更多变得更好。

这些年越发明白一件事，那就是面对很多事情你必须得学会泰然自若。有些事情其实看得多了，也就没那么重要，只是突然发生在自己身上，多少有些不可置信。比如喜欢的人不再喜欢自己，比如公司遇到种种危机，比如信誓旦旦的搭档称病借故离开，又或者是其他。这条路，总有人形同陌路，也总有人砥砺前行。

其实生活也没有多大改变，只是肩上的担子变得沉重，有些压力太大承受得累，但至少在资金欠缺的同时不会饿死，最后连所谓的懊悔和愧疚都被层层麻痹。我并不知道我能走多远，但我知道这条路，是硬着头皮也要走下去的，因为没有任何放弃的理由。

04/ 总有人形同陌路，也总有人砥砺前行

我将话题回归在这个故事的起源，一年以前，我参加一个写作比赛认识了他，同为成都选手的他与我一样买了飞往杭州的机票。他是"85后"，而我是"90后"，像个长不大的孩子，与他聊起了暗藏在心的梦想。我是擅长青春文学和童话类型的作者，而他是擅长恐怖悬疑类型的作者，两个风格完全不匹配，是怎么融洽一起的，我始终不明白。比赛后回家，我问他要不要合写一部作品，可能那时都抱着对文字炽烈的激情，他答应后，我开始准备大纲。反反复复地修改和商议，最终才定夺出每个人要分担的章节。

从动笔到中途停顿的那段时间，这个故事才写了三万字左右，继而因彼此忙碌的工作以及大大小小的事情，将它扼杀在萌芽阶段。持续了半年，我们问过彼此还要不要写下去。我一直说要，但实际情况是并没有时间去写，而他也是。每每我在写新作品时，总是会不由自主地点开"辞树暮花"的文件夹，里面承载了太多的文档和回忆，惊叹当初和林禹鑫合作时对写作一股脑的冲劲，叹息这个故事却悄无声息地在半路夭折。

有段时间像是着了魔，我想象着夏子菱和沈晨歌的故事。明明

他们会拥有一段完美的爱情,却因为事态反常分崩离析。好比现实生活中你以为这件事应该是这样,但它总是会在你的意料之外,让你措手不及。于是很多的以为就真的成了"以为"。而在故事里,每一个作者就像掌控命运的刽子手,把所有人物的命运都规划得一清二楚,迫使他们过着千奇百怪的人生。但这并不怪我们,如果人生太完美,反倒失去了对生活的挑战和激情。

我相信每个人身上都有着太多的故事,汇集成一片汪洋大海,肯定有一滴水会触及你内心最脆弱敏感的地方。有一个网友在我写这些文字的时候,突然从微信发来一段文字,他说:

我想你大概和我经历相仿,但你比我幸运。支离破碎的家,我在沉默封闭中长大。有些委屈,属于文学爱好者所特有的委屈,内心孤独,只能埋头一个人哭,我没有朋友,即使有也算是打工认识的工友,能谈心的人一个也没有。可是有一天我认识了你,你狂热追求文学梦想,我也是,只是我是不动声色地进行的。这样的环境中长大的孩子,内心都有卑微的脆弱,而且我们极度敏感,多少有点不能十分亲近周围的人。

我看完后,有一瞬间的抽痛。是的是的。你说得很对,但并不是因为幸运才能有更优秀的一面,凡事都是需要靠自己争取和努力的,这一路走来,我很容易就忘记自己是如何跌跌撞撞走到今天这一步的,但过往的暗藏着各种恶毒言语和尖刀利刃的伤害片段我永

后记

远不曾遗忘。骨子里，我是一个孤独的孩子，但我愿意为了让自己变得阳光，说自己长大了。

就好比故事里的夏子菱，历经了三年的等待换得一场空，却依然在梦想的驱使下，坚强地走下去。并不是所有的人失去了原本的陪伴就会永远孤独，你会发现其实有很多人都在你的身边，给你意想不到的温暖和爱。他们像一股股暗涌靠近你的生活，以迅雷不及掩耳之势教会你勇敢。即便你遍体鳞伤或者苟延残喘，但是你终会在这些曲折的成长中，看到微微光芒。

在最困难的时候，故事里的人物承载着我不能实现的梦想。他们可以用音乐唱出人生，洗涤浮躁的灵魂，我给他们构建辉煌的舞台，他们可以在上面受尽万人爱戴。不过还是很幸福的，至少我能坚持到和林禹鑫将它编织完整，涌进内心的是满满当当的感激。感激在挫折与放弃的同时没有拒绝故事的延续，感激身边的一些朋友还能长久地给予我更多的鼓励，曾经的那些难受，反而成为最后幸福的铺垫。但有些事可以选择遗忘，有些事，想忘却永远忘不了。

大概就是写字的那段时间，我为故事里的人物哭过很多次，每一个人都在我脑中化为立体，仿佛我就站在他们的身边，为了他们的一丝一毫流泪抑或微笑。我甚至可以说自己不管写什么故事，都可以有这种感觉，像是整个人的思想踏入神奇的感官世界，这种体验，奇妙而惊奇。

忽然怀念一些人，他们久久地存留在我的记忆里，像是根深蒂固暗藏在内心最深处的堡垒，让我触摸到阵阵温暖，因为他们都还在，我却庆幸如此感到不孤单。

　　大概是2014年的一个夜里，我打电话给月，听筒那边很吵，我听不见她在说什么。索性挂断电话，反正通着听不见也无济于事。之后凌晨一点，手机震动不停，我猛地从床上坐起接听。月说，你打电话有什么事？我愣了愣，僵硬地开口说生日快乐。她笑着说谢谢。接着仓促寒暄几句倒头就睡，醒来发现，原来一睁眼一闭眼的时间，很多人都悄无声息地长大了，在我们不知道的时候。

　　2015年年初，我翻看通讯录给英子打了电话。她一直问我是谁。我说我是木轩。她回复不认识。我慌了说怎么就不认识了啊？电话是不是变了？是不是在逗我玩啊？我甩出很多个问题，她突然笑着说，你是个大忙人，我们怎么好意思打扰呢。有时候想给你打电话，却突然想到你空间里说在忙，于是都不敢给你打了。

　　我顿时哑口无言，这些一直存在身边的好朋友像是渐行渐远了，很难再触碰到她们的身影。

　　人总是这样，会在这个世界不同的城市遇见很多人，相识后，熟悉的人逐渐成为陌生过客，陌生的人突然成了重要朋友。但时间久了，什么都会遗忘。

　　而你一定会在某个时刻回望过去的这些时光，因为值得回忆，因为你和他们曾经一起走过。

　　我相信，你们一定会从这令人窒息的疼痛里触到温暖和美好，它们蛰伏在细腻的文字与感情里，教会我们成长的同时也教会了我们如何去爱和珍惜。

后记

记住一个承诺。

记住一段三年。

记住一些念念不忘的人。

记住一片温暖苍凉的回忆。

那么,这本书,送给正值青春年少美好的你。

我们都在成长,努力地长大。

我希望,你们都能幸福。

李木轩

2016.01.01